LA BORDADORA

CONSUELO SANZ DE BREMOND

LA BORDADORA

PLAZA & JANÉS

Papel certificado por el Forest Stewardship Council®

MIXTO
Papel | Apoyando la silvicultura responsable
FSC® C117695

Penguin Random House Grupo Editorial

Primera edición: septiembre de 2023

Printed in Spain – Impreso en España

ISBN: 978-84-01-03082-6
Depósito legal: B-12089-2023

Compuesto en M. I. Maquetación, S. L.

Impreso en Rodesa
Villatuerta (Navarra)

L 0 3 0 8 2 6

Notas y agradecimientos

Los personajes y las situaciones que aparecen en esta novela son productos de mi imaginación. Cualquier parecido con personas reales, vivas o muertas, es mera coincidencia.

He tratado de recoger aspectos de la vida cotidiana de la sociedad española del siglo xv, por supuesto, con sus licencias creativas. Para recrear con verismo el ambiente, la moda, los usos y las costumbres me he servido de una gran cantidad de fuentes histórica. La gente que me conoce sabe de mi pasión por investigar y divulgar sobre la indumentaria. En este sentido, no puedo dejar de recordar a Carmen Bernis. Gracias a sus trabajos empezó mi interés por la microhistoria medieval y moderna.

Quiero dar las gracias a mi editor Alberto Marcos, por su confianza y apoyo.

A Luis Montero, por su paciencia y acertadas observaciones para mejorar el manuscrito.

Al departamento técnico (redactores y diseñadores), por sus sugerencias y creatividad.

Y, por último, vaya mi agradecimiento a quienes de una u otra manera me han apoyado en la creación de esta novela.

Al final de la novela el lector encontrará un glosario sobre indumentaria y juegos medievales.

I

Otoño de 1475

Cerrada desde hacía un año, la sala de palacio permanecía envuelta en la oscuridad. Hasta esa misma mañana no se había oído más que el silencio o los rumores de las dos esclavas que se ocupaban de su limpieza. A la señal del mayordomo, un mozo se dirigió a la ventana y abrió los postigos de los vitrales. La luz resplandeciente del mediodía iluminó la estancia. La condesa viuda, parada bajo el dintel de la puerta, evitó mirar la pared situada enfrente. Deslizó los ojos por las viejas baldosas de terracota y recordó aquella que tenía la huella impresa de un gato. O de una gata, como le decía su difunto marido con un ademán sensual y malicioso. Luego observó el techo de madera, con lacerías y estrellas talladas, policromado en dorado, grana y verde. Finalizó el recorrido visual contemplando, sin asomo de emoción y por última vez, el san Miguel Arcángel pintado en la pared que había evitado mirar.

Un moscardón otoñal aprovechó para colarse por la ventana y zumbar por toda la sala con un vuelo pesado y errático. Acabó por posarse en un ala del guerrero de Dios.

Caterina se decidió al fin. Mandaría picar el fresco para que Diomedes, su esclavo griego y maestro desde muy joven con los pinceles, pintase una nueva escena. Era el momento idóneo para que el palacio de su tío, el marqués de Narros, entrara a formar parte del esplendor que caracterizaba a la ciudad de Vetonia.

Ahora, pasado el periodo de duelo por la muerte de su marido, podía retomar las celebraciones de convites y recepciones. Se le había antojado una sala de banquetes más amplia que la que ya existía en palacio. Un espacio con un gran aparador que había mandado comprar en Flandes y muchas mesas fijas, la principal sobre un estrado. Una estancia que permitiera danzar y tener numerosos músicos sin necesidad de desmontar caballetes y tableros. Para ganar amplitud se tiraría el tabique de la antesala y los suelos se cambiarían por azulejos valencianos. Y en cuanto a las paredes, habría que remozarlas. En los palacios flamencos e italianos los nobles mandaban pintar escenas cotidianas para embellecer los muros. Corrían nuevos tiempos. El reino de Castilla estaba regido, desde hacía casi un año, por Isabel de Trastámara, una mujer joven y atrevida.

Después de mirar por última vez el san Miguel, sin remordimiento alguno, Caterina dio permiso al mayordomo para que contratara al maestro arquitecto.

Pasada una semana entró este con el capataz y los alarifes, que portaban los aparejos de trabajo y las maderas para montar los andamios, y tras ellos, los esclavos del marqués que acarreaban los materiales de construcción.

A Diomedes le dolió la orden de picar el fresco. Lo había pintado cuando a su amo, el conde de Monteverde, lo nombraron alcalde de Hijosdalgo de Vetonia. El arzobispo de la ciudad lo favoreció por formar parte de sus tropas durante la batalla de Olmedo. En aquella lid los dos contrincantes, el rey Enrique IV de Castilla y el príncipe Alfonso de Trastámara, se declararon ganadores, lo que dio lugar a chanzas en todo el reino. Solo los caídos parecían haber perdido. Ufano, el conde quiso que Diomedes lo retratara como un san Miguel justiciero en la sala destinada a audiencias y pleitos. La fortaleza-palacio de los condes de Monteverde estaba lejos y aislada, por ello, el tío de Caterina le cedió la sala, por amor a ella y para que Blasco impartiese ahí justicia.

El eunuco griego lo había pintado con el rostro rasurado y el cabello largo, rubio y rizado, adornado con una diadema de oro retorcido con hileras de perlas. Vistió el cuerpo con una cota de malla bajo la armadura, de la que se veían las protecciones metálicas de los brazos y las piernas por estar cubierta con un jaque militar. Aquella era una de las prendas preferidas de su amo, de seda carmesí bordada con hilos de oro que formaban motivos vegetales, unas mangas cortas hechas de tiras delgadas que flotaban alrededor del antebrazo y en el ruedo más tiras, cada una revestida con cuero dorado. A la altura del tobillo izquierdo, las calzas quedaban enriquecidas por una cinta con una pieza de esmalte coronada con un antiguo camafeo de ágata de origen griego con la figura de una mujer tallada. Un cinto de placas metálicas del que pendía un puñal ceñía con gracia las caderas. La mano derecha sujetaba una espada y la izquierda, una rodela.

Bajo los pies del arcángel se retorcía un demonio, grande y pesado, que desplegaba unas alas de murciélago. En realidad, era un diablo femenino. Diomedes lo había representado con cuatro senos descomunales y colgantes. Al fondo veíase la ciudad de Vetonia, recortada y erguida sobre una colina, en medio de campos ocres de una amplia llanura de Castilla, con numerosos cortesanos que observaban la escena asomados a las ventanas de sus palacios. Rodeando la ciudad, la muralla, las huertas y la vega del río Azarroyo. El mismo en el que se había ahogado el conde.

A Caterina aquel retrato de su difunto marido siempre le había parecido fuera de lugar. La última frivolidad narcisista del conde que solía provocar sonrisas maliciosas a los desconocidos que entraban en la sala. Por eso, al poco tiempo de su fallecimiento, y una vez instalada en el palacio de su tío, había mandado cerrar la estancia.

Durante toda una semana, en aquella parte del palacio el ruido fue ensordecedor. A través de las ventanas, el polvo salía y se depositaba en las calles adyacentes y sobre despistados viandantes.

Entrado octubre, las paredes quedaron listas para ser pintadas. Las esclavas, dos adolescentes con las manos y las rodillas encallecidas, acabaron de barrer y fregar la nueva alfombra de baldosas cerámicas decoradas con vivos colores en rojo. Por último, se cubrió con esteras de arpillera para su protección.

Por fin Diomedes se puso manos a la obra. Antes pasó por la cocina para recoger unos huevos y una jarra con agua caliente. Ya en la sala, colocó los objetos sobre una mesa baja donde había varios cuencos, unos de madera y otros de loza, que contenían pigmentos terrosos de distintas tonalidades. Vestía la ropa más vieja y usada que tenía, unas medias calzas salpicadas con manchas de pintura, y se protegía las mangas con unos manguitos que desechaba cuando estaban lo bastante sucios y deteriorados. A la cintura se anudó un delantal limpio, así lo hacía siempre que empezaba un nuevo trabajo. Se sentó en un tajo frente a la mesa y cascó un huevo. Empezó a separar la yema de la clara. Su ayudante, un hombre mayor marcado por la viruela y con la ropa llena de salpicaduras blancas, se desabotonó las mangas y se las arremangó hasta los codos. Luego tomó los utensilios para aplicar la capa fresca de cal en la pared y subió al andamio. Mientras, el eunuco mezclaba con delicadeza y sin pausa la yema, el agua y el pigmento rojizo hasta conseguir una pasta muy fina. Realizó el mismo proceso con otro color.

Cuando el ayudante acabó su trabajo, bajó y se puso también a mezclar. Entonces Diomedes ocupó el puesto del ayudante; llevaba el papel perforado con el dibujo que iría en el fondo para calcarlo.

Al terminar, retrocedió y entornó los ojos. El otoño invitaba a pintar una escena de montería, con su amo vestido de cazador, de pie, esbelto, al lado de su tordo favorito y portando un arco y unas flechas. Detrás, un bosque con aves.

Sí, le habían dolido las órdenes de Caterina, pero no le suplicó que cambiara de idea. Incluso se tragó las lágrimas cuando presenció la destrucción de la pintura. Estuvo delante desde el primer golpe de la piqueta hasta que el último trozo pintado cayó al suelo.

Sin embargo, todo eso ya había pasado. Ahora pintaría la vida cortesana de palacio. Un auténtico reto. Y en cuanto terminara retomaría su labor de iluminador para embellecer manuscritos de crónicas o de libros de horas por la cual cobraba un buen dinero que guardaba para reunir el pago de su libertad, como así convino su amo en la carta de manumisión. Pero no tenía prisa. Ninguna prisa.

Dos semanas después, cuando acabó de dar la última pincelada al conde de Monteverde, la luz del sol iluminaba a Caterina, quien bajo el dintel contemplaba el rostro de su malogrado esposo, cuyos ojos parecían mirarla desde la pared.

Diomedes no preguntó a la condesa viuda qué le parecía. No hacía falta. Percibía que su ama y señora estaba satisfecha por la serenidad de su semblante. Complacido, decidió que tomaría como modelo a la gente de palacio.

II

Que a uno lo despierten despojándole de las sábanas sin demasiados miramientos, levantándolo de la cama como si fuera un costal de arena y dejándolo caer sin la más mínima consideración, no suele ser muy agradable. Y así fue como a Jimeno lo despertaron, tras una noche de placer. Su primera noche de placer, al amparo de una posada dentro de una ciudad junto al mar, donde la humedad empapaba las sábanas mucho antes de que lo hiciera el sudor de los cuerpos desnudos de los amantes.

En un primer instante creyó que la casa se derrumbaba sobre él, adormilado y aturdido como estaba. Y no tenía de qué extrañarse, últimamente crujía el muro de carga y una fisura tan grande como el grosor de su dedo meñique se estaba abriendo a la altura del techo. Cuestiones que tendrían que haberle preocupado, de no ser porque no tenía otro lugar adonde ir, y porque él era de esas personas que piensan que cuanto menos caso se les haga a las dificultades, menos se agrandan.

El grito de súplica de Berta, y que no acababan de caerse las vigas sobre los dos, lo obligó a dejar la postura fetal a la que se había acogido para bien morir.

Alguien abrió de par en par el ventanuco que miraba al puerto. La penumbra fue desplazada por un sol tristón debido a unas nubes violáceas y grises que cubrían la ciudad. El aire húmedo y tibio que había envuelto a la desprevenida pareja fue sustituido por otro cargado de sal con olor a barco y a pescado. Los chillidos de las gaviotas, antes amortiguados por el postigo, turbaron la calma de la estancia.

El muchacho tardó en enfocar la silueta de su hermano, que con las piernas separadas, las manos a la espalda y el ceño fruncido, le impresionó sobremanera. Aunque dicha postura le debería haber prevenido de lo que vino después. No hay peor encuentro que con el primogénito de la familia herido en su honor con una vara oculta detrás de la espalda.

Una mueca, que trató de ser una sonrisa en el rostro de Jimeno, provocó que su hermano soltara un gruñido. Luego lo exhortó a que hiciera desaparecer esa cara de imbécil y que se pusiera en pie de inmediato. Por supuesto, el joven obedeció.

Su desnudez, que horas antes había exhibido orgulloso ante Berta, se empequeñeció ante las miradas guasonas de los acompañantes de su hermano y de los diablos que arrojaban los ojos de este.

—Vergüenza tendría que darte —rugió. Y junto con ese rugido enseñó sus garras: una vara delgada y flexible.

Jimeno quiso decir algo en su descargo, pero los golpes empezaron sin más preámbulos. Solo le dio tiempo a protegerse los genitales, no fuera que el palo fino y flexible acabara con lo poco de lo que no se avergonzaba. Se mantuvo erguido, tragándose el dolor a cada pestañeo de sus ojos. A los pocos varazos acabó por encorvarse; el orgullo no le llevaría a ninguna parte. Cuando quedó doblado y dejó de pestañear —los párpados se le quedaron pegados de tanto apretarlos—, el brazo castigador se detuvo. El muchacho agradeció su conmiseración y abrió los ojos con precaución. Su hermano resollaba mientras se masajeaba el brazo que sujetaba la vara, como premio a su labor. Jimeno también resollaba, pero no se masajeaba nada porque temía moverse y que volviesen los varazos.

—Esto no serán más que cosquillas en cuanto padre te tenga delante. Desearás no haber nacido. ¿Qué demonios se te pasó por la cabeza para abandonar el monasterio? Huir de ese modo, como si fueras un delincuente. ¿Te mataban de hambre los frailes? ¿De frío? ¿Te hacían trabajar la tierra como si fueras un campesino? Y no cuentes mentiras, pues el prior nos juró que mantenía intactos todos tus privilegios. No. Mejor calla, no quiero oír esa simpleza de que los rezos no son lo tuyo. Las cosas son como son, y no hay más. Cada uno se debe a lo que Dios y los padres mandan, ¿lo entiendes? ¡Pero qué vas a entender tú! Siempre fuiste un simple. Un atolondrado que se escondía bajo las faldas de madre. Ese fue el problema: madre. Sus ternezas. Que no te destetaran hasta los cinco años, que se emperrara en vestirte con sayas de mujer hasta los diez, que te adornara los cabellos con guirnaldas. Si no hubiera sido por padre... ¿Quién es ella?

Hizo un gesto despectivo en dirección a Berta. Jimeno, que le estaba dando la espalda, le dirigió una mirada rápida.

La muchacha permanecía sentada, abrazándose las piernas y con la frente sobre las rodillas, protegiendo de aquel modo su cuerpo desnudo de las miradas de aquellos energúmenos.

—¿No habrás hecho la estupidez de casarte? —le preguntó su hermano, colocando la punta de la vara en la punta de la nariz del muchacho.

Al menos, el joven pudo agitar la cabeza de un lado a otro.

—¡Así que tienes dinero y te da para putas! ¿De dónde lo sacas?

El varazo contra el costado dolió más que los anteriores. Las carnes se estaban enfriando y había atinado en donde ya tenía una marca. La sensación fue como si le arrancara la piel de un tirón.

—Soy escribiente de un gentilhombre —dijo Jimeno, apenas sin voz, conteniendo un gemido. Fue lo primero que se le pasó por la cabeza—. Me paga bien... ¡Y deja de zurrarme, por Dios! —rogó el joven al ver que su hermano volvía a levantar la vara—, si sigues así no dejarás piel sana para padre.

Los acompañantes del hermano se rieron. Su salida fue ingeniosa, pero sabía que las risas también se debían al timbre de su voz, aterciopelada y dulce, que le impedía imponer su valía como hombre hecho y derecho incluso cuando estaba enfadado, si es que alguien conseguía hacerle enfadar de verdad.

A Dios gracias, uno de los acólitos terció a su favor. El verdugo pareció claudicar.

—Vístete y recoge tus cosas. ¡Vamos!

Tras un no, se encogió viéndoselas venir. Su cuerpo flaco y anguloso no aguantaría otra zurra.

—¿Te niegas? ¡Vaya con mi hermanito! Ya no reconozco al llorón que hubo que arrancar de las faldas de madre. Está bien. Yo he cumplido las órdenes de padre. Me pidió que te buscara y que te diera esto.

Hizo una seña a uno de los escuderos que extrajo de un morral un par de bolsas, una más grande que la otra, y se las pasó.

—Bueno, hermano mío, espero que no deshonres más aún a la familia. No quisiera tener que terminar el castigo. No sobrevivirías. Por cierto, ¿tienes espada?

—No la necesito.

—Hermanito, hermanito, tú y tus principios.

El hombre echó un vistazo crítico a sus acompañantes, sopesando altura y longitud de brazos, e hizo una seña al elegido. Este se despojó del tahalí con la espada y los dejó a los pies de la cama.

Jimeno los vio marchar con gran alivio de su cuerpo. No porque su hermano cumpliera la amenaza —era el típico fanfarrón de lengua suelta que lo quería más a él que a los otros hermanos—, más bien porque se estaba quedando frío. Fuera, el viento no daba tregua y revoloteaba por todos los rincones de la estancia.

Cuando todos salieron, el muchacho se sentó en el borde de la cama. Buscó a tientas la sábana con la que cubrirse. Se volvió hacia Berta. La muchacha aún tenía el miedo en los ojos. En todo ese tiempo no había dejado escapar quejido alguno, salvo el primer grito proferido por la sorpresa. Jimeno acarició una de sus mejillas para tranquilizarla, notándolas húmedas. Le sonrió como se sonríe a un niño desvalido.

—No son ciertas esas cosas que ha dicho mi hermano sobre mí —dijo en un intento de defenderse—, fue... fue con cuatro años cuando me separaron de mi nodriza y... —se veía a sí mismo gritando, indignadísimo, que quería teta, que no volvería a comer nunca más. ¿O lo daba como verdadero de tanto que se lo habían repetido sus hermanos entre risas y burlas?—. Ni... ni madre me peinaba como... Mi hermano estaba bromeando... —siguió defendiéndose mientras notaba cómo se le calentaban las orejas.

—No sabía que vos fuerais hidalgo —dijo Berta a media voz, con su gracioso tono cantarín que tanto le gustaba a él.

Sus ojos se clavaron en el hábito colgado pulcramente en un clavo de la pared, sobre la saya que ella misma le había conseguido en un ropavejero. Ese mismo hábito que la muchacha le había limpiado y zurcido y que la despistó sobre su linaje.

—Eeeh, bueno, solo hijo de caballero... —respondió él, y forzó una sonrisa con la que mostró toda la dentadura, blanca y perfecta.

Ella contrajo los labios, a punto de soltar un puchero.

—Pero... Yo... —musitó. Los ojos se le habían ensombrecido. —Voy a buscar algo que te alivie los golpes.

Se deslizó fuera del lecho y fue hasta donde estaba su ropa mientras se recogía a toda prisa el pelo en una trenza.

Unas horas antes Jimeno se la había deshecho. Quería ver sus cabellos desparramados sobre su espalda. Ella, desnuda, los había dividido en dos y los había pasado hacia delante, para cubrirse los pechos. Sabía que a él le gustaba que hiciera eso. El color castaño de su piel se hacía más intenso y excitante con los toques azabaches del cabello. La transformaba en un animalito delicado y sensual.

El joven observaba cómo se vestía. La muchacha lo hacía de manera pausada. Desde que la había conocido, siempre lo hacía así. Nunca se precipitaba en ninguno de sus actos.

Berta se bajaba la camisa por aquellos pechos grandes y consistentes cuando Jimeno se levantó y fue a por ella, enervado. ¡Qué le importaban las heridas que le acababan de infligir! Tenía el bálsamo delante.

Con el calor de Berta, adormecida contra su costado entibiándole la piel, comenzó a abrir las bolsas. En la más grande había una carta de crédito que le permitiría cambiarla por monedas, un documento de identificación que le abriría puertas y dos cartas. Las misivas eran de su padre. Una de recomendación que había dictado a su secretario y la otra escrita de su puño y letra en la que le conminaba, con sutiles amenazas, a regresar de forma inmediata al monasterio. Educado como oblato, debía tomar los votos cuanto antes. En las últimas líneas le recomendaba que, si se mantenía en sus trece, entonces fuera a ponerse al servicio del marqués de Narros, que vivía en Vetonia.

Algo sabía de aquel noble. Era su padrino de bautismo y decían de él que era hombre culto y extravagante, y que rondaba los setenta años, que ya eran muchos para un mortal, por muy marqués que fuera. Que era soltero y dueño de tierras por la Extremadura, que había batallado contra fieles e infieles sin sufrir un rasguño y que afrontando la vejez y aburrido de ver cómo engordaban sus cerdos comiendo bellotas, se fue a vivir a Vetonia. Pero antes mandó ampliar y remodelar el palacio que allí tenía. Y el mismo día que fue colocado su blasón en el dintel de la nueva puerta, tomó posesión del palacio acompañado por una cohorte de más de veinte personas, entre criados y sirvientes, e igual número de mulas repletas de enseres.

En la bolsa pequeña había unas monedas de plata y otras, las más, de cobre. Jimeno se estiró bajo la sábana. Sopesó los pros y los contras de las «sugerencias» de su padre. La historia del mercader era más o menos cierta. Aquel veneciano sabía mucho de cuentas y nada de letras, por lo que le había pagado por escribirle misivas de amor. Pero de eso había pasado más de un mes, y ahora recibía un sueldo ridículo de un hidalgo segundón, aunque no le daba para caprichos y mucho menos para putas. Todo se le iba en alimentarse dos veces al día y en pagar la habitación que, aunque miserable, la posadera le había garantizado que la paja del lecho se desparasitaba todas las mañanas ahumándolo.

Berta no era meretriz, aunque al principio así lo había creído él. Lo de desnudarse con gran desenvoltura cuando la llevó a su cuartucho, ofreciéndosele sin ningún pudor, le había dado una pista equivocada. El novato creía que las mujeres, en esos menesteres tan concretos, debían ser más recatadas o, al menos, no debían de tomar la iniciativa. Y como a él no le sobraba el dinero, la miró con desesperación y le dijo, con toda su pena, y con toda la pena de su miembro que se levantaba risueño, que no tenía dinero para pagarle. La muchacha, al oír aquello, frunció el ceño y los labios, que formaron los morritos más hermosos que él había visto en su corta vida. Claro que un minuto antes había visto el culo y los pechos más hermosos desde que tenía recuerdos de culos y pechos. La supuesta virgen negó con la cabeza y se echó sobre el lecho. Entonces Jimeno se despojó de su hábito a toda velocidad y se echó sobre ella sin reparar en nada...

Pero la lascivia del exoblato chocó con una realidad indiscutible: su virginidad. La de él. El caso es que, en un abrir y cerrar de ojos, finalizó la relación carnal sin acercarse al objetivo. Para su desgracia, fue un comienzo que era mejor olvidar. Aunque más tarde, y para satisfacción de su orgullo herido, cumplió como un verdadero hombre; sobre la sábana habían quedado marcas de la virginidad de Berta. En los siguientes encuentros, los contactos alcanzaron tal grado de satisfacción que Jimeno pensó en llevarla por el camino de la honradez. Vamos, que había tomado la decisión de desposarla esa misma tarde, después de experimentar un placer brutal y exquisito. Sin embargo, antes de proponerle matrimonio, se quedó dormido y al despertar creyó que el fin del mundo había llegado...

En fin, que rumiando los pros y los contras, y tras mucho meditarlo, el muchacho llegó a la conclusión de que debía marchar a Vetonia. Era una idea que le rondaba por la cabeza... ¿Y por qué la tenía en la cabeza? ¡Ah, sí! Curiosamente, Berta le solía hablar mucho de esa ciudad, de su deseo de ir. Casi tenían cerrada la fecha para viajar juntos. Estaba decidido, debía marchar.

III

Quedaba una hora para el amanecer. En la ciudad de Vetonia solo se escuchaban los maullidos de las gatas en celo y los cantos de los gallos. Un ratón correteó calle arriba hacía el corral del palacio del marqués de Narros. Se escurrió por debajo de un agujero minúsculo del portalón. Unas magníficas puertas con grandes clavos dorados en los peinazos de las tablazones. Una vez al otro lado, husmeó el aire, indeciso. No tuvo tiempo para hacer nada más. Un gato blanco con deseos de calmar los lamentos de la hembra, que había decidido que el palacio era el mejor lugar para sacar adelante a su camada, dejó caer sus enormes zarpas sobre el animal y le hincó los dientes. Pero al instante lo soltó. La llamada imperiosa de la gata era más importante que el hambre. El ratón estuvo agonizando durante un rato hasta que un gallo desplumado le dio el golpe de gracia con el pico y luego se lo tragó entero.

Un escudero, que pasaba por la estrecha balaustrada que asomaba sobre el corral, buscó con la mirada a la dichosa gata. Sus maullidos lo desesperaban y le tenía ganas. Sacó el puñal que colgaba del cinto de su talabarte. La luz del hachón de brea le permitió ver al gallo comiéndose al ratón. Hizo una mueca de asco. Devolvió el puñal a su sitio y siguió con su ronda.

La ciudad se había sacudido los calores y el polvo de los meses de estío, pero los había vuelto a recuperar en algo más de dos días. Atrás quedaba una semana gris acompañada de fuertes tormentas que hacían las calles umbrosas e intransitables. Las lluvias y el aire fresco eran bien recibidos por los vetones, aunque supusieran un incordio, pues el barro hacía que resbalara el calzado en las cuestas, y ni tan siquiera las galochas con sus suelas de madera impedían que los zapatos se mancharan o que los bajos de las faldas de los trajes y de los sobretodos se llenaran de salpicaduras. Las pocas calles empedradas tampoco garantizaban que no se pudiera sufrir una mala caída. Ni las cabalgaduras más recias estaban libres de un accidente inoportuno. Por eso, cuando el buen tiempo se acomodaba en la urbe, justo en la festividad de San Miguel, la gente se animaba a salir. Los vetones más ociosos aprovechaban para pasear, cabalgar o acercarse al río, donde los más intrépidos se desnudaban para meterse en sus aguas. Adanes y Evas que, en la misa dominical, año tras año, oían e ignoraban las palabras de los clérigos que desde los púlpitos, y en acalorados sermones, exhortaban a la santificación del cuerpo y señalaban el impudor de la desnudez que llevaba a la carnalidad y, por tanto, a la perdición del alma.

En las cocinas, Galaciana despertó de repente. Lo hacía sin más y siempre a la misma hora, a ella nunca le había costado madrugar. Era una mujer menuda, de extremidades delgadas que se unían a un torso amplio, abombado, similar a un huevo de gallina. Tenía unas manos grandes sujetas a unas muñecas finas. Eran manos que llevaban desde los once años amasando, mezclando o batiendo todo tipo de alimentos. Siempre estaba de buen humor y tenía la virtud de conseguir los mejores víveres en el mercado a precios razonables. Era conocida y temida entre los vendedores. Esta habilidad la había adquirido por necesidad. Antes de entrar en la casa del marqués de Narros había trabajado para otra familia que, aunque noble, andaba siempre escasa de dinero. Galaciana negoció ventajosamente su salario con el marqués y a la edad de veinticinco años entró como primera cocinera. Llevaba en aquel puesto más de dos décadas. Las cocinas eran tan grandes que cuando las vio, con su chimenea, su horno de pan y un gran ventanal en la estancia principal por el que entraba luz y aire para ventilar cuando se caldeaba en exceso, había pensado que así tenía que ser el paraíso. Al año de entrar se casó con Maestre Cocinero. Un joven delgado, de rostro amable, que, con el tiempo, había engordado y perdido la mayoría de los dientes. Había trabajado como mozo de cuadra y cuando un caballo le coceó y le dejó con una pierna lisiada, pasó a las cocinas como ayudante de su mujer.

Mientras su marido seguía durmiendo, la cocinera se levantó y pasó por encima de él. Lo hacía con tal destreza que nunca lo despertaba. Eran muchos años haciéndolo y todavía tenía la agilidad suficiente como para no desplomarse sobre él. La poca luz que provenía del hachón del corral entraba a través del tragaluz hasta la estancia donde comía la servidumbre. Allí dormía el matrimonio, sobre un colchón de paja. Se calzó, tomó uno de los trapos que dejaba antes de acostarse en un recipiente con vinagre y sal, y se lo pasó por la cara. Luego fue hasta la escalera que subía a las cocinas y se dirigió al corral en camisa y con la cofia de dormir. Agradeció el aire fresco de noviembre y que se le metiera por entre el escote. Se rascó los senos y el trasero. Camino del corral de las letrinas, vio el gallo que, desplumado tras una pelea con otro congénere recién llegado y de la que había salido perdedor, correteaba de un lado a otro desorientado. Le echó mano y le retorció el pescuezo. Hacía dos días que había dejado de cantar y serviría para hacer un buen caldo y como alimento para el perro mimado de Caterina después de triturar los huesos. Lo dejó sobre la tapa de una de las tinajas y lo cubrió con un cedazo.

De regresó a las cocinas recogió al triste gallo y se lo pasó a Adosinda, esclava rusa de piel ambarina, ojos oblicuos y cabellos negros, para que lo desplumara y le quitara las vísceras. La niña, a medio vestir, lanzó un sonoro bostezo. La mujer la regañó al ver que todavía se estaba recolocando la ropa, y la chiquilla, con voz plañidera y un horrible acento, se excusó con que su compañera de lecho no la había dejado dormir. Se deshizo y rehízo la trenza con agilidad, la enrolló sobre la nuca y se cubrió la cabeza con una toca. La cocinera le tironeó de la falda para que quedara en su sitio mientras pensaba que no había sido una mala adquisición de la condesa viuda, era una esclava muy trabajadora. La dama la había comprado a un mercader de Barcelona que, a su vez, la había adquirido a un tratante de esclavos en Génova.

Galaciana se vistió y se acercó a la chimenea para aventar la lumbre. Más tarde despertaría a Maestre Cocinero, cuyos ronquidos no habían dejado de sonar. Su marido se levantaba todas las noches a la hora de la modorra para cerciorarse de que las brasas cubiertas con cenizas no se hubieran apagado.

Al poco, fueron llegando otros esclavos desde la estancia más oscura y fría del semisótano para iniciar su rutina. La cocinera los examinó con aire crítico. No les permitía que llevaran los cabellos desordenados y las ropas sucias antes de que el mozo que se ocupaba de vigilarlos los inspeccionara. Una de las muchas cosas que no soportaba la condesa viuda era que la gente que vivía en palacio vistiera sin el decoro debido, y eso significaba también pulcritud.

El trabajo doméstico más ingrato era tarea de los esclavos, desde limpiar las letrinas y los corrales, extender la paja y abrir los gallineros, hasta dejar impecables las caballerizas. Todo había que hacerlo antes de desayunar. Luego limpiaban las dependencias de la servidumbre y recogían los bacines sucios. Adosinda era la esclava más joven que poseía el marqués. A esa hora le tocaba, junto con otra chiquilla con los ojos llenos de sueño, matar cucarachas, llevar los cubos hasta el pozo y llenar los cántaros y las tinajas de agua. Pero antes subió las escaleras de madera del corral que daban a los dormitorios de los sirvientes. Crujían de forma alarmante a cada paso que daba. Se encontró con uno de los gatos, el blanco, que maulló y se restregó entre sus piernas. Ella le acarició el cuello y el lomo. Le gustaban esos animales, cosa que no entendía nadie de la casa. Para ellos no eran más que animales antipáticos, necesarios para acabar con los ratones y alimañas, para forrar sobretodos o hacer cobertores de cama con su piel, y nada desdeñables para la cazuela en caso de hambrunas. Una vez arriba, en la primera estancia, despertó a Enrico, a quien siempre le tocaba dormir pegado a la puerta. Lo hizo con delicadeza, pues el muchacho tenía un extraño despertar. Si alguien lo sacudía saltaba como una rana metida en agua hirviendo y gritaba que dónde estaba el cadáver.

Enrico pasaba una mala adolescencia. Tenía la cara llena de granos purulentos y unas mejillas coloradotas. El flequillo trasquilado le caía sobre los ojos. Se restregó los párpados con la sábana para quitarse las legañas y se rascó todo el corpachón, que en los últimos meses se le había agrandado un poco más. Luego agitó los hombros de su compañero de lecho y este hizo lo mismo con el siguiente.

Poco a poco, el bullicio fue aumentando en el dormitorio. A los bostezos, voces y golpes se les unieron los ruidos producidos por las sirvientas en la estancia contigua. Los más avispados habían echado a correr hacia las letrinas, por lo que los rezagados debían conformarse con utilizar los bacines si no podían esperar.

También llegaron a palacio los sirvientes externos. Habían entrado por la puerta de acceso al corral, después de que les abriera el portero. Uno llevaba un par de lechones amarrados con un cordel. Ese día había invitados importantes y la comida del marqués y la condesa viuda sería suculenta.

Cuando el sol despuntaba, una muchacha tomó una bandeja con el desayuno de los criados y al salir en dirección al comedor se detuvo para dejar pasar al mayordomo. Después de agachar la cabeza, siguió su camino. No era habitual que fuera a las cocinas, aunque, para desesperación de la cocinera, de tanto en tanto se presentaba sin avisar para cerciorarse de que aquella parte del palacio estaba presentable.

Los pocos sirvientes que allí quedaban, creyendo que bajaba para soltarles alguna reprimenda porque ya era tarde, salieron a toda prisa para hacer sus quehaceres. El hombre trató de no reír al verlos tan apurados. Se detuvo bajo el dintel de la entrada. Era de estatura baja para un cometido tan responsable como el que le tocaba realizar. Los mayordomos solían ser individuos altos, cuadrados de hombros y tener voz potente para imponer su autoridad. Sobre ellos recaía todo lo que afectaba al palacio, desde pagar los salarios hasta vigilar el buen funcionamiento de la casa a cargo de los camareros y mozos de ambos sexos. Su rostro era desigual, quizá por la forma de la nariz, que delataba que se la habían partido hacía años de un puñetazo o con un objeto contundente. Él solía decir que había sido en el asedio del castillo de Loarre, a las órdenes del rey Fernando I de Aragón, pero en realidad sucedió cuando era mancebo y jugaba al juego de la pelota con un compañero que lo golpeó con la verga sin querer. Cubría su calva con un bonete negro a la última moda: con el borde vuelto hacia arriba.

—Buenos días. Tan solo he bajado para anunciar lo que todos estamos esperando desde hace días. Acabamos de recibir la triste noticia de la muerte del sastre y de su pobre esposa. Al final, el derrumbe del taller se ha llevado la vida de seis personas. Una desgracia. En un rato se lo voy a notificar a la condesa viuda. Galaciana, prepare una de esas hierbas sedantes para sosegarla y un buen plato de caracoles acompañado con un vino aguado.

Se giró sobre sus talones y se dirigió a la estancia donde los criados comían.

En el comedor, Gaspar, el escudero de Caterina, miraba por el tragaluz. Tenía tanta devoción por su señora que no soportaba verla entristecida o sufriendo, aunque fuera por simples nimiedades. Ella siempre se portaba muy bien con él. Había mandado llamar al mejor cirujano para que le curara la terrible herida que había sufrido cuando una espada se hendió en su cuello y hombro y el filo arrastró carne. Fue al poco de entrar a su servicio, con dieciséis años, durante unos ejercicios para formarse como soldado. Desde entonces se juró que la serviría en todo, y si por ello acababa en el mismo infierno lo aceptaría gozoso.

Blanca, mujer de cámara de la condesa viuda, miraba al escudero sin disimulo, con cara burlona. A la criada, esa devoción que mostraba Gaspar por la señora le parecía ridícula. A veces pensaba que ocultaba algo, no sobre él mismo, sino sobre la dama. Él debía de conocer hasta lo más secreto de la vida de la condesa viuda, como Inés o como Matilde, la dueña, que no la dejaban ni a sol ni a sombra. De todos modos, poco podía sonsacarle, era un hombre reservado y solitario. Su físico, salvo la cicatriz del cuello y la falta de unos dientes, no tenía nada que la repeliera. Era de cuerpo no demasiado musculoso, de manos grandes y de rostro proporcionado y sin más señales que el corte del cuello, una menudencia comparada con la colección de costurones que solían lucir los hombres de armas. Quizá fueran las orejas lo que menos la atraían, ya que estaban bastante despegadas del cráneo.

Blanca llevaba unos pocos meses al servicio de la condesa viuda. Había llegado con el deseo de aprender cómo se debía de comportar una dama de alto linaje. Nunca había salido de la casa paterna, pues había tenido que cuidar de su madre enferma durante largos años hasta que falleció. Pero durante esos meses descubrió que algunas damas no eran lo que se dice un dechado de perfección. A ella, como a todas las mujeres de su clase social, la habían enseñado desde niña a ser obediente, servicial, silenciosa y modesta. Cualidades difíciles de reunir, pero que siempre trató de alcanzar para conseguir un buen casamiento. Hija de hidalgo, nunca había podido vestir con sedas hasta que llegó al palacio del marqués, como hermana de uno de sus escuderos. De facciones agradables, tez fina y cuerpo bien formado, pronto cumpliría los veinticinco años. Ya no era joven. Esperaba con ansia poder casarse con un hombre que fuera algo más que un hidalgo y darle hijos, todos varones. Aspiraba a ser mujer de cámara de una noble de categoría superior o, por qué no, formar su propia Casa.

La llegada del mayordomo hizo que el escudero de Caterina dejara de mirar por el tragaluz. Se fijó en Blanca y en cómo esta, al instante, desvió los ojos. El escudero terminó su desayuno y acudió a los aposentos privados de su señora, aunque sabía que pasaría horas delante de la puerta sin hacer nada, a la espera de que a la condesa viuda se le pasara el disgusto. El resto de los criados siguió comiendo a su ritmo: pan mojado en vino, queso, tortas de harina y trozos de carne estofada humeante. No tenían prisa, el marqués no se levantaría hasta las once, como era costumbre, y Caterina había dejado claro que no saldría de sus aposentos en todo el día.

El mayordomo se sentó al lado de Matilde, su mujer, que había acabado de comer y se limpiaba la boca y las manos con una servilleta; como dueña y confidente de la condesa viuda le tocaba consolarla y soportarla.

Una sirvienta vertió en el vaso del mayordomo un poco de vino aguado y puso en su plato la mitad de un pan recién horneado. Cuando este fue a servirse la carne con la cuchara, Matilde se le adelantó. Si dejaba que se sirviera él mismo se pondría tal cantidad que la barriga, ya de tamaño considerable, le explotaría. Luego se marchó. Cuando el hombre comprobó que su mujer había salido, alargó el brazo con la cuchara, cazó más carne y la echó en el pan. Olisqueó con satisfacción el aroma que desprendía su plato. Entre bocado y bocado preguntó si se había acondicionado la alcoba para el nuevo criado, de nombre Jimeno, el hijo menor de un barón, cuya llegada se esperaba, a no mucho tardar, para finales de mes.

El hombre de cámara del marqués respondió, con expresión de fastidio, que ya había mandado que la adecentaran aquella misma mañana. Le molestaba que el mayordomo tuviera esa facilidad de tocarle las narices, metiéndose en sus asuntos. Bastante tenía con vigilar a los mozos bajo su mando para que cada estancia de palacio estuviera limpia y para que nada le faltara al señor marqués don Álvaro de Narros. También le correspondía guardar las llaves de cada aposento y de cada mueble. Mucha responsabilidad para un único hombre, mientras que el mayordomo, si no estaba tocándose la barriga en su alcoba, se paseaba por palacio con una ceja levantada como si estuviera haciendo algo importante.

—No entiendo por qué ha de tener una alcoba para él solo —masculló Blanca—. No es más que el hijo segundón de un barón. ¿Qué nos diferencia de él?

El portero, que hacía su entrada en el comedor, le dio la razón, y añadió que también era extraño que el griego durmiera solo, y no con los otros esclavos. El mayordomo se encogió de hombros y se llevó el último trozo de pan a la boca. Dio un trago al vino, se limpió los labios con la servilleta y dirigió una mirada severa a todos los presentes.

—Como bien saben, las decisiones del señor marqués no se cuestionan —dijo, recolocándose lo mejor que pudo la falda del sayo, que se le solía girar por debajo de la barriga—. Aun así, no hay que olvidar que es su ahijado de bautismo y que le tiene mucho cariño. Y en cuanto al esclavo, fue decisión de la condesa viuda, aunque yo no estaría muy contento durmiendo donde él duerme. Os puedo asegurar que es la zona más fría y ruidosa de palacio.

Blanca torció la boca, como signo de que las decisiones del marqués y la condesa viuda le parecían injustas. Ella tenía que compartir alcoba con Inés, que roncaba, y con una niña de cinco años que todavía se levantaba a altas horas de la noche para orinar. Cuando llegó a palacio tenía la esperanza de que a los pocos meses se emparejaría con alguno de los criados, a ser posible un escudero, que sirviera en la Casa del marqués o en otras Casas de la ciudad, lo mismo le daba, pero seguía sin pretendiente. Y aunque el portero sí se había interesado por ella, Blanca lo veía como a un hombre viejo, aburrido y sin ganas de mejorar de posición. No tenía dudas de que la vida de criada era cómoda, sobre todo para una mujer soltera que no deseaba acabar en un convento, con privilegios, bienestar y sin responsabilidades, pero ella anhelaba medrar y poder formar su propia familia con criados y sirvientes.

IV

La condesa viuda arrancó la cítola de las manos del imprudente mozo que se había atrevido a tañer sus cuerdas de una manera tan horrorosa. Levantó el instrumento por encima de su cabeza. El jovenzuelo se cubrió la suya con los brazos. Una criada ahogó un grito tapándose la boca con las manos. Ovillo ladró frenético pero feliz, convencido de que su ama quería jugar. La pequeña Francisca, la niña que la dama tenía bajo su custodia, se escondió detrás de uno de los tapices decorado con elementos vegetales.

Matilde puso los ojos en blanco y esperó impasible el estallido. Pero Caterina decidió que destrozar un instrumento tan bello como ese no estaba nada bien. A fin de cuentas, le había costado sus buenas monedas de plata, y todo para que aquel mequetrefe produjera ruidos con él. Respiró hondo un par de veces, se recolocó un mechón castaño dentro de la cofia y pidió al mequetrefe, con tono dulce pero nervioso, que se marchara. El aludido salió a escape.

Todavía con el ceño fruncido, la condesa viuda pidió a las criadas que la dejaran sola. Entre ellas se intercambiaron miradas de preocupación, conocedoras de sus arrebatos, pero obedecieron; hasta la pequeña Francisca se atrevió a salir de su escondite y buscar la protección de una de ellas. Matilde y Blanca se quedaron en la estancia contigua, vigilantes.

La dama, en cuanto estuvo sola, se dirigió hacia la chimenea de piedra situada en la mitad de la estancia, mientras que con un pie fue empujando uno de los cojines que estaban dispuestos por el suelo. Ya frente a la chimenea se sentó en él, con la espalda bien recta. Las mejillas se tiñeron de rojo, color que favorecía a su rostro ovalado, que no había perdido su aire juvenil, de nariz pequeña, labios bien perfilados y pestañas largas.

A los troncos de encina les quedaba mucho tiempo para consumirse. Colocó con mimo la cítola sobre sus piernas. Ovillo se tumbó a su lado. Pellizcó las cuerdas del instrumento durante un rato. Por último, cerró los ojos de un profundo color castaño. Para destruir el instrumento necesitaba un motivo más sólido que la torpeza del muchacho al tañerlo. Lo buscó. Todavía no tenía un sastre que gozara de gran fama. Su amante seguía sin cumplir su promesa de traer, costara lo que costase, aquel del que tanto se hablaba, un jubetero que era solicitado por los grandes nobles de Aragón. No le quedaba más remedio que retrasar el proyecto que quería proponer al Consejo de la villa: montar un gremio de sastres y jubeteros en Vetonia. La ciudad crecía desde hacía dos lustros, prosperaba con el aumento de la población y las actividades comerciales bullían. Para Caterina era necesaria la presencia de maestros que se ocuparan de hacer vestidos de calidad. Debía, y deseaba, cumplir el sueño de su difunto marido.

Más tranquila, dejó la cítola en el suelo, se levantó y se dirigió al estrado. Se acomodó en otro cojín, desplegó el pequeño escritorio de mano y de una arqueta sacó unos pliegos de papel. Releyó por encima lo que estaba escrito. Desde que había decidido escribir los acontecimientos más relevantes de su vida no había semana que no tomara la pluma. En un solo párrafo había relatado su infancia alegre y despreocupada. Un aburrimiento mortal. De todas maneras, a sus veinticuatro años no recordaba lo caprichosa y desesperante que había sido con parientes y servidumbre, quienes se alegraron cuando dejó la casa paterna para casarse. En cambio, sí recordaba con nitidez lo caprichosa e irritable que fue su madre. En varias líneas recalcó aquellas dos «cualidades», así como que, cada vez que paría una hembra, despotricaba contra su fertilidad y la existencia del sexo femenino —algo, por otro lado, poco razonable, pensaba Caterina—. Con respecto a su padre había escrito que solía regresar «herido de muerte» de alguna batalla para, después, resucitar milagrosamente cuando se veía rodeado de tantas hembras carne de su carne. Entonces preñaba otra vez a su esposa, y durante los meses de embarazo rezaba con fervor frente a las reliquias de alguna santa —que hacía oídos sordos a sus súplicas— para que engendrara, por fin, un varón. Y cuando de nuevo su esposa daba a luz otra niña, abandonaba a la familia en busca de nuevos lances guerreros.

También había escrito sobre su difunto marido, el conde Blasco de Monteverde. Espejo de caballeros. Hombre y esposo ideal. Uno de los infanzones del rey de Aragón conocido por la posesión de numerosas tierras y casales, y también porque era guapo, esbelto, divertido y audaz. Un hombre que había irritado a los de su mismo sexo por su forma de comportarse, un tanto especial, y porque pocas habían sido las damas que no se habían rendido ante él. No hubo mujer que no hubiera envidiado a Caterina. Y es que su esposo vestía a la última, se acicalaba y perfumaba, se rizaba el cabello rubio natural y se depilaba cejas y piernas. Aconsejaba sobre afeites y sobre cómo vestirse. De la corte borgoñona había traído la moda de las mangas con bocas desmesuradamente amplias, aunque rechazaba los trajes negros, tan de moda allí, porque no armonizaban con su tono de piel.

Caterina, una vez recibida la noticia de su desposorio, no paró de hacer preguntas sobre él, pero las respuestas que le daban eran vagas y repetitivas, hasta que surgió la cuestión de la cópula. A sus trece años todavía tenía dormido el deseo sexual. Aunque ya le había bajado el menstruo, seguía muy apegada a su muñeca de madera. Así que sentenció que aquello no lo haría ni viva ni muerta, aunque, eso sí, su futuro marido no tendría quejas de ella porque sería una mujer muy, pero que muy dócil. En contra de todo pronóstico, la única queja del infanzón fue que su esposa no fuera nada, pero nada dócil.

El casamiento tuvo lugar dos años después. Su padre, por supuesto, estaba batallando por alguna tierra lejana. Su madre se quitó otro peso de encima, era la quinta de las hijas que dejaba el hogar. Sus hermanas la envidiaron, las arras fueron de escándalo: además del aporte monetario, incluían tierras y casas al sur de Castilla. Días antes de las amonestaciones ambos contrayentes se conocieron. Y Caterina, tras el primer impacto, se enamoró de él, a su manera. El infanzón también, y también a su manera. Un día, mientras charlaban sobre zapatos y tocados, el infanzón palpó los pechos de Caterina por encima de su saya holgada para sopesar tamaño y forma e indicarle qué cantidad de relleno necesitaba y qué tipo de escote le iría bien a su silueta. La muchacha dio un respingo al notar aquellas manos y, entre sorprendida y enojada, arañó la nariz de su prometido. Lo natural habría sido que este se enfadara y le recriminara que una mujer jamás debía levantar la mano contra un hombre. Tan solo se fue en busca de un espejo para ver si se le estaba hinchando donde el arañazo. Caterina se dijo que tendría que esforzarse en ser dócil. Ya casada, dejó de esforzarse. Para qué, si Blasco le perdonaba todas sus debilidades y le daba todos los caprichos. Incluso le puso en bandeja al que más tarde se convertiría en su amante. Cuando ella le requería en la cama y él veía que no podía complacerla —apenas pasaba de un coito rápido y un dulce y casto beso en los labios ardientes de Caterina—, comenzó a invitar a la fortaleza-palacio, adonde fueron a vivir, a uno de sus mejores amigos. Invitaciones que se dieron con una frecuencia inusitada. En aquel lugar solitario, seco, frío y pelado, ella habría languidecido de no ser por Guillén.

Caterina acabó de releer los últimos párrafos del pliego, pensó en cómo describirlo —buen amigo y camarada de armas de su esposo— y si debía o no contar cómo se habían conocido. Sonrió con malicia. Tomó la pluma, abrió el tintero y, con trazos pausados y limpios, continuó donde lo había dejado. Escribió sobre la muerte de sus padres a causa de una epidemia de peste.

Unos aldabonazos recios y espaciados hicieron que dejara la pluma. La señal inequívoca que solía realizar fray Hernando de Simón cuando llegaba a palacio. Era hora de prepararse. Dobló los pliegos y cerró el tintero. Dio un par de palmadas. Entraron Blanca e Inés. Las dos mujeres no las tenían todas consigo, pero al verla sosegada se tranquilizaron. Blanca abrió el arcón de los vestidos. Aspiró el intenso olor a lavanda que salió de su interior y extrajo un par de prendas para que la dama eligiera.

Caterina dejó el escritorio de mano a un lado y bajó del estrado. Puso toda su atención en las llamas, no tanto por su poder de atracción, sino por su capacidad destructora. El fuego purificaba el alma, o la transformaba, o la fortalecía. Las cenizas como fertilizantes de la nueva vida. Miró entonces la cítola que seguía en el suelo, cerca de la chimenea. Se emocionó al revivir cada nota que los dedos de su difunto esposo sacaron de aquel instrumento. Entonces sí hizo lo que habían estado esperando las criadas, lo cogió y lo arrojó al fuego. Las llamas se alborotaron y a punto estuvieron de apagarse. Matilde se acercó a la chimenea mientras las llaves que tenía prendidas al cinturón tintineaban y sacó el instrumento. El fuego no lo había dañado.

Caterina dio una patada a uno de los almohadones. Dar patadas a todo aquello que tuviera delante y fuera blando solía relajarla. La llegada de Diomedes consiguió lo que no pudieron sus pies; el eunuco tenía la virtud de hacer desaparecer sus enojos, con sus ojos cálidos y melancólicos.

Más tranquila, se preparó para que le retocaran los afeites del rostro y le cambiaran la saya. Blanca tomó un pequeño recipiente de cerámica donde se guardaba el unto hecho con raíz de brionia roja. La mayoría de los cosméticos estaban en recipientes de vidrio, de plata o de hueso, todos bien ordenados en el interior de una pequeña hornacina con dos estantes que se cerraba con una celosía y a la que se le podía echar la llave.

—Señora condesa, apenas queda ungüento.

—Imposible, ayer lo rellené yo misma —dijo Inés, sorprendida, acercándose para ver el recipiente.

Blanca le mostró la cajita de barro. Caterina interrogó con la mirada a Inés, que era la encargada de que no faltara nada de lo que estaba relacionado con afeites, ungüentos y perfumes.

Inés había entrado a su servicio con quince años como moza de cámara. Por Santa Inés cumpliría los veinticuatro, al igual que ella. Y seguía soltera. Ningún hombre la había pedido en matrimonio, pero tampoco la condesa viuda había buscado con quien casarla. Estaba muy satisfecha con su servicio, sobre todo desde que pasó a ser camarera. La compenetración entre ambas era tan estrecha que se había hecho casi imprescindible. El deseo de la criada era servirle el resto de su vida y acabar en el puesto de dueña cuando faltara Matilde. Poder llevar el cinturón con las tijeras de plata, el cuchillo con mango de marfil y la llave que abría el cofre donde se guardaban todas las demás llaves. Aunque Inés no perdía la esperanza de tener marido, sabía que cada año que pasaba se hacía más difícil que la casaran. No era una mujer agraciada, tenía un rostro caballuno, pero poseía unos ojos castaños claros y brillantes que tenía que entornar cuando miraba a la lejanía para poder ver con claridad.

—Ya es la tercera vez que falta algo, ¿no? —le dijo la dama, con irritación.

—Señora condesa, no sé qué ha podido ocurrir. Ayer... Os prometo, señora condesa, que...

La dama le ordenó callar, los problemas domésticos la aburrían.

—Averiguad qué es lo que está pasando con los afeites —exigió Caterina, e intentó calmar la incipiente ansiedad que empezaba a incomodarla. En palacio nada desaparecía, nada se perdía. O al menos, casi nada.

—Quizá haya sido Francisca —observó Blanca—. A la pequeña le gusta abrir todas las cajitas que encuentra a su alcance.

Aquello no convenció a la condesa viuda. La criada la desvistió y le puso el brial de terciopelo verde. Tiró de las cintas del costado hasta que el paño quedó bien ceñido al cuerpo y los pechos bien marcados. Luego, la dama tomó asiento para que le quitara la toca de lino y le colocara otra de seda fina. Con habilidad, la camarera se la ajustó desde el nacimiento del cabello para que toda la frente quedara descubierta. Caterina la tenía estrecha y para corregir el defecto le depilaban las cejas hasta que eran unas sutiles líneas sobre los ojos, y se las repasaban con un finísimo palo de naranjo con la punta impregnada en tinte castaño. La toca, sujeta al cabello con alfileres de plata, enmarcó unos pómulos grandes y un mentón pequeño y dejó libre un cuello largo y frágil. Blanca se agachó para calzarle unas servillas de finísimo cordobán y unos chapines forrados de terciopelo verde. Nuevamente de pie, le puso un sobretodo que iba abierto por delante de arriba abajo, confeccionado con grandes pliegues redondeados dispuestos con perfecta simetría. Para terminar, le pasó el paternóster de cuentas de ámbar.

Antes de salir, Caterina abrió una cajita colocada en la hornacina y extrajo una pastilla de alcorza con sabor a rosas. Se la metió en la boca. Sacó otra y observó a Francisca con ojo crítico. Para llegar a la hornacina de los cosméticos tendría que subirse a un escaño. Le tendió la pastilla. La pequeña, que acaba de entrar en el aposento y la miraba con ojos golosos, la tomó feliz. A la primera chupada se le quedó encajada en el hueco donde unas horas antes había un diente. Echó hacia atrás los labios y con la lengua hizo infinidad de muecas para desencajar la pastilla.

La condesa viuda hizo una seña a Francisca para que fuera delante. La pequeña remoloneó. La dama frunció los labios, mostrando un disgusto fingido. Y como Francisca seguía sin moverse, Caterina hizo un leve movimiento hacia ella como si quisiera atraparla y la niña echó a correr, riendo a carcajadas. La dama, de no llevar puestos los chapines, habría corrido en pos de ella y, como hacía otras veces, la habría perseguido hasta atraparla para acabar haciéndole cosquillas bajo la barbilla. Caterina rio a su vez. Realmente la pequeña había puesto algo de paz en su vida. ¿Sería eso la felicidad? Sabía que tarde o temprano la niña tendría que volver con sus padres, cuando la madre se recuperara de una caída del caballo.

La frágil claridad de la tarde atravesaba los vidrios del ventanillo y en los rincones de la alcoba centelleaban las velas de unos candeleros. Mientras Inés limpiaba el rostro de Caterina con un lienzo de algodón impregnado con aceite vegetal y cera de abeja, le relataba el jaleo ocasionado por dos criados en la plaza del mercado.

—Llegaron a las manos. Parecían dos verduleras, tirándose de los cabellos. Un espectáculo bochornoso. Dicen que la pelea fue por una monja del convento de las clarisas.

La condesa viuda, con los ojos cerrados, hizo una mueca divertida. Vetonia tenía un nuevo entretenimiento: sus habitantes no pararían hasta saber quién era dicha monja.

Inés tomó aceite de lirio y puso unas gotitas en las mejillas, barbilla y entrecejo de su señora. Con movimientos lentos y suaves las fue extendiendo. Cuando terminó, y antes de que la condesa viuda abriera los ojos, se pasó los dedos por sus propios pómulos. Luego se sentó frente a la dama para hidratarle las manos. Siguió contándole los últimos chismorreos.

—Se dice que la reina nuestra señora ha tomado la decisión de desterrar a uno de sus monteros por engañar a una dama; la dejó embarazada y luego trató de casarse con otra.

—Y hará bien la reina —dijo Caterina—, pero Su Majestad le dio a elegir: o se casaba con la burlada o lo desterraba. El hombre ha elegido desposarse. Infeliz ella.

Inés detuvo el masaje manteniendo las manos pequeñas y finas de la dama entre las suyas, grandes y pesadas.

—¿Infeliz ella?

—Sí, infeliz ella. Ya sabes lo que opino sobre el matrimonio forzoso, es... primitivo. Me alegra mucho que no estés casada, Inés. Tendrías que dejarme y perdería una buena amiga.

La criada siguió extendiendo el aceite de lirio mientras sus pensamientos volaban hacia ese marido que siempre había deseado —un secreto que nunca había revelado a nadie— y, al mismo tiempo, desechaba la idea de dejar a Caterina. Había entrado a su servicio con catorce años, recién casada la dama, y podía decirse que habían crecido juntas.

Soltó las manos de la condesa viuda y fue hasta el lecho para abrirlo. Cuando la dama se metió entre las sábanas, le pasó el libro de oraciones y otro más deleitoso que leía antes de dormir y, justo al retirarse, le comunicó que el caballero, que durante aquel mes había estado rondando las calles de palacio, había acabado por abandonar Vetonia en vista de la frialdad de la señora. Ambas mujeres se echaron a reír. Se habían apostado cuánto durarían sus galanteos.

V

El aposento donde se hallaba el vizconde de Comanes era el más amplio de la casa. Las paredes estaban cubiertas con tapices de un gusto exquisito. Una alfombra de vivos colores cubría parte del suelo, mientras que sobre el resto de las losetas que mostraban las imperfecciones de una mala cocción, se esparcían cojines de cuero. En la pared opuesta a la puerta principal, una cortina de terciopelo verde daba paso a la alcoba. Unas velas colocadas en el candelero de hierro colgado del techo y otra sobre la mesa iluminaban la estancia. Guillén se alegraba de que la situación económica de su vieja amiga fuera holgada.

La mujer se removió en la silla de cadera. Esta crujió. Las carnes rellenas y flojas de la meretriz estaban tan solo cubiertas con unas calzas blancas, sujetas por unas ligas del mismo color por debajo de las rodillas. Sobre una mesita, bien alineados, estaban los frascos y escudillas con afeites y ungüentos. Metió el dedo índice, que antes había humedecido en un poco de orina aguada de niño, en una pasta que contenía azúcar, porcelana y canela. Se pasó el dedo con esmero por los dientes. Aunque le faltaban varias piezas, las que le quedaban estaban muy blancas. Con agua de azahar se refrescó el aliento. Volvió a explorarse los dientes pasando la punta de la lengua en busca de alguna impureza. Guillén, sentado en un escabel, la imitó de manera inconsciente. Notó un hollejo metido entre unas muelas, así que puso en funcionamiento su lengua y realizó un par de succiones, con ruiditos incluidos. Ella le ofreció su limpiador de hueso.

El hombre detuvo su lucha encarnecida, se levantó y llegó hasta ella. A Dios gracias, el hollejo se desprendió antes de hacer uso del instrumento que se le tendía. Al estar tan cerca de la prostituta se fijó que los años y unas viruelas muy tardías habían hecho estragos en su cara. De todos modos, sintió una leve palpitación en su miembro al clavar los ojos en aquellos pechos grandes y poderosos.

La mujer lo miró con ojos cansados, ojos rodeados de pequeñas arrugas que delataban su edad. Guillén apenas la reconocía. ¿Dónde estaba la hembra de mirada centelleante, semblante terso y carnes rollizas que lo había hecho hombre a los catorce años? No olvidaba sus ataques inexpertos, alegres y vivaces, contra aquellas carnes jugosas, que por aquel entonces tan solo habían tocado el marido de la susodicha. Claro que él no estaba libre de estragos, llevaba acumulados cuarenta y ocho años y su aspecto, aunque seguía siendo varonil, hacía aguas en la región abdominal, y los cabellos, con abundantes canas, dejaban a la vista una frente ancha y limpia. Desolado volvió a sentarse en el escabel.

—Así que habéis venido a Valencia en busca de los servicios del jubetero —la meretriz retomaba la conversación que había interrumpido para limpiarse los dientes—. Creí que también para no olvidar viejos tiempos. ¡Me tenéis tan abandonada! —subrayó con hondísimo pesar.

—¡Por Dios, si decidí venir fue para veros! Lo otro es secundario —dijo el caballero con el énfasis que solía dar a sus mentiras.

Ella se rio.

—Señor vizconde, sé que vuestro corazón pertenece a una dama que os haría eunuco con sus propias manos si se enterara de que os desfogáis en cueva ajena. No seáis zalamero conmigo para que os consiga al sastre.

La prostituta acabó dando por bueno lo que el espejo le mostraba. Se irguió, echando hacia atrás los hombros. Se tocó con sensualidad los voluminosos pechos, que sufrían la inevitable caída que arrastra la edad. Guillén se removió en el escabel y cerró los muslos con fuerza.

A continuación, la mujer llamó por su nombre a dos sirvientas que entraron casi al momento. Una de ellas era vieja y menuda. La otra todavía parecía una niña bien desarrollada. La vieja fue la encargada de cubrir el busto y la cara de su ama con una sustancia salina de aspecto cristalizado. La piel quedó de un color blanquecino mortuorio. De seguido, maquilló los párpados con un pincel muy fino. Con otro más grueso, le aplicó polvos rojos en las mejillas, las orejas, la frente, los hombros y los senos. A continuación, la otra criada cogió el perfumero con agua de azahar, tomó un buche, apretó los dientes y roció el cuerpo de su ama. Ella, con los ojos cerrados, se dejó hacer. Guillén tomó nota de todo aquello para cuando quedara con su amante.

La mujer se levantó y la chiquilla se dispuso a vestirla. Cogió una camisa colocada sobre una silla. Era una prenda nueva, con bordados rojos en las mangas y en la pechera. «Debe de ser un hombre importante para que ella estrene ropa», pensó Guillén.

—Siento deciros, señor vizconde, que hace unos meses dejó el oficio. Apenas puede ver sus propias manos.

Eso ya lo sabía Guillén. Al poco de llegar a la ciudad había acudido a la casa del jubetero y se había encontrado con un tipo huraño y consumido cuyas pestañas estaban húmedas y pegadas entre sí, lo que le había dejado desconsolado, pues llevar consigo a un tullido no era un buen regalo para Caterina, pero regresar a Vetonia sin el célebre sastre sería peor que no hacerlo. Sabía cómo se las gastaba su amante, lo mantendría lejos de sus caricias por un largo periodo de tiempo, y eso significaba tener que atender más a su esposa y, ¡válgale el Cielo!, ¡qué culpa tenía él!

La sirvienta empezó a pasar la camisa por la cabeza de la meretriz, cuyos cabellos estaban recogidos en una cofia de red.

—Es un hombre demasiado viejo y desde hace unos cuantos años sufre de los huesos y se le están apagando los ojos —siguió diciendo la mujer—. ¡Es una verdadera lástima, porque esta ciudad se ha quedado huérfana del mejor jubetero...!

—Pero he oído que el hombre ha dejado buena escuela...

El jubetero había enviado al vizconde a otros obradores, sin embargo, las prendas y cortes que vio no le parecieron excepcionales ni dignos para Caterina. Además, llevarse a un sastre cualquiera a Vetonia supondría una pérdida de tiempo y esfuerzo, sobre todo porque, primero, ya tenían buenos maestros allí; segundo, porque tendría que pagar el permiso de traslado al regidor, y tercero, porque tendría que abrirle tienda en Vetonia y pagar los derechos para que pudiera confeccionar y vender.

Sin embargo, uno de los sastres que había visitado le llegó a comentar, de manera muy confidencial, que la hija del viejo hacía patrones y cortaba tanto o mejor que su padre. No era maestra porque para el examen de maestría se exigía a los aspirantes buena fama y vida, y la mencionada, la fama la había perdido hacía años... Aquí el confidente le hizo con los dedos el gesto inequívoco sobre su profesión. Regresó, pues, al taller del viejo jubetero y, ante la amenaza de sacarle los ojos, este le dijo, gimoteando, que sí, que había tenido una hija, pero que murió siendo niña. Y repitió tanto la palabra muerta, y con tanto énfasis, que Guillén mandó a varios de sus hombres a indagar por mercados, tiendas y bodegones.

Unos días después le confirmaron que el jubetero sí había tenido una hija, fea, coja y resentida. Una hija que, de jovencita, obtenía dinero extra «trabajando» en huertos oscuros. Su padre, al enterarse, la había echado de casa, y esta, cuando cumplió los dieciocho años, desapareció de la ciudad. Se llegó a decir que había huido con un moro a tierras turcas porque, pasados unos años, había regresado trayendo consigo nuevas técnicas de patronaje y cortadura de telas, así como un refinado repertorio de habilidades amatorias propias de Oriente. En la ciudad se la conocía como la Turca. La mujer había acabado instalándose en un burdel, donde había puesto en práctica todo lo aprendido, adquiriendo fama con sus artes amatorias. Al mismo tiempo se le fue hinchando el vientre hasta parir una hembra, que, de no haber habido testigos del parto, nadie hubiese creído que de un cuerpo tan contrahecho saliera algo tan delicado y perfecto. Una criatura de ojos claros y verdes, piel morena y cabellos negros. Finalmente, le dijeron que la Turca había vuelto a desaparecer, abandonando a su hija, de nombre Juana, que andaba por los catorce años. Cuando Guillén supo el nombre de la mujer que la había recogido, recobró parte de las esperanzas perdidas. Por eso estaba allí, en la casa de su vieja amiga.

—En absoluto, señor vizconde, ninguno de esos sastres tiene la habilidad de su maestro —explicó la meretriz con fingida consternación—. Ninguno, y os lo digo por el cariño que os tengo, cumpliría con las exigencias de vuestra amante.

—¡Es para mi esposa! —exclamó él indignadísimo, en un intento de engañarla.

La meretriz, antes de que la sirvienta más joven le colocara la saya, le dirigió al vizconde una sonrisilla que indicaba que a ella no se la podía engañar con tanta facilidad.

—Me vais a permitir una impertinencia, mi señor vizconde... —dijo con un tonillo burlón en su voz. La cabeza de la mujer desapareció unos instantes y la saya le cubrió el torso. Se levantó para que la prenda siguiera su camino, al tiempo que metía los brazos por las mangas y sacaba la cabeza por la abertura del escote— vos vestiríais a vuestra esposa con cualquier trapo, y mejor si es de tela de estopa.

En otras circunstancias Guillén se habría echado a reír, pero tenía que mantenerse firme y mostrarse grave. Pensó a toda prisa en otra excusa. Por ejemplo, ¿que estaba buscando al mejor sastre como presente para la reina de Castilla?

La vieja tomó de encima de un arcón un sobretodo. Tenía unas mangas amplias, tan largas que tocaban el suelo y se unían al mismo vuelo de la falda sin costuras visibles. Por detrás, unos pliegues dispuestos con una regularidad perfecta daban volumen al abrigo. El corte era exquisito.

—Pues... vuestra esposa... —siguió diciendo la prostituta—, deberá conformarse con el sastre que os voy a recomendar. Es bueno y...

—No —gruñó él—. Quiero a la persona que ha confeccionado ese ropón que os vais a poner. Y... me voy a llevar vuestra prenda.

En aquel momento, la sirvienta tiró de las cintas de la saya, para que se ajustara al voluminoso torso de la meretriz, con tanta fuerza que rompió el extremo de una de ellas.

—¡Pero... Juanilla! ¡Estás tonta! ¡Qué demonios...!

Se produjo un silencio tenso y Guillén se fijó por primera vez en la chiquilla. Pese a no tener el tipo de belleza que él más apreciaba en una mujer, la frescura de su semblante lo llegó a turbar. Era de cara redondeada, con trazas todavía infantiles, ojos grandes, claros y verdes y cabellos muy negros. La tez morena y la boca pequeña, de labios carnosos y de un color rosado vivo. No era tan niña como había creído al primer vistazo, debía de tener no menos de trece años.

La meretriz, al darse cuenta de que el vizconde había puesto toda su atención en la sirvienta, se colocó entre él y Juanilla.

—Siento deciros, señor vizconde, que quien hizo este ropón ha desaparecido. Lo recibí hace un par de días como pago por algunos favores que le hago.

—¿Dónde está?

—No lo sé. Y no os miento.

Guillén se inclinó hacia un lado para volver a mirar a la sirvienta. ¿Juanilla? ¿Trece o catorce años? ¿No era esa la edad de la hija que había abandonado la Turca? Se levantó del escabel, rodeó a la meretriz y se acercó a Juanilla. Su piel morena indicaba un origen más que sospechoso, y esos ojos tan verdes...

—Bien, también quiero a esta sirvienta, he venido sin...

La muchacha, con el rostro desencajado, se aferró a su protectora.

—No. —Fue un no bien rotundo—. Mi querido vizconde, os daré una dirección donde podréis elegir criadas de su edad, incluso más jóvenes, que suelen ser más dóciles como bien sabéis.

El caballero miró con desprecio a la meretriz, al tiempo que echaba los hombros hacia atrás y levantaba la barbilla. Pero ¿qué se había creído? ¿Que necesitaba...? Se obligó a serenarse.

—Es la nieta del sastre, ¿cierto? —dijo Guillén sin dejar de mirar a Juanilla.

La mujer asintió y mandó a la niña que trajera otra cinta para sustituir la rota.

—Y ella os paga con prendas de gran calidad por haceros cargo de su hija, ¿cierto? —inquirió el vizconde.

La prostituta volvió a asentir, resignada.

El vizconde analizó la situación. No era lo que había venido a buscar, pero tal vez la muchacha podría serle de utilidad.

—¿Sabe bordar? ¿Coser...?

Su vieja amiga se rindió. Alabó las manos de la joven y le reveló que su madre había empezado a enseñarle el uso de las tijeras. Todo lo demás vino rodado. Guillén trazó un plan: se la llevaría a Vetonia.

—Mi querido vizconde, os voy a sangrar la bolsa.

—De acuerdo, aunque pensad que también tengo la posibilidad de arrebatárosla sin más.

—Debéis de amar mucho a Caterina. Que yo recuerde, y sepa, nunca habéis sido de dar caprichos a las mujeres.

Y tenía razón. Él amaba a una dama compleja e irritante, pero vivaz, fuerte y bella, por quien sería capaz de matar.

La prostituta apremió a la chiquilla para que terminara de vestirla, y no dejó de quejarse porque iba a perder una buena sirvienta. Juanilla mantuvo la mirada baja en todo momento, como si quisiera hacerse invisible, y acabó sollozando y temblando de pies a cabeza cuando su protectora la mandó a recoger sus cosas.

—Espero que seáis delicado con Juanilla, aún es virgen —le dijo, tras terminar de contar las monedas que el vizconde le había dado, ignorando su mirada molesta—. Le prometí a su madre que no se dedicaría a su profesión, una ñoñez poco práctica. Le he buscado marido en la cofradía de los sastres y tengo elegido un par de candidatos. Y, un consejo: yo que vos me llevaría también al vejestorio de su abuelo. Está medio ciego, pero la cabeza la tiene perfecta.

VI

Parado frente a la fachada donde servía Berta, Jimeno dudó unos instantes. La misma noche que decidió marcharse pensó en llevarla consigo como manceba, pero luego lo había meditado con más tranquilidad. Era mejor llegar a Vetonia libre de toda responsabilidad y ver cómo funcionaban las cosas por allí, cómo se vivía y cuál sería su función en el palacio del marqués. Al ser hijo de gentilhombre no tardaría en tener una esposa de su misma condición. De todos modos, dejar a la muchacha sin decirle nada le parecía bastante miserable. Así que había tomado la decisión de pasar un momento por la casa donde servía y dejar en la puerta, y a su nombre, unos dineros que compensaran la angustia de verse abandonada.

El joven abordó a una mujer apostada bajo el dintel de una puerta que daba a un corral. Olía a humo y a cabrito asado.

—Perdonad, buena mujer, necesito que me hagáis un favor. ¿Podrías entregar este paquete a Berta? —Le tendió unas monedas metidas en un trozo de tela que había atado con un cordel dando varias vueltas con numerosos nudos.

—¿Berta? —preguntó la mujer. Entornó primero los ojillos para después mirarlo de arriba abajo—. No conozco a ninguna Berta.

—Ah, perdonadme, creí que trabajabais en la casa, como os veo parada en el umbral. Preguntaré a...

—Trabajo en la casa. Soy la cocinera.

—Pues entonces... ¡No lo entiendo! Aquí mismo trabaja de sirvienta una muchacha llamada Berta...

—Pues no, aquí no trabaja nadie con ese nombre.

Preocupado por la posibilidad de un despiste, retrocedió unos pasos y examinó la fachada. El color blanco vivo que cubría el adobe tenía un desconchón cerca del zócalo de piedra y sin desbastar de la ventana que quedaba a la derecha de la puerta, y el escudo de armas con un árbol flaqueado por dos perros coronaban dicha puerta. No tenía dudas, era la misma casa donde dejaba a la muchacha cuando la acompañaba. Volvió a la carga:

—Tendrá unos catorce años, espigada, la piel es... es de color algo oscuro, y tiene los cabellos lisos, y también oscuros...

—Pues mire, la única moza de catorce años que está de sirvienta solo tiene en común con la suya que es hembra. En lo demás, se parece como un huevo a una castaña. Es una esclava que tiene la piel negra, el trasero más grande que un pandero, los cabellos cortos y ensortijados y pies como barcas...

Aquellas palabras desconcertaron a Jimeno. Era evidente que se había perdido algo. En las dos o tres ocasiones que había acompañado a Berta, ella se había despedido de él frente a aquel portalón con una fila de pequeños clavos en los peinazos de las maderas y... Pero ahora que le venían a la memoria esas despedidas, nunca la había visto entrar. Cuando creía que lo hacía, él ya se alejaba calle abajo.

Pidió disculpas a la mujer por la confusión y, tras un momento de vacilación, tomó el camino hacia las puertas de la ciudad. De haber tenido tiempo habría tratado de indagar el porqué de aquel raro jueguecito de la muchacha, pero a lo tonto, la mañana se le estaba echando encima.

No había dado dos pasos cuando un hombre se le aproximó.

—Si el páter me da unas monedas le cuento a quién traía su *eminencia* aquí...

El zarrapastroso aquel lo obligó a dar un brinco hacia atrás. Tenía tantas pústulas en la cara y en las manos que a punto estuvo el joven de sacar el cuchillo que llevaba junto a la escarcela y hacerle un favor quitándole la vida, aunque hubiera tenido que ir en contra de sus principios. Su sonrisa desdentada era una invitación a que empezara por rasurarle la cara. Pero con el movimiento rápido de arriba abajo de las cejas, el mendigo le estaba dando a entender que sabía todo lo que él quería saber sobre Berta.

—Primero habla y luego te doy —le dijo.

Sin embargo, la mano del mendigo seguía aún extendida, incansable, así que Jimeno, indignado porque tenía que abrir la bolsa, sacó un maravedí y lo dejó caer sobre la palma mugrienta y con costras. Mantuvo otro maravedí entre sus dedos.

—La tal Berta es de la edad que ha dicho su *eminencia*, y también tiene la piel y el pelo oscuros. Es sirvienta, sí... peeero... de una... mala mujer. —E hizo bailar las cejas.

Escupía al hablar, lo que obligaba al joven a retroceder a cada palabra que el tipo soltaba.

—¿Me está diciendo que ella es una puta? —La palabra «puta» sonó con más fuerza de la deseada, con tal vehemencia que se asemejó al canto de un gallo afónico. Un dolor sordo se ensañó a la altura de su estómago.

El hombre sacudió la cabeza, un movimiento que fue un sí y un no.

Antes de echarle el otro maravedí, le preguntó dónde vivía esa mujer de no muy buena fama.

El mendigo le señaló una de las viviendas más alejadas en aquella misma calle.

Antes de dirigirse a la casa señalada, Jimeno apretó los dientes y así consiguió no llorar.

Poco fue el tiempo que estuvo dentro, y no pasó del zaguán. Le recibió una mujer vieja y menuda. Le contó que la noche anterior un hombre se había llevado a la sirvienta de su ama, que había pagado bien por ella. Juanilla, la llamaban. Cuando el muchacho le describió a Berta, la mujer le dijo, sin lugar a duda, que era la misma.

Los golpes de ariete podían deberse tanto a los puños de la dueña como a los de su hijo, ambos tenían brazos poderosos. Solo cuando Jimeno gritó que estaba despierto acabó el aporreo. Como despertadores no tenían precio, sospechaba que todos los demás inquilinos también habían abierto los ojos.

Con premura encendió un candil, se calzó, se echó sobre la camisa el manto y salió a escape hacia el corral. Orinó sobre una gallina que ni se inmutó, sacó de entre su ropa interior la bolsa de los dineros y de ella una moneda. Antes de volver a su habitación le pidió al hijo de la posadera que le preparara un buen desayuno.

De regreso al cuartucho, pocos fueron los objetos que tuvo que recoger. Desde su salida de Jaca para dirigirse a Valencia, había metido en el zurrón un pedernal, una camisa, un peine y mondadientes de madera. Ahora metía la saya que Berta le había conseguido y su cinta de pelo bordada. Para el viaje decidió que iría con el hábito, por prudencia. Los religiosos con ropas humildes eran más respetados si se transitaba por caminos dejados de la mano de Dios.

Cuando el aporreador de puertas le trajo una hogaza de pan, queso y un par de huevos cocidos los guardó también en el zurrón. Luego, se colgó del cinturón la bolsa pequeña con unas pocas monedas y el cuchillo, y del hombro, el rabel. Por último, cogió el tahalí con la espada con la intención de venderlo todo antes de dejar la ciudad.

Al salir a la calle una luz tenue se iba abriendo paso por el este. Hacia el norte, por encima de unos montes escarpados, había una acumulación de nubes con aspecto de llevar lluvia. Aquello presagiaba que el inicio del viaje sería desapacible. Pensó que debería hacerse con una prenda más adecuada. Tenía dinero de sobra para comprarse un tabardo de buen paño.

Se encaminó hacia el barrio de los sastres por las calles más seguras y transitadas. Se cruzó con sirvientes que iban todavía bostezando a sus puestos de trabajo y con un caballero, lo que era sorprendente, porque a esas horas de la mañana la gente de su condición aún estaba durmiendo, que, por otro lado, era lo más sensato y decoroso. También se cruzó con indigentes que se instalaban a la puerta de *su* iglesia, para extender una mano mugrienta y mostrar el muñón a las parroquianas. Por primera vez, Jimeno receló de ellos, especialmente de los que veía todos los días y a los que saludaba con una sonrisa misericordiosa antes de tener la bolsa llena de dineros. Esquivó a una mujer de las de manto corto, mirada descarada y labios obscenos, capaces de oler la plata a lenguas de distancia. Indicó a un hombre qué camino debía tomar para llegar a una vivienda que quedaba a escasos pasos porque, ciego de vino, se había perdido, y además le tuvo que prometer que no le diría a su esposa que había cogido una buena cogorza. Vio a un sirviente apagando los antorcheros de hierro adosados a la fachada de un palacio. Aquella práctica de poner luces en los muros de las grandes casas, junto con la construcción de hornacinas para meter linternas, había comenzado a finales del siglo pasado y se estaba extendiendo por las ciudades. Una excelente idea, sobre todo en las noches sin luna.

Cuando llegó al barrio había luz suficiente como para perder el miedo. Las tiendas de sedas y paños y de ropavejeros empezaban a abrirse según las ganas de trabajar de sus respectivos dueños. Pensó en comprarse el mejor tabardo que hubiera, sin reparar en gastos, pero cuando se dirigía hacia una de las sastrerías con los postigos abiertos y levantados, salieron de ella unos hombres con el semblante grave. Dos de ellos cogían por los brazos a un viejo que parecía estar medio muerto. El último en salir fue un caballero rodeado de mujeres llorosas. Al pasar por su lado, Jimeno reconoció a uno de ellos, tenía la cara picada de viruelas y una cicatriz bastante fea sobre la ceja derecha. Sabía que era el escudero de un vizconde. Durante los últimos días habían compartido juegos y vino en el bodegón que solían frecuentar. Esa misma noche se verían para la revancha, así que subió el brazo izquierdo a la altura de su nariz. Pero se embozó demasiado tarde.

—Me alegro de verte, muchacho. He de marcharme esta misma mañana, así que no habrá partida de dados. Iba a perdonarte la deuda, pero ya que nos hemos encontrado, ¿llevas dinero encima?

—No —respondió, mientras le quemaba la bolsa que tenía metida en la ropa interior.

Debió de ser el repentino temblor en la comisura de sus labios lo que alertó al individuo, que lo agarró por la delantera de su manto —de ser otro menos corpulento, el desventurado no le habría permitido ese tipo de confianzas— y lo palpó, descubriendo el zurrón.

—Así que también te vas... ¿Se puede saber adónde?

El joven buscó a toda velocidad una mentira: un cambio de posada por culpa de las chinches.

—¡Claro! Lo que tú digas. Mira, muchacho, ya estás tardando en pagarme.

Consiguió sacar la escarcela de entre el manto, que le empezaba a oprimir a la altura del cuello, y rebuscó en ella mientras notaba que la vida se le acaba allí mismo. Boqueó. La mano del escudero soltó el manto para coger las monedas.

—Buen muchacho. Espero que el camino que tomes no te conduzca hacia donde yo voy —le dijo el matón al tiempo que le guiñaba un ojo para darle después un cachecito en la mejilla.

Jimeno, con la cara toda congestionada, pensó en darle una bofetada, pero perdió la oportunidad de propinársela porque le sobrevino un ataque de tos. Cuando se recuperó, el escudero se había unido al grupo en el que iba el caballero, las mujeres llorosas y el viejo, que seguían llevando a rastras.

VII

—¡Hace un día espléndido! —Conrada había entrado en la alcoba de Guillén y abierto el postigo de la ventana—. Luego saldremos con tus hijos. Llevan encerrados casi una semana. No recuerdo tantos días de lluvia. ¿Tú lo recuerdas? Creo que no estábamos todavía casados. O sí. ¿Te acuerdas? ¡Anda, marido, haz un esfuerzo! ¿Fue cuándo peregrinamos al monasterio del Císter? No. Tal vez fue…

El vizconde dejó de escucharla. «De acuerdo, he cometido un error en toda mi vida: casarme con Conrada», pensó. Se dio la vuelta sobre el lecho para retomar el sueño.

El viaje había sido eterno y un suplicio, a paso de buey. Había traído consigo al viejo sastre, al que no le había dado la opción de seguirlo por propia voluntad. Sus hombres habían entrado en el taller y se lo habían llevado a la fuerza. No obstante, no todo podía ser perfecto: no había tenido más remedio que cargar con varias mujeres y dos niños. Las mujeres rogaron, agarrándose a sus ropas, que las llevara con él, pues quedaban en completo desamparo sin el sastre.

En las tierras desoladas de Castilla estuvo a punto de abandonar a todo el grupo. El camino, que al ritmo de las mulas se podía hacer en diez días, supuso un mes por culpa de ciertos imprevistos que llevaron al vizconde a añorar las infernales campañas veraniegas contra los infieles. Entre aquellos inconvenientes estuvo la desaparición de una de las criaturas durante todo un día en una de las ciudades de paso, que una de las mujeres se negara a seguir hasta que se le retirara el menstruo, que en una posada dos de ellas se pelearan hasta arrancarse los cabellos por uno de los arqueros —a quien no le había bastado con cortejar solo a una—, que volviera a perderse la misma criatura, pero esta vez en un monte, que al viejo se le descompusiera el vientre, y que, en otra ciudad famosa por sus telares, y en día de mercado, todas aquellas hembras del demonio se dieran al desenfreno de las compras con cargo a su bolsa.

En fin, que las mujeres y el vejestorio habían conseguido que su cabeza terminara siendo una olla llena de grillos. Todavía escuchaba el parloteo estridente de aquellas hembras y el lloriqueo constante del viejo. La nieta del sastre, en cambio, no había despegado los labios y había mantenido, en todo momento, una actitud reservada. En cuanto salieron de la casa de la prostituta, Juanilla se cubrió de arriba abajo con un manto y había caminado medio encogida al tiempo que apretaba contra su cuerpo el hatillo en el que llevaba sus pertenencias. No levantó la cabeza hasta varios días después. Luego se mostró más relajada, aunque siguió sin despegar los labios salvo para atender a su abuelo. El anciano, por su parte, la apartaba de su lado con insultos y manotazos. Cuando allá en el horizonte, divisó la colina rematada por la fortaleza de Vetonia, Guillén se sosegó. La pesadilla estaba a punto de acabar. Y se alegró, porque daría descanso a sus piernas. Notaba que los viajes le agotaban.

Conrada se rindió ante la pasividad de su esposo. Este ahuecó la almohada y hundió medio rostro en ella, lo que duró un parpadeo. Tres de los hijos que había engendrado con Conrada entraron y le dieron, con excesiva gravedad y ceremonia, los buenos días. A continuación, comenzaron a relatarle todo lo que habían hecho en su ausencia. La jaqueca de Guillén empezó a tener vida propia en una vena de la sien derecha, pero aguantó las ganas de despacharlos. Amaba a sus hijos, era lo único positivo de su matrimonio, y estaba orgulloso de lo bien que se estaban criando. Crecían fuertes y hasta el momento no habían padecido ninguna de las enfermedades tan comunes en los niños, y que solían ser mortales. A uno de ellos lo había mandado a tierras del norte, bajo las órdenes del rey de Aragón, y a otro, en breve, lo enviaría a Sevilla como criado de uno de los nobles más importantes de esa ciudad.

Cuando sus hijos se marcharon, Guillén volvió a ahuecar la almohada, pero su mujer se echó a su lado, susurró a su oído algo que él no entendió y dejó que la camisa resbalara por uno de sus hombros. La cara grande, redonda y colorada, con ojos saltones y nariz surcada de venitas rojas, junto con los enormes pechos de Conrada le produjeron la reacción que, desde hacía unos años, le ocurría con bastante frecuencia al verla desnuda: le entraron unas ganas enormes de hacer de vientre. Saltó del lecho, tomó de un pequeño anaquel unos cuantos papeles, sus lentes, una vela y fue a refugiarse en el pequeño reservado para el bacín, oculto en un cajoncillo con tapa. Se entretuvo leyendo hasta que se quedó dormido. De no golpearse la cabeza contra la pared habría seguido roncando. «Me estoy haciendo viejo», murmuró para sí, desolado.

Tras lavarse y vestirse con la ayuda de su hombre de cámara, casi a hurtadillas, se deslizó hasta las caballerizas. Tres de sus escuderos estaban esperándolo. Uno le tendió unos alcorques y su capuz. Otro llevaba envuelto en una tela el sobretodo que había pertenecido a la prostituta.

El cielo de un color frío y cargado de nubes grises presagiaba, en contra del vaticinio de su mujer, otro día desapacible. Guillén miraba el suelo a cada paso que daba y acabó por gruñir al notar que los pies se le estaban quedando fríos. Volvió a reafirmarse en que se estaba haciendo viejo. Un año atrás habría galopado como un caballo cuando ve cercana las cuadras para llegar cuanto antes. Cuando quedaba poco para llegar al palacio del marqués de Narros, su escudero más fiel se adelantó para comprobar que la puerta trasera estaba abierta.

Un muchacho granudo lo acompañó, portando el fardo, hasta la estancia donde su amante lo recibía en circunstancias poco habituales. No hubo ningún tropiezo con los servidores de la casa, aunque llegó a atisbar a la dueña de Caterina, que lo observaba al resguardo del soportal que unía los dos patios. Dentro de la estancia iluminada por un candelero, el adolescente dejó el paquete sobre un escaño y luego ayudó al vizconde a quitarse el tabardo.

Cuando Guillén se quedó a solas aprovechó para alzarse la falda del sayo y calentarse el trasero en el brasero. Su amante lo sorprendió con los ojos cerrados y suspirando de gusto.

—Estimado vizconde, ¿ahora necesitas ayuda de más para calentarte?

Él se bajó la falda y la miró indignado.

—Estimada condesa, sabes de sobra que con solo tu presencia *esto* —bajó los ojos hacia su entrepierna— se calienta...

El mohín que la dama hizo con los labios puso en guardia a *esto*. El vizconde fue a sentarse en una silla y cruzó las piernas. Ella se sentó en otra más baja.

—¿Y bien?

Guillén le hizo un resumen mientras observaba los cambios que se producían en el rostro de Caterina. La decepción fue el último gesto que quedó impreso en él.

—Entiendo que debo conformarme con la nieta del sastre que te pedí que me trajeras...

—Bueno, el viejo no puede usar las manos por culpa de la artrosis y está medio ciego, pero de cabeza rige bien. —Se levantó para abrir el paquete y desplegó el ropón frente a Caterina.

La dama lo examinó con ojos críticos. La prenda tenía un corte impecable, aunque la seda no era de la máxima calidad.

Las arrugas que se habían formado en el entrecejo se suavizaron. Se quitó el manto y le pidió a Guillén que se lo pusiera. Comprobó que le quedaba demasiado grande y algo corto. Esos sobretodos se llevaban siempre arrastrando por el suelo. Estaba claro que la propietaria a la que había estado destinada era gorda y bajita.

—Es una prenda magnífica —dijo Caterina.

—Sabía que te iba a gustar. —Los labios de Guillén rozaron la oreja de Caterina a través de la tela de la toca—. Es posible que la sastra ya sepa que tenemos a su hija. Si como me han dicho, le tiene mucho cariño, vendrá a Vetonia en su busca y podrás proponerle que trabaje aquí.

Caterina volvió a arrugar el entrecejo y se apartó del vizconde con cierta brusquedad.

—¿Y si no viene en su busca? —preguntó la dama. Caterina quería reunir a los más afamados sastres y crear una hermandad, en la que ella sería la benefactora y principal beneficiaria.

—Pues si no viene deberías sacar provecho de la nieta —dijo el vizconde, que empezó a empujarla suavemente hacía el rincón más oscuro de la estancia—, sabe coser y bordar. Y su abuelo podría enseñarla a cortar.

—Tráela mañana a palacio —ordenó la dama.

—Dame tiempo. Alojé al viejo y a las mujeres en una posada. Les he exigido que encuentren cuanto antes una vivienda. Tienen dos días, de lo contrario dormirán en la calle pasado ese plazo. Pero a Juana le he dicho que venga a palacio esta misma tarde. La voy a contratar como sirvienta. Su abuelo no deja de martirizarla y temo que acabe huyendo por su causa.

Guillén tenía a Caterina acorralada en el rincón. Separó los bordes del sobretodo.

—Luego... Es bella.

No era una pregunta, ni tan siquiera un reproche. Guillén y las mujeres bonitas formaban un todo. A Caterina los flirteos de su amante con otras mujeres le eran indiferentes. La desesperaba mucho más que siguiera acostándose con su esposa y que esta le diera hijos, vivos o muertos.

Le gustaba su rostro cuadrado, limpio de enfermedades y heridas de armas, sus ojos benevolentes, el pequeño bigote y la minúscula barba bifurcada cuyo color canoso contrastaba con el cabello negro teñido. También le gustaba el tono lascivo de su voz cuando buscaba algo más que unas simples caricias.

—No, en absoluto, aunque tengo que reconocer que tampoco es fea, apenas una niña —contestó Guillén, posando los labios en la boca de Caterina mientras sus manos le subían las faldas de la saya y el pellote—. Una mujer a medio hacer.

Caterina entrecerró los ojos y ladeó la cabeza, una invitación para que la besara justo en el cuello. Él así lo hizo, separó la tela de la toca con los labios. Pero cuando las manos rozaban los muslos desnudos de su amante, esta se escabulló. Se despojó del sobretodo, lo dejó caer al suelo y fue a sentarse en la silla del vizconde. Estiró las piernas. Sus pies, calzados con unas zapatillas forradas de seda, quedaron a la vista de Guillén.

Su constitución frágil contrastaba con los ojos inflexibles cuando se irritaba y lujuriantes cuando se excitaba.

Caterina le preguntó por su esposa, por su embarazo. Aquella pregunta pareció enfriar los ánimos del vizconde. Desde que había dejado embarazada a la condesa viuda, justo un mes después de la muerte del difunto Blasco, hablar de su prole lo incomodaba. Había sido un quebradero de cabeza que había provocado duras discusiones. Pero la criatura se malogró al poco tiempo. Nadie supo nada, salvo Matilde, que la atendió durante aquel trance.

La dama lo despidió sin disimular el enojo que la actitud pusilánime del vizconde le provocaba.

VIII

Jimeno había realizado el viaje hasta Vetonia sin ningún contratiempo, aunque había sido un mes de largas caminatas a pie. Se había unido a una familia de mercaderes burgaleses que transportaban objetos de cobre, hierros y orfebrería barata. Y había gratificado al patriarca con el tabardo de buen paño que compró antes de abandonar la ciudad.

Justo entraba en Vetonia por un puente que cruzaba una vega, cuando empezaron a caer unas insignificantes gotas de agua. Observó el cielo resignado, cansado y hambriento. Pidió a Dios que no se ensañara con él ahora que le faltaba tan poco para alcanzar la meta. Cesó de llover. Le dio las gracias al Altísimo y con timidez pidió que apareciera, en cuanto pasara aquellas primeras casas señoriales con sus torres y portadas, un lugar donde comprar algo para comer. Así ocurrió. Murmuró otra plegaria de agradecimiento. Hoy el buen Dios estaba de su parte.

Compró en un tenderete callejero una cebolla y un buen trozo de queso y pan en una tahona. Entró en una taberna próxima donde se anunciaba en un cartel la venta del mejor vino blanco de la comarca. Se bebió medio cuartillo mientras llenaba el estómago; no era propio de gente bien educada presentarse ante el marqués como si estuviera muerto de hambre. Saciado, se olisqueó por dentro del manto. Arrugó la nariz. Era necesario pasar por una casa de baños. Preguntó si había alguna con pileta para sumergirse dentro, eso lo relajaría y le quitaría todo el cansancio acumulado.

Comenzó a subir cuesta arriba por calles empedradas hasta que descubrió, frente a un muro, que si no preguntaba seguiría perdido en aquel laberinto de callejuelas. Le indicaron que debía seguir subiendo, llegar hasta la plaza del mercado, girar hacia la izquierda, luego hacia la derecha, tomar otra calle más ancha, seguir recto, bajar… Fue entonces cuando el muchacho se preguntó si Dios lo estaba poniendo a prueba. Cuando por fin llegó, jadeante y con la tira de una de las sandalias a punto de romperse, volvió a dar gracias a Dios.

Sentado en la puerta del vestíbulo, el bañero le informó que había un pase privado y, por tanto, debía esperar.

Jimeno refunfuñó, protestó, dijo eso tan efectivo de «vos no sabéis con quién estáis hablando», pero aquel tipo o no entendía el significado de esa frase o era de los que preferían que le ofrecieran algo contante y sonante. Sin embargo las monedas tampoco funcionaron. El portero lo hizo esperar, y a tres hombres más, hasta que el grupo del pase privado, hembras para más señas, dejaron el recinto.

Una vez pasado el vestíbulo se llegaba al vestuario. Era una estancia sencilla con varios cubículos para poder dejar las prendas. La temperatura era excelente, el calor procedente de la caldera irradiaba por todo el suelo. El joven se descalzó, se quitó el manto y el hábito y los dejó bien doblados sobre un poyo de piedra.

Alrededor de la cintura se ciñó una toalla que había tenido que alquilar y se dirigió hacia la sala que se abría a su izquierda. Allí vio un par de bancos largos y amplios para poder reposar después de pasar por la pileta de agua caliente y de agua fría o para quien lo solicitara, y si lo pagaba, también podía recibir una saludable fricción con ramas verdes de abedul. En la siguiente sala estaban las piletas y un par de tinas para echarse agua por el cuerpo. Jimeno se quitó la toalla, la dobló y la dejó al borde de la piscina de agua caliente. Esta no era demasiado grande, aunque fácilmente cabían tres personas. Luego se dirigió a una de las tinas, cogió un cazo, extrajo agua y se la echó por encima. Se fregoteó la cabeza y los pies para quitarse el polvo del camino. Lo repitió un par de veces más. A sus pies, el agua que caía al suelo se evaporaba. Para terminar, se dirigió a la pileta y se metió en ella. El agua le cubrió hasta las rodillas y cuando se sentó le cubrió el pecho. Su piel, blanca como la leche, pasó a tener un color rosado. Suspiró complacido y relajó el cuerpo. Quiso cantar. Entonó su garganta, cerró los ojos y tarareó una salmodia con su voz atiplada. Al cabo de un rato tuvo que detenerse cuando escuchó un bufido. Abrió los ojos. Dos hombretones se habían acoplado frente a él.

—La sala de mujeres está al otro lado —y soltó una carcajada que fue secundada por los presentes.

El muchacho pensó en una contestación adecuada a tal grosería, pero entonces la vio: a Berta o Juanilla, o como se llamase la condenada. La muchacha, acompañada por el bañero, se agachaba en el arco que separaba el vestuario de la sala de masaje para recoger algo que se encontraba tirado en el suelo.

Jimeno fue a gritar su nombre, pero el tipo que tenía enfrente creyó que lo iba a retar con un nuevo canto y, sin más, le puso sus manazas sobre la cabeza y se la hundió en el agua. Sorprendido, y sin margen de maniobra, se dejó asesinar. Cuando las manos dejaron de presionar, su cabeza emergió y abrió la boca en un intento desesperante de llenar sus pulmones de aire. Y también trató de comprobar si seguía allí la muchacha, deseando que así fuera. Pero cuando se quitó el agua de los ojos, Berta o Juana ya no estaba. El muchacho mentó a cada miembro de la familia, vivo y muerto, de aquel animal que había tratado de ahogarlo, aunque todos los insultos los gritó para sus adentros.

Entre las risas de los bañistas, salió de la pila, se secó de cualquier manera, se dirigió al vestuario y se vistió a toda prisa. Con el manto a medio echar sobre los hombros, salió a la calle. Como era de esperar, no encontró ni rastro de Berta, o de Juanilla.

Preguntó al portero si sabía quién era la muchacha que había entrado hacía apenas un momento. El hombre se rascó durante un buen rato la barbilla, y cuando ya estaba seguro de que le pediría, esta vez sí, unas monedas para soltar lo que sabía, le explicó que era forastera y que acababa de llegar de un largo viaje con un grupo de alfayatas para asentarse en la ciudad y dedicarse a su oficio.

—¿Y sabéis dónde se alojan? —le preguntó esperanzado.

—No.

Jimeno, decepcionado, se colocó bien el manto y se puso a caminar sin rumbo fijo. Necesitaba tranquilizarse, pero no tardó mucho en notar el frío y las gotas de agua que le caían del cabello y le mojaban el cuello. Su rabia pasó a frustración, a la necesidad de pegarse con alguien, como cuando lo hacía de pequeño con sus hermanos, aun a sabiendas de que siempre acababa perdiendo. Así que caminó mirando todo y a todos: a las mulas y sus jinetes, a las andas y sus ocupantes, a las esportillas y a quienes tiraban de ellas. Se fijaba en puertas, ventanas y balcones de cualquier fachada. Y lo hacía sin dejar de pensar que Berta era una mentirosa, una sucia y mala mujer. ¡Había trabajado en una casa de mala reputación! Aunque la vieja le había dicho que solo era una simple sirvienta. ¡Ya, claro! ¡Y él se chupaba el dedo! La muchacha era buena conocedora de los placeres de la cama. Y sin decidirse todavía con quién darse de tortas —y eso que un tipejo, que apenas le llegaba hasta la cintura, lo había intentado timar ofreciéndole la muela de un santo que no entraría ni en la boca de un gigante— llegó al palacio del marqués. Parado al otro lado de la calle, reconoció el escudo sobre el dintel de la puerta. Dio gracias a Dios y se santiguó.

Al dar el primer paso para acercarse al portalón, notó un golpe seco en la cabeza. A continuación, las tinieblas lo engulleron.

IX

Todos parecían haberse puesto en contra de Caterina, o así lo creía ella. Estaba claro que, desde su dueña Matilde hasta el descarado del eunuco Diomedes, habían decidido amargarle el día. Y ninguno de sus criados encontraba remedio a su abatimiento.

Mejor dicho, ninguno estaba dispuesto a buscar una solución. Pensó que la confabulación se debía a que querían castigarla porque aquella noche no había dejado que nadie se fuera a dormir. El brial que luciría en la boda de la hija de su mejor amiga, que se celebraba al día siguiente, tenía un defecto gravísimo. ¡El escote era demasiado cerrado! ¡Una tragedia! Un par de pulgadas menos de lo exigido para que sus hombros quedaran visibles. Enojada, había cogido unas tijeras y había tratado de ampliarlo ante la mirada de Matilde, que puso los ojos en blanco y se cruzó de brazos. A causa de la muerte de la alfayata tuvieron que llamar a otra para arreglar el estropicio.

Para colmo, no hay desgracias que vengan solas. Blanca la había informado de que faltaba una muda y de que un chapín no tenía una de las piedras preciosas que embellecían el terciopelo que rodeaba el corcho. Matilde pidió a la dama serenidad, y ella obedeció. Respiró varías veces lenta y profundamente, contó hasta diez y, después, con una amplia sonrisa, exigió que todo el mundo se afanara en buscar la piedra. Que nadie dudase de que, si no aparecía, ella misma se liaría a latigazos contra toda la servidumbre sin excepción de edad, sexo o condición. Fue a sentarse junto a las ventanas ojivales de la antecámara de sus aposentos privados, en uno de los bancos del vano. Desde ahí alcanzaba a ver la plaza, todavía vacía. Allí bordaba cuando los días no eran demasiado fríos.

En ese preciso instante se oyó la aldaba de la puerta principal. Hacía apenas una hora que el sol había salido, demasiado temprano para que fueran buenas noticias. Así que pensó que la novia se habría indispuesto, que ardería en fiebres y que la boda se anulaba. La idea la entusiasmó. Si se retrasaba, podría encargar un nuevo brial, con un escote a su gusto.

Al cabo de un rato entró un criado con la cabeza agachada. Caterina amplió la sonrisa al verlo. ¡Bien! Malas noticias, se dijo, no habría boda... Pero el criado, acongojado, le contó que quien estaba enfermo era el acompañante que la condesa se había buscado para el evento. Sufría unas calenturas altísimas que le impedían levantarse de la cama.

La dama no se pudo contener. Rompió a reír, con una risa nerviosa. Se cumplía aquello de que no hay dos sin tres. Cuando se le pasó la risa protestó y dio pataditas al suelo por la poca consideración del caballero. Eso suponía que tendría que acudir sin un acompañante sobre el que descansar su mano. ¡Sería como ir desnuda!

Miró hacia fuera a través del cristal, intentando poner calma y orden en sus pensamientos. Sobre los tejados, el agua caída durante la noche era brillante y azulada y las cornejas se desplazaban con vuelos erráticos. Cerró los ojos y se llevó una mano a un hombro, lo notaba dolorido. Estiró el cuello hacia un lado y se masajeó la articulación.

Las manos de Diomedes se posaron sobre sus hombros. Le bajó el manto con el que se cubría y se los masajeó. Con los pulgares fue rozando la blanca nuca de la condesa viuda. Ambos suspiraron. El griego solía acudir a su lado cuando estaba inquieta. Conseguía aliviarle los dolores musculares que le ocasionaban los disgustos.

Entonces se acordó del jubón y de la jaqueta de terciopelo de su difunto marido que todavía se guardaban en el arcón de las prendas viejas. Eran las dos más valiosas del conde de Monteverde y todavía no había decidido qué hacer con ellas. Rápidamente mandó que fueran en busca del conjunto y cuando se lo trajeron y vio que estaba perfecto, aunque algo pasado de moda, ordenó que todos los criados de buen ver se colocaran alineados en el patio principal.

El lugar se llenó de candidatos para probarse la jaqueta. El criado al que le quedara bien sería su acompañante. Tuvo que descartarlos uno a uno. La prenda era tan entallada y estrecha que, o no les entraba o les quedaba muy corta. Desesperada, determinó que ella también enfermaría. Ir sola era impensable, un insulto a su condición de condesa. Pero no acudir a la boda supondría darle un gran disgusto a su amiga, que casaba a su única hija y Caterina, como intrigante casamentera, había influido en la elección del futuro marido.

La dama regresó a sus aposentos privados. En la sala intermedia, bien iluminada por dos ventanillos ojivales que se abrían al jardín, un par de moriscas estaban preparando todos los útiles para la depilación de piernas y axilas. Mientras esperaba, paseó de un extremo a otro de las estancias, golpeando con la punta de los pantuflos los almohadones que se encontraba en su camino.

Tras dar dos vueltas, se detuvo en la antecámara y mandó a una criada que abriera las ventanas. La voz de Diomedes la hizo girarse sobre sus talones. Brazos en jarra y estirando el cuerpo, el griego se mostraba ante ella risueño. ¡Qué elegante y guapo estaba el condenado! Comprobar que la jaqueta de su difunto marido le sentaba al eunuco como si hubiese sido confeccionada a su medida, y que, además, el insensato le dijese lo buen acompañante que habría sido de no ser esclavo, fue la gota que colmó el vaso. Lo malo es que una idea se le pasó por la cabeza... ¡Qué escándalo sería acudir acompañada por un esclavo eunuco! Y se echó otra vez a reír, ante la perplejidad del griego y las criadas que habían estado siguiéndola de un lado a otro de palacio. Pero la risa no la tranquilizó. Lo que necesitaba era lanzar algo por los aires, lo que fuera. Y si acertaba a alguien durante la trayectoria, mejor.

Echó un vistazo a su alrededor y comprobó lo que había al alcance de su mano: dos grandes arcones, con candeleros descansado sobre cada tapa, unas sillas sin respaldo y un anaquel para los libros. Sobre uno de los arcones estaba sentada Francisca con las piernas colgando. Sobre su falda tenía el chapín al que le faltaba la joya. La pequeña chupaba algo con fruición. Caterina se acercó a ella y le puso la mano bajo la boca. Le pidió que escupiera lo que tan a gusto estaba relamiendo. La gema cayó en la palma junto con una gran cantidad de babas. Tomó el calzado y comprobó que era la piedra que se había perdido. La dama recuperó el ánimo, aunque no del todo; aún seguía desesperada por no tener acompañante. El chapín quedaría arreglado esa misma mañana, pero no podría ir a la boda exhibiendo a un hombre de buen ver y con el que poder danzar. Así que... miró el calzado. Lo sopesó como haría un artillero antes de meter la bala por un cañón, luego miró a Diomedes, que también la había estado siguiendo, y entornó los ojos. El griego se cruzó de brazos y alzó la barbilla, desafiante. Apenadísima, pensó que podría darle sin querer en la cara, y no sería sensato desfigurársela.

Entonces descubrió a Matilde, que entraba para avisarla de que las moriscas esperaban, sin saber lo que allí se estaba cociendo. Como la dama valoraba los cuidados de su dueña, reprimió la necesidad de usarla como diana. A lo siguiente que dirigió los ojos fue hacia Francisca, quien la había seguido, junto con Ovillo, de un aposento a otro, consolándose la boca con algún otro objeto. Pero ¡qué culpa tenía la pequeña! Ciertamente, ninguna.

Por fin, una paloma tuvo la mala fortuna de posarse en el saliente de las ventanas. La condesa lanzó el chapín con todas sus fuerzas, pasando por el arquillo de la izquierda. No dio al ave, por lo que el calzado siguió, sin obstáculos, su trayectoria. Un instante después se escuchó un fuerte grito.

Matilde corrió a asomarse mientras recriminaba a Caterina la tontería que acababa de hacer. Y tenía razón, si el chapín se había roto tendría que ponerse los viejos, a los que habría que quitarles un corcho, y eso suponía remeter los bajos de la saya, sin olvidar que para la boda apenas quedaba un día...

Asustadísima, la dueña fue narrando lo que ocurría a pie de calle. Al parecer, había un fraile tirado cuan largo era, sobre un charco de agua. El pobre desgraciado no se movía. La señora preguntó con hastío si se veía sangre por algún lado. El ama negó con la cabeza. La dama se volvió hacia Diomedes para que avisara a algún criado sobre lo que estaba ocurriendo fuera, pero este ya se había marchado.

Matilde siguió comentando lo que sucedía bajo la ventana, donde unos sirvientes socorrían al religioso que permanecía en el suelo, como muerto. Uno comenzó a darle palmaditas en las mejillas hasta que el supuesto difunto abrió los ojos, sonrió y bendijo a sus bienhechores. Pero de pronto se produjo un forcejeo ridículo entre el fraile y un sirviente por el chapín. El religioso lo tenía tan aferrado que los intentos por arrebatárselo eran inútiles.

Caterina, impaciente, mandó callar a Matilde. Si el religioso estaba bien no había de qué preocuparse. Fue hasta un cofrecillo, lo abrió, sacó unos maravedís y ordenó que se los dieran como donativo. Luego exigió que no la importunaran más. Se dirigió a la estancia donde estaban las moriscas, deseando que el chapín no hubiese sufrido ningún desperfecto. ¡Había sido una tontería tirarlo de ese modo tan atolondrado! ¡Si al menos le hubiese dado a la paloma!

Cerca de la chimenea se había colocado una alfombra con cojines, mientras las dos moriscas esperaban para empezar su trabajo. Ella se desprendió del manto y después de la camisa. Cuando estaba tendida en la alfombra, entró Matilde con gesto de desagrado. La dama, temiendo que la fuera a sermonear, le dirigió una mirada de hastío, pero su dueña solo quería informarla de que el fraile estaba abajo y que era el ahijado del marqués, el joven hijodalgo que estaban esperando.

A Caterina le fastidió la situación. El recibimiento del hijo de un barón con un chapinazo no sería tomado a bien por su tío, y mucho menos por los padres del agredido. Rápidamente se levantó, se echó un manto sobre el cuerpo y bajó a toda velocidad por las escaleras. Ovillo, que se había colocado sobre su cesto y dado varias vueltas sobre sí mismo, echó hacia atrás una oreja, luego la otra y, confuso, la siguió hasta el patio creyendo que tocaba salir a estirar las patas.

Fue ver a Jimeno y creer que los milagros ocurrían de verdad. Caterina no lo dudó. Pese a la barba rala que lucía el hijodalgo, tenía un rostro hermoso y un cuerpo —sin ningún miramiento le separó los bordes del manto— escuchimizado, pero de cintura estrecha, muy apto para ceñirse la jaqueta de su difunto esposo. Voceó agua, tenacillas, cuchilla y *ya mismo*, y criados y todos los sirvientes de ambos sexos se pusieron en acción para llevar a cabo sus respectivas tareas. Pero tras un segundo vistazo al joven del hábito no pudo evitar una mueca de desagrado al ver el enorme chichón que le crecía en la frente. También se fijó que aferraba un rabel. ¡Así que el frailecillo le daba a la música! La vida sonreía de nuevo. Con su voz más melosa y sugerente le dio la bienvenida, le echó la culpa del chapinazo a una de sus sirvientas —a la que mandaría azotar hasta los huesos— y le explicó que como futuro caballero mañana sería su gran ocasión para demostrar que era un hombre digno y galante.

Aunque veía turbio todo lo que había a su alrededor y todo lo que escuchaba retumbaba de forma desagradable en su cabeza, Jimeno pudo distinguir un ángel, tan alto como él, de cabellos castaños y apretados rizos que daba voces a diestro y siniestro. A sus pies, un ser abominable y peludo —el diablo, se dijo— no paraba de emitir algo similar a unos ladridos. El hijodalgo abrió la boca para decir que él no la defraudaría, que era su esclavo, pero desde lo más profundo de su garganta surgió algo así como un sollozo patético. Cerró de inmediato la boca, avergonzado. Carraspeó varias veces y por fin consiguió decir que haría lo que fuera menester por ella. *Lo-que-fuera*. Y al decir aquello, el ángel se le acercó. También se acercó la bestia aquella que, entre gruñidos, la tomó con las correas de sus sandalias.

—Bien. Me agrada mucho vuestra predisposición y gentileza. Vuestro padre estará muy orgulloso de vos.

La dama le tendió una mano, que quedó suspendida en el aire. Él, sin saber por qué se la tendía, empezó a prestar atención al manto que iba resbalando por uno de los hombros de la mujer. En el cuello se veía un lunar grande y redondeado, y sintió la necesidad de acercarse para observar aquella hermosa mancha, pero al siguiente parpadeo perdió el interés por ella cuando el manto dejó al aire el inicio de un pezón.

—El chapín —le dijo Caterina, impacientándose.

El muchacho seguía aferrado al calzado y con los ojos puestos en el pezón. La condesa viuda tuvo que pedirle de nuevo que le diera el chapín y él, a punto de caérsele la baba, así lo hizo. Ella examinó el calzado y se le iluminó la cara. No estaba roto ni había perdido ninguna de las piedras.

La frente de Jimeno, con un huevo más grande que el de una gallina, no tuvo, por parte de la dama, la más mínima atención. Caterina se giró sobre sus talones y se encaminó hacia las escaleras. Llamó a su perrillo, pero la bestia abominable no debía de entender el lenguaje de los humanos porque siguió mordisqueando las sandalias del fraile. La correa medio rota acabó por romperse.

—Señora, sed benevolente con vuestra sirvienta. No mandéis que la azoten, con una reprimenda bastará —le rogó.

—Porque vos me lo pedís, así lo haré —dijo sin dirigirle una simple mirada, aunque la enterneció la credulidad del joven—. Además de honorable, veo que sois un hombre de gran corazón.

¿Le había parecido a Jimeno que aquellas palabras tenían algo de chanza?

Tras desaparecer escaleras arriba seguida de la bestia a un simple chasquido de los dedos de la dama, él se quedó en medio del patio sin saber qué era lo que debía hacer. ¡La condesa viuda no se lo había dicho!

Se fijó entonces en todo lo que lo rodeaba. El patio estaba enmarcado por cuatro columnas de piedra que sostenían un corredor de madera. En una esquina había un pozo con un brocal mudéjar y en otra se veían dos estatuas de mármol blanco de tamaño natural, dos hombres que carecían de cabeza, brazos y ropa. También había cuatro capiteles de piedra que habían pertenecido a alguna iglesia remodelada; uno de ellos tenía la imagen de un centauro y otro de una mujer con cola de pescado. Desconcertado por no saber qué hacer, dio un par de pasos para buscar a alguien que lo condujera adonde fuera. Entonces apareció el marqués. Caminaba encorvado. Su aspecto era desaliñado, con rostro macilento y numerosas manchas parduzcas. Iba sin afeitar, con un bonete con varias dobleces en la base, bien encasquetado sobre un cabello cano y apelmazado y vestía una ropa pasada de moda. La lana estaba sin teñir y por dentro estaba forrada con piel de conejo. El cuello lo llevaba abierto, con las puntas sin doblar, y el cinturón estaba colocado por debajo del talle, torcido hacia un lado.

—Señor marqués—dijo Jimeno. Como pareció no oírle, se decidió a elevar la voz—. Señor marqués, soy…

—Sí, sí, la capilla está por allí... —masculló el anciano con su boca medio desdentada sin señalar hacia ningún lugar en concreto y sin detenerse.

—Soy Jimeno, el hijo de...

El marqués, por fin, se detuvo y se giró hacia él. Se excusó amparándose en su ceguera. Lo había confundido con el capellán de palacio. Dicho aquello, siguió su camino. Él no se dio por vencido y le preguntó si el mayordomo le había entregado la carta de su padre. El señor de la casa volvió a detenerse, levantó la barbilla y dirigió la cabeza en todas direcciones, como si buscara algo. Cuando Jimeno quedó en su campo de visión, alzó las cejas, sorprendido. Se llevó a los ojos unas lentes que llevaba sujetas a la muñeca con una cinta negra.

—Muchacho, acercaos... ¡Caramba!, ¡cómo habéis crecido! Si apenas hace dos días no levantabais un palmo del suelo. Dame un abrazo. Has de saber que os considero como a un hijo.

El joven lo abrazó y dudó si darle un beso en la boca, pero se acordó de que ya no se veía con buenos ojos ese tipo de saludo. El marqués, en cambio, no correspondió al abrazo y cuando se sintió libre inició de nuevo su marcha. Jimeno calculó que en un par de horas volvería a quedarse a solas en el zaguán. De pronto, el anciano se detuvo y dio dos vigorosas palmadas que tronaron por todo el patio hacia arriba. Al poco apareció el mayordomo, tres criados y un sirviente granudo portando un cubo lleno de leña. El muchacho pensó que le iba a costar horrores acostumbrarse a la presencia de cientos de personas hormigueando a su alrededor. El marqués mandó al sirviente, quien se presentaría como Enrico, que se ocupara del hijodalgo; sería su mozo a partir de ese momento. Después empezó a reflexionar en voz alta sobre qué cargo le otorgaría en palacio.

—Para paje estás demasiado crecido, pero tal vez para escudero... ¿Qué edad tienes?

—Diecinueve años, señor marqués.

—Mmm. Para escudero tendrías que aplicarte... De mozo de oratorio... es posible... Hace tiempo que no tengo uno. La verdad, hace tiempo que escasean los criados. El mundo está cambiando y los jóvenes de ahora dicen que no quieren servir.

En eso el mayordomo se aproximó a su señor y le susurró unas palabras al oído. Este abrió mucho los ojos, se tocó las barbas y agitó apesadumbrado la cabeza. Aun así, soltó una risita que a Jimeno se le antojó malévola, o quizá burlona.

—Me dicen que has conocido a mi sobrina. En fin, es tarde para daros ciertos consejos. Has de cumplir la palabra que le has dado. Te suplico que no te niegues a nada de lo que te pida. Atiende bien: a nada. Es una orden. Por tu bien.

Aquellas palabras lo preocuparon. ¿Habría metido la pata ofreciendo un servicio incondicional a la condesa viuda? Empezó a sospecharlo una vez en su alcoba, después de sentirse afortunado por tener un espacio para él solo y traerle un sirviente un hierro muy frío para bajar la hinchazón de la frente. Fue en el momento en que le pidieron que se probara una jaqueta de seda de color rosa. Enrico lo ayudó en la penosa tarea de colocársela.

—Os queda bastante bien, aunque algo estrecha en la cintura —dijo Inés, que había entrado con un pequeño cuenco lleno de alfileres y un acerico—. Y ancho en el pecho, pero si metemos algodón entre la tela y el forro podremos ajustarlo y abombarlo.

Sin más, empezó a pinchar alfileres en la prenda. A Jimeno, lo de abombar el pecho le era indiferente, no así el color de la tela y, mucho menos, que fuera tan corta. La jaqueta no cubría sus partes vergonzantes. Preguntó, infeliz de él, si no había otra de un color más discreto y, por supuesto, más larga. Inés sonrió mostrando sus dientes caballunos mientras negaba con la cabeza.

Y el arrepentimiento por haberse ofrecido en todo lo que le pidiera la condesa viuda fue definitivo cuando entró una morisca con varios cacharros, uno de ellos humeante, y le pidió que le mostrara las piernas.

—No entiendo para qué... —Se rio mirándola como si esta careciese de juicio.

La depiladora le explicó que las calzas que debía de vestir al día siguiente eran de seda forradas con cañamazo y aconsejaba eliminar el vello porque los pelillos traspasaban la tela y daban pequeños tirones como si fueran pellizcos. El joven se agitó, preocupado. Que le untaran con aquel mejunje era ridículo, apenas tenía tres pelillos. Miró de reojo el recipiente humante en el que había varias bolas hechas con miel, azúcar y limón.

La morisca meneó la cabeza, la condesa viuda le había dado órdenes y pagado para ejercer su profesión, así que, aunque fueran tres pelillos, había que quitarlos.

Enrico le despojó de la jaqueta y se quedó en camisa. La morisca le indicó que se sentara cerca de la ventana y que extendiera las piernas. Luego se arrodilló a sus pies, frotó con las manos hacia arriba de la pierna —aquello prometía, pensó el joven— y colocó una de las bolas tibias sobre el comienzo del empeine —sí, la verdad es que prometía—. Y a continuación empezó a rodarla. Los gritos desgarradores de Jimeno pusieron fin a la esperanza de unos minutos radiantes de placer. La morisca, de forma inteligente, optó por rasurarle al día siguiente con una cuchilla. Se levantó y se puso delante de él. Le miró la cara con gran interés. El muchacho pestañeó, incómodo.

Jimeno no vio venir las pinzas, pero si las sintió. A cada tirón que daba la morisca las cejas fueron despoblándose. De no haber gritado unos minutos antes como una mujer frente a una rata, y de no haber vislumbrado lo que le había parecido una sonrisilla burlona en su torturadora, habría vuelto a pedir piedad. El suplicio acabó cuando la mujer consideró que ambas cejas estaban bien delineadas. Para finalizar, se puso detrás de él, le humedeció el cabello, se lo peinó, le encasquetó un cacharro hondo de latón en el cráneo y con unas tijeras lo fue recortando. Luego humedeció con agua caliente la nuca y las sienes y le pasó la navaja, apurando al máximo, con tanta pericia que no le hizo ningún corte. Más tarde, cuando se miró en un espejo, se horrorizó de sus orejas, le parecían enormes, rosadas, como la de los elefantes que había visto dibujados en manuscritos del monasterio.

Cuando al fin le dejaron solo, cenó algo ligero que le trajo su sirviente Enrico, dejó el escapulario que llevaba desde que salió del monasterio sobre la cama, se puso de rodillas para rezar sus oraciones y, al cuarto bostezo, se quedó dormido con la frente apoyada en el colchón. Se despertó al caer de lado. Sobresaltado, se levantó a toda prisa esperando ver al prior del monasterio. Más tranquilo tras reconocer donde se hallaba, orinó en el bacín, apagó la vela y se deslizó por debajo de la sábana. Y no despegó los párpados hasta que la luz del nuevo día entró por la ventana.

X

Jimeno se negó a llevar sobre la cabeza la guirnalda de piel de marta para la boda, su orgullo se lo impedía, pero tuvo que tragárselo cuando vio la cara de pocos amigos de la condesa viuda. Así, con los labios apretados, el ceño fruncido y los ojos rabiando, le pareció más hermosa.

Puestas las calzas rosas de seda, Enrico lo ayudó a colocarse el jubón, que comprobó, al apretarlo con los dedos, que estaba mullido gracias al relleno de algodón, y en cuanto a la jaqueta, que costó sudores encajársela, las mangas tenían la boca en forma de embudo, por lo que le tapaban casi por completo las manos. El criado le tuvo que remeter con sumo cuidado el faldón de la camisa de seda bajo las bragas para que no quedara ningún bulto y, una vez abrochados los treinta botones, se miró los pies, o, al menos, lo intentó. El collar engrudado del jubón se le clavó bajo la barbilla y lo único que pudo distinguir fueron sus partes vergonzantes que abultaban más que su estómago.

Justo antes de que Jimeno se pusiera el manto acudió Caterina acompañada por Blanca y una moza, que llevaban la cola del vestido alzada para que no arrastrara por el suelo. Contempló con satisfacción al joven y con especial descaro lo que la jaqueta no tapaba. Torció los labios.

El hijodalgo, desconcertado, lamentó por primera vez haberse escapado del monasterio, pero al mismo tiempo se dijo que allí no habría podido admirar a una dama como la que tenía delante, maquillada y vestida con lujo. Caterina llevaba un brial con ribetes de piel de armiño que dejaba bien visibles los hombros y le comprimía tanto el torso que los pechos se alzaban muy por encima de su lugar natural, formando unas colinas muy sugerentes. En cambio, los puños de la prenda ocultaban casi por completo las manos enjoyadas. En cuanto al tocado, a Jimeno se le antojó horrible y extravagante; de las sienes partían unas prominencias redondeadas, envueltas en una crespina, que se elevaba un poco por encima de la cabeza, como los cuernos desmochados de una vaca. Ambas protuberancias quedaban cubiertas por un velo traslúcido.

Mientras, en el patio, los criados que iban a acompañar al marqués y a la condesa viuda esperaban impacientes. Los hombres, vestidos a la última moda, verdes de los pies a la cabeza, con sayos cortos de terciopelo y mantos forrados con pieles de marta. Las mujeres, con sayas de brocado verde, y cubriendo la cabeza un tocado de cuernos con las trufas más pequeñas que las de la condesa viuda. Por otro lado, los porteadores contratados para llevar las andas vestían de tafetán doble y jorneas recamadas con hilos de plata y seda formando el escudo de la Casa. Todos trataban de entrar en calor golpeando los pies contra el suelo. El aire era frío y cortante.

Cuando Caterina empezó a bajar por las escaleras, envuelta en el sobretodo que estrenaba, la mayoría de los presentes no pudo evitar abrir la boca y sentir cierto orgullo de pertenecer a la casa del marqués de Narros. Detrás iba el anciano agarrado al cuello de dos criados que lo bajaban en volandas. Ya en el patio, ambos entraron en las andas. Las telas que los protegerían del frío eran de terciopelo e iban forradas con piel de armiño. Los taparon con piel de oso y les colocaron unos recipientes con agua caliente a los pies.

Diomedes no se perdía nada. Todo lo observaba; un nuevo detalle en los ropajes podía servirle para plasmarlo en el fresco. Cortapisas, pedrerías, trencillas, caireles... Seguiría con discreción a la comitiva hasta el palacio donde se celebraban los esponsales en busca de inspiración.

Jimeno había bajado las escaleras con extrema precaución. Temía romperse la crisma por culpa de no poder doblar las rodillas ni mover el cuello con libertad. Las calzas iban forradas con rígido cañamazo y el collar engrudado se le clavaba en el gaznate si bajaba la cabeza. Además, la bestia peluda lo iba saludando con la misma alegría del día anterior.

Se colocó, rígido y martirizado, al lado de las andas de la condesa viuda. El portalón del palacio se abrió, las andas fueron alzadas y la comitiva se puso en marcha.

El pequeño cortejo, escoltados por los escuderos de la Casa, se movía con lentitud calle arriba. El suelo estaba muy resbaladizo por culpa del barro. Caterina separó una de las telas del entoldado de las andas y miró de reojo a su acompañante. No había dudas de que era un joven bien parecido. Con el rostro afeitado y con la guirnalda de piel de marta puesta en la cabeza se parecía a uno de esos arcángeles que pintaba Diomedes en los manuscritos. Quizá al arcángel de la Anunciación, porque para san Miguel era un poco esmirriado. Y caminaba como un pato mareado; el condenado no dejaba de mirar hacia el suelo, clavándose bajo la barbilla el collar del jubón. De haber tenido una vara en la mano le habría dado en las nalgas para que se irguiera. Nalgas, por cierto, perfectas. Suspiró, por ese trasero y por el cielo despejado de un azul intenso y húmedo que embellecía Vetonia.

El aire era fresco, reconfortante. Volvió a suspirar con más fuerza al rememorar su boda. Ella se había casado por poderes en un día lluvioso y oscuro, con ausencia de tapices que engalanaran las calles, como los que ahora veía, sin banquete y vestida con una saya cuyos únicos adornos eran unas sencillas cortapisas en los puños y en el ruedo de la falda.

Jimeno, que había oído el suspiro, se volvió hacia Caterina y le preguntó si necesitaba algo, o si tenía frío. Ella negó con la cabeza, aunque sí querría que el recuerdo de su boda dejara de fastidiarla. Contuvo la respiración cuando en la misma entrada del palacete vio expuesto en un aparador de nogal la vajilla de plata que poseía la familia del novio. Cuatro criados armados no quitaban el ojo a los que curioseaban y otros dos eran los encargados de propinar varazos a los chiquillos que, aprovechando la llegada de gente foránea, pedían monedas.

El marqués fue el primero en bajar de las andas, con la ayuda de dos de sus criados, y cuando le tocó el turno a Caterina, fue Jimeno quien, casi sin aliento, tendió su mano para ayudarla a salir. Ella no pudo evitar compararlo con los portadores de las andas. Ninguno de ellos mostraba signos de cansancio, pese a que la pendiente del último tramo era criminal. Al parecer, en los monasterios los músculos se atrofiaban al usar solo los sesos, se dijo. Pensó en qué solución tomar y concluyó que sería su escudero Gaspar quien se ocuparía de ponerlo en forma. De solo pensarlo le dio pena. Gaspar lo llevaría hasta la extenuación, solía utilizar sus métodos más drásticos con jóvenes inexpertos.

Blanca se colocó junto a la condesa viuda con una bolsa en la mano.

—Jimeno, hacedme el favor... —Caterina señaló la bolsa.

La criada la abrió y extrajo uno de los chapines. Él reconoció el objeto responsable del chichón que todavía descollaba en su frente y que aún tenía un color entre amarillento, azul y violáceo. Examinó con interés el calzado sin comprender nada.

La dama levantó un poco los bajos del ropón y de la falda del brial dejando al descubierto la punta de sus pies enfundados en unas zapatillas de seda. Entonces comprendió lo que se esperaba de él. Tomó el chapín y se acuclilló frente a ella. Caterina contuvo las ganas de reír a carcajadas: los intentos del joven para no rozarle los pies con los dedos le resultaron tiernos y cómicos a la vez.

Con los chapines puestos, la condesa viuda se levantó, apoyó una mano enguantada en el hombro de Jimeno y bajó de las andas. Sus pies pisaron la alfombra que habían puesto delante de la puerta. Luego, con pequeños pasos, y siempre apoyándose en el brazo de él, se adentró en el palacio.

En el patio, Guillén pasó al lado de Caterina, pero hizo como si no la viera. Al comprobar que quien acompañaba a la dama era un extraño, se detuvo, giró sobre sus talones y se quedó plantado frente a ella. La presencia del joven no le molestó demasiado, no dudaba de la fidelidad de su amante; sin embargo, sí le molestó su cara de felicidad. Era una dicha inhabitual en ella, sonreía con orgullo, desafiando a las mujeres, al mundo. Así que el vizconde se atusó el bigote y miró de arriba abajo, mostrando los dientes, a Jimeno. Luego sus labios formaron una especie de sonrisa socarrona. Dirigió los ojos hacia su amante y sacudió las cejas dos veces como señal de burla, para volver a mirar a Jimeno. Caterina, regocijándose por dentro, presentó al acompañante. El joven, intimidado, optó por formular un saludo rápido de cortesía y bajó la mirada mientras se sonrojaba. No supo bien si fue porque el cuello de la jaqueta lo estaba ahogando, por timidez o porque el vizconde lo acobardaba.

Guillén volvió a sentirse viejo. Sabía bien que aquel ser insignificante no era un rival serio, pero en lo físico él perdía. Para empezar, como hombre casado y maduro, vestía un sayo que le ocultaba las piernas, de las que siempre había estado orgulloso, y le habían tenido que añadir en el pecho otro forro engrudado para que este quedara bien abombado... Desde no sabía cuándo, se notaba fofo.

En el momento que tomaron el camino hacia la capilla, escaleras arriba, Caterina exigió a Jimeno que se despojase del manto. Dentro del palacio la temperatura era agradable gracias a las numerosas antorchas que había en las paredes y a las que portaban los sirvientes, que, hieráticos, vestían jorneas rojas con el escudo de la Casa.

La negativa del muchacho a quitarse el sobretodo con el pretexto de que él sí que notaba frío alcanzó los oídos del marqués, que al pasar por su lado le dio un golpecito en el hombro y le fulminó con una mirada de alerta. El joven captó al instante el significado y se despojó del manto a toda velocidad, y un atento criado con jornea roja se lo llevó. Se sintió desnudo, con todas sus partes vergonzantes a la vista de todos. Trató de pasar desapercibido, ocultándose inútilmente entre los amplios pliegues del ropón de estado de Caterina. A fin de cuentas, solo era un criado ocupando un puesto inadecuado a su baja categoría. Él tendría que haber vestido un sayo de seda verde, cuya falda le llegara hasta medio muslo, y servir al señor marqués.

La condesa viuda apretó con satisfacción el brazo de Jimeno y notó que este se estremecía. Aquello la llenó de ternura y se preguntó si habría conocido hembra. ¡Los hijos destinados a la vida monacal entraban siendo tan niños!

Al enésimo tirón que le dio a la jaqueta para ocultar sus genitales, Caterina le propinó un pellizco por debajo del jubón, a la altura de las nalgas. Este dio un respingo. Miró sorprendido a su atacante y descubrió cómo eran las sonrisas glaciales o asesinas. Acabó colocando la mano que tenía libre delante de la bragueta. Caterina volvió a propinarle otro pellizco. Y Jimeno volvió a dar un respingo.

La ceremonia, justo a la puerta de la capilla, fue, según opinión general entre los entendidos en bodas, demasiado suntuosa. El obispo dio a sus palabras tal colorido y pomposidad que algunos pensaron que quien se casaba era hijo de reyes. A Caterina, las miradas de complicidad entre los novios le resultaron empalagosas y patéticas. La impaciencia de los contrayentes por quedarse a solas era demasiado notable y poco decorosa.

Conrada, recordando sus propios esponsales, miraba con embeleso a su marido, Guillén. El vizconde, recordando la boda de Caterina, en la que él fue testigo, miraba con disimulo a su amante. Caterina, recordando a su difunto marido, miraba a Jimeno. Y él, que no paraba de tirar del collar hacia abajo para no ahogarse, deseaba que acabara todo aquello para quitarse la jaqueta.

En las mesas, engalanadas con mantelería de lino, no faltaba de nada, incluso había una copa para cada comensal. Unas fuentes de frutas, dispuestas entre ramas verdes, servían de colación para matar el gusanillo hasta que sacaran las primeras viandas.

Caterina se acercó a la novia para darle la enhorabuena y un beso en la mejilla. Alabó el velo que le cubría el cabello, y que la propia desposada se había hecho, y no pudo evitar fijarse en el magnífico anillo que el novio había puesto en su dedo corazón. Cuando iba hacia su mesa, se quitó los guantes, se los tendió a Blanca, que en todo momento iba detrás de ella, y recolocó el brazalete de argollas de oro con el azabache engarzado en la pieza esmaltada. Era una de las joyas que siempre lucía cuando acudía a una boda.

Al poco de estar todos sentados se escuchó el sonido de dos chirimías que anunciaban la entrada de los primeros platos. Varios criados de la Casa vestidos todos iguales con jubones con collar abierto por delante y jaquetas entraron portando jarras de vino y fueron de mesa en mesa llenando las copas mientras otros iban poniendo las fuentes con los alimentos.

Caterina observó con desgana a sus compañeros, gente que por su edad entraba en el grupo de «cuáles son los remedios más eficaces para expulsar gases o para poder hacer de vientre». Así que decidió adoptar una actitud antipática y poco sociable, la más habitual en ella. De manera mecánica comenzó a dar pellizcos a un trozo de pan, haciendo rodar la miga entre sus dedos hasta formar una bolita. Acabó haciendo un montoncito con todas las bolitas. Luego, una a una, las fue ensartando en un palillo, mojando en el vino y chupándolas como si fueran golosinas.

La bebida era bastante buena, pero si la comparaba con la que se producía en sus tierras, no era de gran calidad. Su vecino de la derecha, un viudo con una vieja cicatriz mal cosida en una de las mejillas y con ganas de ampliar sus dominios materiales mediante una boda ventajosa, no dejaba de sonreírle y la imitó. Cuando sonaron las chirimías para anunciar los segundos platos, Caterina iba por su tercera copa de vino y se planteaba si aceptar la proposición de matrimonio del viudo o mandarlo al infierno.

Con los dulces y quesos, la condesa viuda había tomado la decisión de aceptarlo como marido, pero se dijo que hasta que no pescara el par de bolitas que habían quedado en el fondo del vaso no le daría el sí. Cansada de intentarlo, dirigió su atención al mantel, a las manchas de vino y después al bordado. Levantó el borde e inspeccionó con ojo crítico las puntadas. Las empezó a contar. Si salía par le diría que sí, si salía impar, lo rechazaría. Suspiró desalentada al perder por segunda vez la cuenta.

Jimeno, sentado a su izquierda —ciertamente, no todos eran vejestorios—, volvió a interesarse por su salud. La dama iba a contestarle que se debía a que había dormido mal las dos últimas noches, pero en cambio le salió desaprobar el bordado del mantel. Había visto varios errores en el cruzado de los hilos. ¡Y qué acabado más chapucero! El joven, en vez de darle la razón —que habría sido lo más adecuado—, le llevó la contraria. Caterina lo miró sorprendida, y justo le iba a dar una lección sobre cómo se debían hacer los ajedrezados, cuando notó que le soplaban en una oreja. Era Guillén, por supuesto. Se había levantado de su asiento, cogido su vaso de vino, dejado a su mujer devorando los últimos restos del postre y había venido a acomodarse a su izquierda, tras empujar a un lado a un indignado pero sumiso Jimeno. Caterina le amonestó su proceder.

—Tu mujer será tonta, pero tiene ojos —le dijo.

—Como besugos —le contestó Guillén.

La condesa viuda se rio con toda la discreción que pudo.

El vizconde tomó la copa de Caterina y agarró el borde de la jaqueta de un criado que pasaba llevando una jarra de vino. Atrajo hacia sí al muchacho y con un dedo empujó hacia abajo el recipiente para que llenara la copa. La dama, que con la tercera copa había comenzado a aguar el vino —era consciente de que cuando el viudo de la cicatriz le pidió matrimonio, a ella le dio la risa floja—, se había girado y miraba con ojos críticos los atributos del criado. Echó hacia atrás el cuello del ropón. De pronto notó que hacía muchísimo calor.

—Conrada ha traído a la muchacha para que ayude en las tareas de limpieza —le contó Guillén en vista de que Caterina estaba ensimismada mirando unas partes masculinas que no eran precisamente las suyas.

—¿Qué muchacha? —Caterina hizo una mueca de fastidio y se dio la vuelta hacia la mesa. Tomó un citronat y lo empezó a mordisquear. El sabor de la pieza era exquisito. El dulce había sido traído desde el reino de Valencia, pero para Caterina su cocinera Galaciana lo hacía igual de bueno. Tenía buena mano para los postres y sabía mezclar las cortezas de cidra, azúcar y agua en su justa proporción.

—La nieta del sastre —aclaró Guillén—. En este momento está en la sala.

—¡Ah! ¿Dónde?

Señaló hacia una de las mesas más alejadas, próxima a la puerta principal, donde, con un trapo y un cubo, una sirvienta recogía del suelo la paja que había absorbido el vino que un convidado había derramado. La muchacha lucía una cofia de tranzado bordada con soles.

Al primer golpe de vista a la dama le pareció que era una jovencita vulgar y corriente. Le preguntó la edad que tenía y la observó con más detenimiento.

—No es hermosa, pero tiene... algo —dijo con retintín.

—¿Algo?

—No sé... quizá sea por su piel o por cómo se mueve o por cómo mira... Sé que te voy a hacer una pregunta impertinente, pero a ti, como hombre... ¿Te atrae?

El vizconde apretó los labios, arrugó el ceño y agitó la mano como si dijera adiós.

La dama se volvió hacia el viejo de la cicatriz, pero este le estaba haciendo una demostración de cómo hacer bolitas con migas de pan y mojarlas en vino a la mujer que tenía enfrente. Decidió que le diría que no. Un caballero jamás haría esas guarrerías. Apartó suavemente a Guillén y se dirigió a Jimeno, tocándole varias veces con un dedo en el hombro. El joven charlaba con un hombre huesudo y desdentado sobre rabeles, zanfonas y vihuelas, por lo que permanecía ajeno a los chismorreos de la pareja. Se volvió hacia ella con gesto servicial, dejando a una pulgada de su boca un trozo de queso. La condesa viuda pidió perdón por la interrupción y les hizo la misma pregunta que le había hecho al vizconde.

El viejo sonrió mostrando unas encías enrojecidas y parte de lo que trataba de masticar. Por pura galantería, negó que la muchacha de la cofia de tranzado fuera bella si la comparaba con la señora condesa, pese a que no veía más allá de sus narices, y Jimeno dijo que sólo veía una cabeza cubierta con una cofia que sobresalía por detrás de una mesa.

Caterina llamó al criado que atendía su mesa y le indicó que dijera a la sirvienta que se acercara. Cuando esta estaba a medio camino, el muchacho cucó los ojos para enfocar mejor la figura que se aproximaba mientras se metía un trozo de queso en la boca.

Y fue reconocerla, a Berta, su amante, y atragantarse con el queso. Las primeras arcadas dieron paso a una tos intensa, asfixiante. El rostro adquirió una tonalidad rojiza.

Es cierto que los golpecitos dados en la espalda ayudan a salvar vidas; sin embargo, los de Caterina, que golpeteaba con la punta de los dedos, no tuvieron el efecto deseado. Fue el golpe que le propinó Guillén con la mano bien abierta el que ayudó a que el queso saliera disparado, así como la guirnalda que coronaba la cabeza de Jimeno. El trozo acabó pasando por encima del comensal que tenía enfrente y la guirnalda adornando su plato. Todo aquel revuelo fue contemplado con jovialidad por comensales y criados. Y también por Juana, la muchacha de la cofia de tranzado con soles bordados.

A Caterina no se le escapó ningún detalle de todo lo que ocurrió a continuación. La mirada de asombro de la sirvienta y su posterior huida y los intentos de Jimeno, entre tos y tos, de levantarse e ir a por ella, para caer finalmente derrumbado sobre la mesa. Y tampoco se le escapó el hermoso bordado que adornaba la cofia de la fugitiva.

Mientras, el joven pensaba que Dios lo castigaba por haber abandonado el monasterio.

La dama apoyó un codo sobre la mesa y descansó su rostro en la mano. Con una sonrisa angelical y un gracioso movimiento de los hombros, preguntó a Jimeno qué tal andaba de amores. Este se irguió, enrojeciendo hasta las orejas. Para hacer tiempo pidió disculpas al comensal, que todavía miraba perplejo la guirnalda, a la vez que la recuperaba. Al final tartamudeó, mientras se colocaba la corona de piel, que sobre las cuestiones que hacían referencia a las mujeres, él estaba para lo que su padre mandase. Luego le pidió permiso para levantarse e ir a tomar un poco de fresco. Se sentía muy mareado. Caterina se lo concedió, ya habría más momentos para averiguar qué relación lo unía a la nieta del sastre. Observó que el joven salía por el mismo lugar por donde había escapado la muchacha. Pero de improviso alguien le bloqueó el paso. Un escudero de la condesa viuda, un hombre que le sacaba casi dos cabezas, con un cuello grueso, espaldas anchas de cazador de osos y unas manos grandes y peludas. A Jimeno se le doblaron las rodillas.

—Ese chico es bastante enclenque —dijo Guillén a Caterina —. ¿De dónde lo has sacado?

—Es el ahijado de mi tío. Parece ser que huyó de un monasterio y ahora está bajo sus órdenes.

—¡Ah! Un chupacirios. Ahora entiendo que solo haya comido pescado y verduritas. La vida monástica acaba con el gusto hacia las cosas terrenales y... reblandece el cuerpo. Este necesita fortalecerse. Sé de una mancebía con mujeres limpias y exquisitas en el trato donde se desfogaría. Será divertido ponerle al día en cuestiones de la carne.

Caterina se habría reído de no ser porque de pronto sintió verdadera lástima por el joven. Le parecía dulce, delicado y con una voz atiplada que le resultaba deliciosa. Se asemejaba a la de su difunto marido. Cogió el vaso de vino y lo vació de un solo trago.

Con el último lavado de manos con agua de rosas, sirvientes silenciosos empezaron a alzar las mesas y a limpiar el suelo para que la sala quedara en condiciones para las representaciones teatrales. Hacia otra sala se dirigieron ministriles y danzantes.

XI

Caterina pidió a Blanca que la despojara del ropón de estado, ya lo había lucido el tiempo suficiente para que todo el mundo lo admirara, pero, además, le daba demasiado calor. Sin el abrigo, todos lo que se cruzaban con Caterina, no podían dejar de seguir admirándola. La riqueza del brial superaba con creces a todas las prendas femeninas que se estaban luciendo, y el escote mostraba más de lo permitido para una viuda.

Después buscó a Jimeno. La desaparición del joven significaba que se quedaba sin pareja y eso era intolerable. Se asomó a la estancia donde se danzaría. Tres ministriles franceses, dispuestos sobre un estrado, afinaban sus instrumentos.

Vio venir hacia ella, con pasos resueltos y una sonrisa acogedora, al viudo de la cicatriz, cazador de haciendas. «¡Dios mío, danzar con él sería un tormento!», pensó Caterina, pero la mano de Guillén cogió la suya y la condujo junto a las parejas de danzantes que esperaban con ganas a que sonara la música. Ella se dejó llevar, aunque no le gustaba demasiado danzar, pese a que había aprendido de pequeña a moverse con elegancia y, gracias a su marido, excelente danzarín, a perfeccionar los pasos.

Empezó a sonar la música y las parejas se fueron colocando en el centro de la sala. Caterina, con la mano izquierda puesta sobre el dorso de la mano derecha de Guillén, fue deslizando los pies con la cadencia que le permitían los chapines. El vizconde, con el torso erguido, curvada la cintura hacia delante, movía las piernas con gracilidad, asomando estas, de tanto en tanto, por entre las aberturas de la falda del sayo, y elevaba los pies apoyándolos sobre la punta de los dedos. Las mangas de los trajes de los danzantes se agitaban según la cadencia de los movimientos.

Danzaron dos piezas hasta que se vieron obligados a separarse al ser requerido el vizconde por su esposa.

El viudo, que había estado esperando una oportunidad, ofreció su mano a Caterina. La dama no tuvo más remedio que aceptar. Aguantó un rato hasta que, justo cuando quedaron ambos frente a frente, se excusó apelando a un repentino mareo, la sonrisa empalagosa del cazafortunas le revolvió el estómago. Él, muy solícito, le dijo que la acompañaba. Para su desgracia, no se lo iba a quitar de encima.

Saliendo de la estancia, y aprovechando que no había nadie, el viejo le cogió una mano y se la empezó a estrujar mientras trataba de llevársela a los labios. Ella forcejeó con el máximo disimulo y, temiendo que volviera a pedirla en matrimonio, voceó el nombre de Jimeno como si lo tuviera delante. Por suerte, el joven apareció y acudió al trote. Caterina, sintiéndose salvada, retiró su mano con un fuerte tirón, arañando con uno de los anillos el labio del viejo, y se agarró a él. Luego lo arrastró por la galería y, deslizándose ambos por entre una cortina, le hizo entrar en un aposento oscuro. Le tapó la boca. Oyeron los gruñidos del viejo quejándose del labio y, cuando se perdieron en la lejanía, los dos fugitivos salieron con el mismo sigilo con el que habían entrado.

Volvieron a la estancia donde se danzaba. Caterina se sentó en un escaño y le pidió a Jimeno que le quitara los chapines. Este se arrodilló a sus pies y fue desatando las cintas. La dama se fijó en la expresión mustia del joven y recordó la escena protagonizada por él y la muchacha de la cofia. De sopetón le preguntó de dónde conocía a la sirvienta, pero él, poniendo mayor interés en su tarea, le dijo que no sabía a quién se refería. Ella se la describió. La barbilla de Jimeno tembló y negó con vehemencia que la conociera.

—¿No? —preguntó la dama—. Poca cosa me parece para casi morir atragantado.

Él apretó los labios y tiró con fuerza de una de las cintas.

—Con delicadeza, Jimeno, con delicadeza. Las mujeres de su condición no merecen que me rompas una cinta. ¿Por qué salió despavorida justo cuando os vio?

Guillén entró en la estancia llevando dos copas y se acercó. Le tendió una a Caterina, apoyó un pie sobre el escaño y descansó un brazo sobre la rodilla. La dama se llevó la copa a los labios y miró a su amante por encima del borde.

Jimeno, que había agachado más aún la cabeza, aprovechó para escabullirse. Caterina le dejó ir, tenía todo el tiempo del mundo para descubrir qué había pasado entre aquellos dos. Levantó la cabeza para beberse el vino de un solo trago y se fijó en las pinturas que había en el techo, una serie de composiciones romboidales alternando con varias figuras de personajes vestidos a la moda del siglo pasado. Una idea se le vino a la mente.

—Manda a la nieta del sastre que venga a verme —le dijo a Guillén—. Tal vez le sirva a Diomedes como modelo para alguno de los frescos que está pintando. Será una buena excusa para poder interrogarla con tranquilidad.

El vizconde asintió, al tiempo que pensaba cómo conseguir que Conrada renunciara a la alfayata. Su mayordomo se había quejado de que los jóvenes sirvientes andaban detrás de ella con la lengua fuera. El gallinero estaba revolucionado. Advirtió que entraba Conrada, se acercó a ella y la tomó de la mano para llevarla a danzar. Comenzaría su plan vertiendo en el oído de su mujer algún que otro chisme sobre la desazón carnal que Juana provocaba sobre la servidumbre.

Mientras, Caterina rechazó la petición de un caballero para unirse a los danzantes y sintió la imperiosa necesidad de acudir al retrete. Pero Blanca no estaba para acompañarla, la había mandado en busca de una bolsita con granos púrpura de almizcle que se había dejado en las andas. Impaciente, se levantó, tomó otra copa y salió de la estancia.

En eso vio a Blanca que iba en compañía de un criado de Guillén. Ambos se sonreían. El rostro de la criada estaba tan sonrojado que parecía que de un momento a otro iba a estallar en llamas. ¿Habría algo entre ellos?, se preguntó. Que hubiera una relación entre aquellos dos podía ser un inconveniente. Hasta ahora no había pensado en casarla, ni a ella y ni a Inés, pero tal vez tocaba ocuparse de ese tema. Pensó que su escudero Gaspar podría ser un buen aspirante. En cuanto a Inés, desde que entró Blanca ya tenía decidido que la casaría con alguien de fuera. No necesitaba dos mujeres a su alrededor para vestirla y desvestirla. Se quitaba a la fea y se quedaba con la guapa. El único perjuicio era que, si Inés se iba, se quedaría sin nadie que supiera elaborar los afeites y perfumes tal y como a ella le gustaban. Inés conocía muchos trucos antiguos y nuevos, qué elementos ligaban unos con otros y cómo mezclarlos. La echaría de menos, de eso estaba segura, era dulce y cariñosa.

Eso no impidió que, cuando por fin la criada apareció, Caterina, irritada, la regañase por su tardanza.

De vuelta del retrete, adonde se había hecho acompañar por Inés, la condesa viuda se preguntó qué había hecho con la copa y, al no encontrarla, se hizo con otra. Pasó por la sala donde se estaban representando las comedias. Su llegada fue recibida con entusiasmo, necesitaban que alguien personificara La Prudencia. Descubrió que detrás de la máscara que simbolizaba La Idolatría, y revestido con una túnica escarlata de mujer, estaba Jimeno. Su voz dulce y melodiosa iba a la perfección con el papel que tenía que representar.

Con la ayuda de Blanca, Caterina se vistió con una túnica negra sin mangas y se cubrió el rostro con una máscara. Le tendieron un espejo, atributo de La Verdad. Tenía un camafeo en el marco muy parecido al que había adornado la pieza esmaltada del brazalete que llevaba en la muñeca. De pronto creyó saber en qué lugar había perdido aquel camafeo de ágata: en las cuevas de la iglesia de San Ginés, en una mascarada. La joya que Blasco le regaló al poco de estar casados y que embellecía la cinta que él utilizaba para adornarse el tobillo. Había mandado a un orfebre que engarzara el camafeo a una pieza esmaltada e insertar el conjunto en un hermoso brazalete de argollas de oro. Al perder el camafeo, su difunto marido, sin hacerle preguntas, había mandado sustituirlo por una piedra de azabache.

Como si algo la empujara a salir, dejó la sala sin siquiera excusarse, pero una vez en el corredor el recuerdo se esfumó. Tal vez si buscase un lugar tranquilo este regresaría... Tal vez si bebía algo más. Cambió el espejo por una copa que le ofrecía un criado. Sin embargo, todo aquel barrullo la aturdía, no la dejaba pensar...

Caterina detuvo sus pasos al final de la galería. Algunos de los invitados conversaban animadamente en pequeños grupos. Se acordó de la estancia oscura a la que se había asomado cuando huía del viejo cazafortunas, junto con Jimeno. Se dirigió hacia allí. Después de mirar a un lado y a otro, se deslizó dentro. El silencio era absoluto. Se quitó la careta y se bebió de un trago el contenido de la copa. La dejó en el suelo y, al levantarse, una de las cintas de la careta se enganchó en el brazalete. Intentó desengancharla... El brazalete... Sí, así tuvo que suceder cuando perdió el camafeo de ágata que tenía engarzado mientras se entregaba a las caricias y los besos de Guillén. Y ahora estaba segura de que fue en las cuevas de la iglesia de San Ginés, de las que partían túneles sinuosos que llegaban a bodegas pertenecientes a palacios, terminaban a las afueras de la ciudad, se interrumpían contra una pared cegada o iban a parar a otras iglesias, como la de Santa Eulalia.

Jimeno, que había visto salir a Caterina, dejó el escenario, ignorando las protestas de los presentes. La siguió y alcanzó a verla cuando entraba en la estancia en la que una hora antes los dos habían entrado para escapar de un viejo baboso. Dudó qué hacer, pero al final asomó la cabeza por entre la cortina y llamó a la condesa viuda por su nombre.

Una mano tiró de él, unos brazos le rodearon el cuello y unos labios se pegaron a los suyos. El aliento dulzón de Caterina le supo a gloria, y cuando la lengua le humedeció la boca, él correspondió al abrazo y al beso sin plantearse nada, sin pensar en las consecuencias finales de su acto.

Pero un milagro los salvó. La voz de Blanca llamando a la condesa viuda fue suficiente para que Caterina separara la boca de la del exoblato, lo empujara y saliera de la estancia. Se agitó para intentar que desapareciera aquel tonto desliz, consciente de que, de nuevo, se había excedido con la bebida.

Dentro quedó un Jimeno perplejo. Perplejidad que le duró varios días.

Jimeno sol se ocultaba en el horizonte amarilleado de Vetonia. Las calles se ensombrecían entre ráfagas de aire helador. Caterina, encogida dentro de las andas, escuchaba las voces de los escuderos que en susurros iban indicando a los portadores los charcos que tenían que evitar pisar. Había llovido unas horas antes y el agua se estaba helando con rapidez. Era más peligroso bajar que subir las cuestas de la vieja ciudad, y más en esas condiciones.

Jimeno seguía confuso. Alguien tuvo que sujetarlo de un brazo para no estamparse contra el suelo cuando resbaló sobre el fango. Se juró a sí mismo que nunca más vestiría aquellas ropas.

Blanca, montada sobre una mula, sonreía satisfecha. Había conocido a uno de los criados del vizconde. El hombre era bien parecido, debía de tener la misma edad que ella y era soltero. Pondría todos sus esfuerzos para conseguirlo, pero eso significaba que tendría que comprar ungüentos para el rostro y las manos y aquel aceite que había olido en una botica aromatizado con una flor cuyo nombre desconocía. En cuanto llegara a palacio buscaría en su arca la bolsa donde guardaba los dineros, aunque dudaba si tendría suficiente para darse aquellos caprichos. De ser así, no le iba a resultar agradable pedirle a la condesa viuda que le adelantara parte de su salario.

De pronto, la comitiva escuchó a Caterina cantar un romance dentro de las andas.

XII

—¿Adónde vais? —Uno de los escuderos del marqués miraba enojado a Jimeno, con la mano en la empuñadura de su espada. Lo había cazado cometiendo una flagrante infracción: abandonar el puesto de vigilancia.

El muchacho maldijo mentalmente su mala suerte. Se había levantado del suelo, después de desentumecerse las piernas, y se estaba alejando con todo el sigilo del mundo de la puerta que tenía la obligación de custodiar, pero el escudero, en su habitual ronda nocturna por todo el palacio, había llegado al ala donde estaban los aposentos del marqués y se había acercado a él con muchísimo mayor sigilo.

El joven se justificó diciendo que tenía necesidad de ir a las letrinas, y puso cara de apuro. El escudero no se apiadó de él. Debía permanecer en su puesto hasta que lo sustituyeran. Desesperado, se sentó en el suelo y rezó para que el sol saliera antes. Milagro que no ocurrió a pesar de que prometió volver al monasterio para siempre. La noche estaba siendo criminal. No dejaba de darle vueltas al beso de la condesa viuda y a la presencia de Juana en el banquete. No tenía dudas de que la dama estaba demasiado alegre por culpa del vino, pero ¡que lo hubiera asaltado de aquella manera! Y ¡que él la correspondiera! Y ahora, ¿con qué cara la miraría? Se estremeció por quinta o sexta vez. Sobre todo, porque le había gustado besarla y porque una de sus manos se había atrevido a estrujarle el trasero por encima del terciopelo. En cuanto a Juana, quería hablar con ella, hacerle el amor. Pero también gritarle dos cositas. Que lo hubiera engañado de ese modo haciéndose pasar por otra persona había sido poco considerado. Los pensamientos volvieron a martillearle la cabeza.

Nada más llegar el relevo de guardia, el joven se dirigió a su aposento y se despejó la cara con el agua helada que había en un lavamanos. Como aún quedaba un rato hasta la hora del desayuno, decidió subir a la parte alta de palacio, terminar de ver el amanecer y poner en orden sus pensamientos con ayuda de la luz de la mañana. Fue hasta la segunda planta y tomó la escalera de madera que llevaba hasta una amplia balconada. La subió casi corriendo para entrar en calor. Pero Vetonia todavía estaba sumida en la oscuridad. Decidió, entonces, tras un rugido de su estómago, ir a las cocinas. Tal vez podría hacerse con un mendrugo. Cuando llegó, Maestre Cocinero salía poniéndose el sayo y agitando la cabeza. Jimeno se asomó. Galaciana, la cocinera, terminaba de avivar las brasas y se disponía a colocar un pequeño caldero.

—Ahora le prepararé a la señora condesa algo caliente y ligero —hablaba la mujer dirigiéndose a un bulto que estaba sentado sobre un tajo—. En cuanto os lo toméis, la señora condesa notará un gran alivio. Os habréis resfriado con este tiempo tan cambiante.

El bulto, envuelto en una manta, gruñó. Un gruñido que habría despistado a Jimeno de no ver las zapatillas de terciopelo de Caterina que asomaban bajo los pliegues de la manta.

—Y subid a vuestra habitación —siguió diciendo la mujer—, mandaré que os lo lleven en cuanto esté listo. Ha sido una imprudencia salir del lecho.

—Dejaos de monsergas —refunfuñó la dama—. No estoy enferma. Solo tengo un terrible dolor de cabeza que se me pasará en cuanto me deis ese maldito caldo.

—Con un caldo no mejorareis, señora condesa —osó decir Jimeno, intentado que lo ocurrido en la tarde de ayer no lo perturbara—. Los efectos del vino se contrarrestan mejor con...

—¡No es por culpa del vino! ¡No seáis insolente! —Ella se había asomado por entre la manta y miraba con ferocidad lobuna al muchacho—. Debí comer por demás o tomé algo en mal estado.

—Ah..., perdonad, señora condesa... creí que... Pues en ese caso también os puedo preparar algo eficaz. Receta del monasterio —dijo aguantando el ímpetu de contradecirla.

Jimeno pidió a la cocinera un par de huevos y unas naranjas. La mujer lo miró indignada, que invadieran su territorio le resultaba intolerante, pero cuando vio que él mismo se iba a servir y a revolver por su cocina, le dio lo que había pedido a toda prisa. El joven exprimió las naranjas en un cuenco y echó el contenido de los huevos. Lo batió todo.

—Tomad, señora condesa. Si vomitáis, cosa que con toda seguridad os aliviará, os aconsejo que sigáis bebiéndolo —y le ofreció el mejunje.

—¡Yo no vomito! —gruñó Caterina. Y sacó un brazo de entre la manta para que le pasaran el mejunje.

La manga de la camisa resbaló hasta el codo, mostrando un brazo delgado armonioso con la mano. Jimeno le colocó el vaso entre los dedos. Se alejó prudencialmente de su lado.

—¡Está asqueroso! —protestó ella con el primer sorbo y, al instante, todo lo que contenía su estómago le salió por la boca.

La cocinera y su hija, que permanecía en un rincón a la espera, acudieron a ayudarla.

—Seguid bebiendo, señora condesa —le pidió Jimeno una vez pasado el mal trago.

Caterina se limpió los labios con un paño que le tendió la cocinera y obedeció sin rechistar.

Mientras, el joven cogió unas ramas de romero que estaban junto con otras plantas aromáticas colgadas en la alacena y las machacó en un mortero. Luego añadió aguardiente para macerarlas. Quedó una masa aceitosa que pasó a una escudilla de madera.

—Ahora, os aconsejo que en cuanto acabéis lo que os he dado, vayáis a acostaros y pedid que os den un masaje por todo el cuerpo con esto —le tendió la escudilla a la hija de la cocinera—. Luego dormid todo cuanto podáis. El descanso es el mejor remedio.

Caterina se levantó, recolocándose la manta. Pero antes de salir de la cocina se giró hacia el muchacho. Una imagen borrosa le había venido a la cabeza, imagen que creyó que estaba relacionado con él. Lo miró con intensidad, haciendo un esfuerzo por saber qué era. De pronto se vio besando al exoblato en una estancia oscura. Arrugó el ceño.

—Decidme... ayer tarde... —musitó la condesa.

Él bajó los ojos, enrojeciendo. Los de ella se llenaron de espanto.

—No pasó nada. ¿Entendéis? Na-da —advirtió entre dientes la dama. Alzó la barbilla y salió de las cocinas con mucha dignidad.

En la misma puerta la esperaba Diomedes. Otra de las virtudes del eunuco era estar cuando más lo necesitaba. Apoyó una mano en su hombro y se dejó llevar.

La hija de la cocinera siguió a Caterina con la escudilla en la mano y al pasar al lado de Jimeno le dijo que el potingue aquel olía genial, y metió un dedo y se lo chupó. Su madre, que todavía la tenía a su alcance, le dio un pescozón.

El joven, que no había olvidado de que su estómago lo reclamaba, pidió algo de comer. La cocinera le sirvió un caldo con menudillos y un trozo de pan del día anterior y con una sonrisa de oreja a oreja le preguntó sí sabía alguna receta para eliminar las verrugas más pertinaces.

Una vez acabado el desayuno, tuvo la necesidad de distraer los pensamientos que volvían una y otra vez a su cabeza con machacona insistencia, y recorrió el palacio para así hacerse una idea del lugar donde pasaría los siguientes meses. En nada se parecía a la casa donde él se había criado hasta cumplir los diez años. O, al menos, no recordaba que fuera tan caótica. Sus recuerdos eran confusos, pero de lo que sí que estaba seguro era de que no tenía tantos corredores, ni puertas, ni escaleras. El palacio, con una vivienda principal y otras de menor tamaño y altura adosadas a ella, lindaba con distintas calles. Los techos tenían artesonados pintados con los colores de la Casa y pequeños escudos dibujados o tallados y dorados. El más alto estaba en el salón principal, con un artesonado mudéjar de lacería muy simple, y con una chimenea que ocupaba toda una pared. Atravesó un cobertizo, de los muchos que había en Vetonia, que unía una de las viviendas a otra por encima de la calle. El cobertizo tenía un ventanillo por el que se podía ver el convento de Santa Clara, uno de los más vetustos. En su deambular por corredores, subiendo y bajando escaleras, Jimeno se encontró con criados y sirvientes que iban y venían afanados en sus tareas diarias.

Antes de mediodía se encontró con el marqués. El hombre iba cargado con un libro enorme encuadernado en tapas de madera recubiertas en piel y con grandes herrajes bañados en oro. Su peso le hacía doblarse hacia delante y hubo un momento en que el muchacho creyó que libro y marqués acabarían en el suelo. Lo curioso es que a su lado iba un mozo con las manos vacías salvo una llave. Solícito, Jimeno se ofreció a llevar el mamotreto, pero el señor de la casa se negó y se agarró a él con más fuerza, como si fuera un salvavidas.

Iba a continuar con su paseo errante cuando el anciano le preguntó si le gustaría ver las maravillas que coleccionaba. Sin dudarlo, dijo que sí, picado por la curiosidad.

—Bien, muchacho —empezó a decir mientras se dirigían hacia el ala norte—, el mayordomo me ha informado de que todavía no tenéis ninguna función asignada. ¿Sabéis usar la espada?

—No, señor marqués, entré en el monasterio a la edad de diez años.

—Entonces le pediré a Gaspar que se ocupe de enseñaros. Es el mejor maestro de armas. Si es posible, quiero nombraros escudero antes de santa Juliana, pero hasta entonces ejerceréis como mozo de comedor. No es ortodoxo, pero así están las cosas.

Al llegar frente a la estancia, y después de que el mozo hubiera abierto la puerta con la llave, el anciano le pasó el libro. A Jimeno casi se le doblaron las rodillas bajo su peso. Luego, dentro de la estancia pequeña, fría y oscura, trató de distinguir qué era lo que había. No pudo reconocer ningún objeto hasta que el mozo apartó la tela encerada del ventanillo. El desorden y la suciedad resultaban angustiosos, y lo peor es que no había ni un rincón vacío. Tras una indicación del marqués, y después de sortear objetos de todo tipo, puso el libro sobre la única mesa que estaba contra la pared del fondo. Una nube de polvo le provocó un ataque de tos. Sobre la mesa, además del polvo, había varios libros encuadernados, unos en pergamino y otros en piel, tres estatuillas de terracota y una arquilla de nogal. En el lado opuesto al ventanillo, en un rincón, había un armario grande y pesado de dos puertas sin ningún tipo de decoración en los paneles.

—Vuestro padre espera de vos que si no servís como fraile podáis, al menos, servir como caballero —dijo el anciano mientras el joven miraba a su alrededor.

Por el suelo, arrimadas a las paredes, se apilaban piedras de todos los tamaños, algunas de ellas con formas variadas y muy curiosas. Había minerales, conchas, caracolas de mar, objetos que no pudo identificar y, lo más inquietante, piezas que se asemejaban a huesos de animales... o de humanos, si se pensaba mal. Pasó por encima de trozos de mosaicos arrancados de antiguas casas de los romanos, decorados con figuras humanas, vestidas o a medio vestir, o con motivos florales.

—Yo no puedo estar más en descuerdo con él —continuó diciendo el anciano—. Vuestra formación intelectual se desperdiciará en campañas militares que, con absoluta probabilidad, acabarán con vuestra vida.

En un aparador, cuya madera y factura no eran de estos reinos, había estatuas de tamaños diversos, desmembradas o decapitadas. O solo manos y pies. O cabezas. Objetos rígidos que transmitían frialdad y un pasado hostil. Al muchacho se le llenó la cabeza de preguntas.

—¿Qué obligaciones teníais en el monasterio? ¿Copista? ¿Pintor de miniaturas? —preguntó el marqués.

—Cantar, señor marqués. Tengo buena voz, eso me decían en el monasterio —contestó Jimeno, que regresó hacia la puerta. Al echar un último vistazo a todo aquel desbarajuste tropezó contra algo duro donde el dedo gordo del pie se llevó la peor parte. Renegó entre dientes.

El rostro del viejo, ajeno al dolor del joven, mostró cierta decepción. Se dio unos golpecitos en el labio inferior con las lentes y se frotó los ojos.

—¡Ah...! Luego hemos quedado que servirás como mozo de retrete —dijo.

Jimeno tomó aire para intentar controlar la ansiedad que le estaba produciendo el dolor del dedo gordo y los desvaríos del marqués.

—Señor marqués, creo que habéis dicho mozo de oratorio —replicó con la esperanza de que su cargo en palacio fuese justamente ese, pues le daba en la nariz que tendría mucho tiempo libre.

—Sí, claro, claro, mozo de oratorio... Y has dicho que entraste en el monasterio a los...

—Diez años, señor marqués.

—... diré a Pedro que os enseñe a manejar la espada.

—Señor marqués, habéis dicho que sería Gaspar.

—Mejor no, muchacho, mejor no. Os necesito entero —sentenció el anciano.

Y cuando Jimeno salió, el mozo echó la llave.

Más tarde, el joven supo que la estancia era conocida como «la lobera». Decidió que para ganarse el favor del marqués se ofrecería a ordenar todo aquello y la rebautizaría con el nombre de la sala de las maravillas.

XIII

Invierno de 1475-1476

Diomedes se calentó los dedos de las manos con su propio aliento. Los dos braseros que habían puesto en la estancia no eran suficientes para caldear el aire.

La escena de la cacería había quedado mejor de lo que había pensado, aunque la yegua seguía sin satisfacerle. En nada se parecía al equino que su amo montaba, salvo por su pelaje tordo. Se le daba mal pintar esos animales, y lo había raspado en dos ocasiones hasta que Caterina, enfadada, le prohibió volver a destruirlo.

Para compensar su frustración, Diomedes se autorretrató, todo un atrevimiento, con cuerpo y rostro de adolescente, arrodillado ante el conde de Monteverde para colocarle las espuelas de plata. En el resto de la composición se veían caballeros y mozos en estática espera para empezar la cacería. Uno de ellos sostenía un halcón sobre su mano enguantada. Otro tenía un perro a sus pies. Al fondo, unas colinas con tonos cálidos y los matices rojizos del sol del amanecer.

Y árboles semejantes a encinas sobre los que se posaban algunas palomas, y escondido detrás de un tronco, en la lejanía, un jabalí.

En ese momento entró Caterina en la estancia. Cada lunes después de almorzar, a la condesa le gustaba dejarse caer por allí para ver cómo avanzaba el fresco. Envuelta en un manto forrado con pieles de marta permaneció un buen rato mirando al que fue su esposo. Diomedes lo había idealizado demasiado. Estaba vestido con una ropa plisada y ricamente ribeteada en piel, a la borgoñona. Blasco había sido un hombre bien parecido, pero aquella hermosura rayaba en, pensó ella, lo blasfemo. Uno de los dioses mitológicos. ¿Apolo? No lo sabía. El griego le habló alguna vez de aquellos dioses paganos, aunque ella no había prestado mucha atención.

Caterina desconocía todo sobre la vida del eunuco antes de que ella se casara con Blasco. Tan solo sabía que su difunto marido lo compró en un viaje a Creta cuando el griego tenía trece años, que por entonces era un muchacho hermoso, de complexión perfecta, rostro lampiño, piel olivácea y brillante, cabello negro como el azabache, nariz recta y boca y ojos grandes. Sabía también que lo habían castrado con once años y que no tardó en engordar, pero gracias a duros ejercicios y a una férrea disciplina logró conseguir la forma de los atletas helenos.

Muerto el conde, el griego pasó a ser de su propiedad. Y le servía con un afecto casi reverencial, aunque con una dosis de insolencia que la dama aceptaba sin demasiada oposición. Caterina sabía que él sospechaba la relación que mantenía con Guillén, pero jamás, ninguno de los dos, habían hecho alusión a ese secreto.

Miró ahora al mancebo arrodillado a los pies del noble. Le ataba las espuelas, aunque parecía que lo estaba adorando. Se dijo que era una representación bella, pero demasiado atrevida. ¿Tanto había amado el esclavo a su difunto marido? ¿Y Blasco a quién había amado más: a Diomedes o a ella?

El eunuco cortó el hilo de sus pensamientos al comunicarle que iba a pintar un banquete.

Pensativa, clavó los ojos en la pared vacía. Los banquetes que ella había visto pintados eran bíblicos, tanto en libros iluminados como en tablas de iglesias. Salomé danzando frente a una mesa con viandas presidida por Herodes y Herodías. O la misma Salomé presentando sobre una bandeja la cabeza decapitada de san Juan Bautista. Las bodas de Caná. Un banquete profano sería otro desafío para Diomedes, que demostraría que nada se le resistía, excepto los caballos. Le dijo que le gustaba la idea, que le iba como anillo al dedo a la estancia, pero que tenía que elegir bien a los comensales.

—Ya he pensado quienes presidirán la mesa. Como fondo pintaré un tapiz con motivos vegetales. La mesa será alargada, y la cubriré con un mantel con bordados de gran belleza. Sobre el mantel, la vajilla de plata, y en el centro, una fuente con un ganso asado. Por cierto, mi ama, necesitaré más pigmento rojo y azul.

—Que te acompañe Gaspar... ah, y también Inés. —Se acordó de que faltaba polvo de espina de sepia para blanquear los dientes. Se había gastado más rápido de lo previsto—. No sé qué está pasando de un tiempo a esta parte con los afeites, pero creo que tenemos una ladrona en palacio.

Jimeno se asomó por la barandilla de la galería y vio a un par de sirvientes cargando una cesta llena de leña. Luego vio al gato blanco. El animal caminaba pegado a la pared hasta que en un momento dado se detuvo. Estaba próximo a la cancela de la bodega. Adoptó la posición de caza. Esperó. De pronto salió un bulto peludo a toda velocidad hacia donde estaba el gato. Este dio un salto y huyó despavorido. A Ovillo le importaba muy poco el felino; con agilidad asombrosa atrapó el ratón codiciado por el gato. Apretó las mandíbulas. Jimeno estuvo a punto de aplaudirle, aunque prefirió seguir su camino y empezó a bajar, no le apetecía nada presenciar cómo el perro se comía al ratón. Pero Ovillo no tenía hambre, solo quería llevar la pieza a los pies de su ama. Así que empezó a subir las escaleras. Perro y hombre coincidieron en el rellano. Ovillo movió alegremente el rabo y no se lo pensó dos veces, se lanzó hacía los pies de Jimeno. Y él, a su vez, no se lo pensó dos veces, echó a correr escaleras arriba para salvar sus pies y entró en la primera estancia que encontró abierta. Cerró tras de sí. Al instante sus ojos y su boca se abrieron de par en par. Llevaba menos de dos meses en palacio y jamás había entrado en esa estancia. En una de las paredes, detrás de unos andamios, estaba pintada una escena de caza. La pintura le pareció excelente, muy detallada al representar la suntuosidad de los ropajes y la tela.

—¿Os disgusta, señor? —preguntó Diomedes.

—¡Qué va! ¡Todo lo contrario! —exclamó Jimeno, y cerró la boca al darse cuenta de que se le había abierto de par en par.

Se giró hacia el griego, al que había visto antes de descubrir las pinturas. Lo miró con fijeza, de arriba abajo. Hasta que no llegó a palacio nunca había visto un griego, pero sí leído a muchos. Poner cara a Platón, Aristóteles o Demócrito le había resultado divertido, aunque extraño al mismo tiempo. Sus viejos conocidos se habían hecho de carne y hueso. Volvió los ojos hacia el personaje que sujetaba un arco y unas flechas. Observó al mancebo arrodillado. ¿Era el mismo esclavo pero de joven? ¿Su autorretrato?

—Me gustaría retrataros —oyó decir al eunuco—. Tenéis un porte bien proporcionado; si vistierais una jaqueta os podría incluir en la escena.

El hijodalgo negó con un gesto enérgico. Jamás volvería a ponerse esa prenda tan incómoda, los sayos eran más fáciles de vestir y a él toda esa parafernalia le disgustaba.

Escuchó que abrían la puerta. Entraron, por ese orden, el perro —que corrió feliz hacia Jimeno para jugar con sus pies—, la condesa viuda, Blanca, la pequeña Francisca y detrás una Juana cabizbaja que cubría su hermoso cabello negro con una toca que no la favorecía nada.

Lo que hizo después fue una acción tan impulsiva que más tarde se pasmó de su osadía. Se deshizo de la bestia peluda, trotó hasta Juana, la cogió del brazo, se la llevó a tirones fuera de la estancia y, con más tirones, se la llevó hasta el patio del corral. El perrillo aulló de tristeza y Caterina se quedó sorprendida, exasperada e indignada, pero luego se echó a reír.

Diomedes, que no podía permitirse una distracción, preguntó qué es lo que estaba pasando.

—Nada grave, tan solo que a tu modelo para alguna de las escenas del fresco la acaban de raptar —dijo la dama—. Jimeno es un joven demasiado impulsivo.

XIV

Entre el patio principal y el patio del corral había un huerto. No era muy amplio, pero tenía el espacio adecuado para que el jardinero de palacio pudiera cultivar algunas hortalizas y dejar crecer árboles frutales. En un rincón había un aljibe con un brocal de barro vidriado. Hasta allí llevó Jimeno a Juana, donde un par de adelfas formaban un seto alto y espeso. Y ahí metidos, al resguardo de miradas, siguió Jimeno sin soltar la muñeca de su amante. Ella había dejado de luchar escaleras abajo, y ahora mantenía la cabeza gacha, evitando mirar al joven. La intención de Jimeno era decirle lo enfadado que estaba. Hacerle todas las preguntas que llevaba pensando desde que descubrió su verdadera identidad. Empezaría por decirle que era una mentirosa. Abrió la boca. Ella alzó los ojos hacia él, se mordió el labio.

—Estás preciosa. Te he echado de menos —balbuceó.

Juana asintió, mientras se le aguaban los ojos. Jimeno, como futuro caballero del que se espera templanza, aguantó la necesidad de besarla y luego la soltó. Ella se recolocó el manto y comenzó a frotarse la muñeca dolorida.

—Y vos parecéis... otro hombre —dijo Juana mirando la cabeza del joven.

Jimeno se llevó una mano al cabello, sin comprender a qué se refería. Lo entendió rápidamente: el corte de pelo a lo borgoñón, que al principio le había espantado, ya no le parecía tan desagradable. Se estiró, hinchó el pecho, puso las manos sobre las caderas, avanzó un pie y elevó la barbilla. Así era como debía mostrarse un hombre de linaje noble con los subordinados. Se aclaró la garganta para dar mayor profundidad a su voz.

—Dime, ¿cómo has pasado de prostituta a criada en casa del vizconde de Comanes?

Juana dio un gritito y se tapó la boca. Aquello lo irritó un poco. ¿Es que se había creído que él no se iba a enterar? Estaba decidido a mostrarse duro e inflexible. Esas lágrimas que caían por las mejillas de la muchacha no iban a ablandarlo.

—Bueno..., comprenderás que... que esté confuso —acabó por musitar Jimeno, perdiendo toda su gallardía. Dejó caer los brazos y desinfló el pecho— y... y... que conste que no me importa, sin embargo...

Pero Juana le había dado la espalda.

—Tengo que volver con la condesa viuda —dijo la alfayata limpiándose la cara con las manos.

—Sí, sí, claro, claro, ve. La dama se habrá extrañado de mi conducta. —Ahora que caía en la situación creada, había sido una imprudencia llevarse a Juana de aquel modo tan brusco. Se había comportado como un demente. No sería de extrañar que el marqués lo mandara de vuelta al monasterio y allí le recetaran baños fríos o cilicios para controlar sus impulsos—. Pero si la señora condesa te pregunta de qué nos conocemos dile que... que... que... —se dio cuenta de que era poco imaginativo.

—¿Qué os engañé haciéndome pasar por lo que no era? —preguntó Juana.

Jimeno se sonrojó hasta las orejas. De pronto cayó en la cuenta de que él también había engañado a la muchacha. Se había hecho pasar por lo que no era e, incluso, la había abandonado sin apenas sentir demasiados remordimientos.

—¡Por Dios, no lo hice con mala intención! ¡De veras! Estaba incluso dispuesto a desposarme contigo. —Otra tontería más que soltaba sin pensar. Pero ¿cómo se le ocurría decir aquello? Y claro, siguió diciendo cosas según le iban viniendo a la boca—. Si tenía que elegir entre vivir en un monasterio o vivir contigo como un proscrito, mi elección estaba clara, pero siendo quien soy no podía...

La chica se giró y le tapó la boca con la mano. Entonces él la agarró por la cintura y la atrajo contra sí con patosa tosquedad. Varios besos después, Jimeno, acalorado, se abrió la falda del sayo y se apretó contra ella. Fue subiendo la prenda de Juana en un intento de tocar sus muslos. Que ella llevara manto dificultaba sus avances. El estado de excitación de ambos fue escalando peldaños de forma imprudente, al mismo tiempo que aumentaba la respiración de ambos.

—Puedes ser mi manceba —consiguió decir él sin separar su boca de la boca de la muchacha—. Todavía no estoy comprometido con dama alguna. Nadie me pondría ninguna objeción... eso creo.

La contestación de Juana fue apartarse de él, soltar un llanto desgarrador y, para el desconcierto de Jimeno, huir. Una rama le golpeó de lleno en toda la nariz. ¡Bendito sea el Creador!, ¿qué otra cosa podía ofrecerle?... ¿Y qué era lo que se estaba moviendo entre los bajos de las adelfas? Sería buen momento para darle una buena patada a ese perro insufrible. Pero sus pies no fueron atacados por la bestia peluda. Se agachó y se encontró con los ojillos curiosos e inocentes de Francisca. Acuclillada, había estado observando el comportamiento de la pareja.

Jimeno se recolocó la prenda interior, se cerró la falda y balbuceó algo sobre que Juana se había mareado y que él la había sostenido para que no se cayera al suelo. Luego se indignó consigo mismo por tener que dar explicaciones a una cría.

Al final Caterina se hartó. Una Juana llorosa, que intentaba disimular las lágrimas y quitarse los mocos a toda prisa, fue la gota que colmó el vaso.

Miró de arriba abajo a la alfayata, manteniendo una sonrisa conciliadora y todo lo maternal que sabía. Tuvo que admitir que la muchacha tenía una belleza muy oriental y atrayente. Hacía años había tenido una esclava cuya piel y rasgos faciales se asemejaban a las de ella. En cuanto al cuerpo, no se hacía una idea de cómo era. La saya, de corte simple y holgado, no marcaba ni los pechos ni el trasero, pero no era grueso como en el caso de la esclava que tuvo. Conrada carecía de gusto para vestir a sus sirvientas, incluso para vestirse ella. De pronto pensó si se debía al temor a que Guillén buscara el placer fuera de la cama matrimonial, pero lo desechó. Conrada era tan simple que nunca había puesto, y nunca pondría, en duda, la fidelidad de su marido.

Juana esperaba una reprimenda de Caterina. Los minutos se alargaron y la bordadora empezó a sentirse entre extrañada e incómoda. Sus ojos miraban los alcorques de la dama, que a ratos estaban quietos y otras veces golpeaban rítmicamente el cojín. La tensión de los primeros instantes pasó a una fatiga que se le hizo insoportable. Tal vez si la miraba a la cara... Vio que los pies calzados con alcorques bajaban del cojín.

Caterina se acercó a un arquibanco pintado con colores rojo y verde, lo abrió y rebuscó dentro. Le dijo que había oído lo buena alfayata que era. Juana, con voz nasal debido al llanto, balbuceó que eso decían de ella.

La dama le ordenó que se acercara y la ayudara a buscar una saya. Apenas la muchacha se asomó al arquibanco, abrió los ojos como platos al tiempo que retrocedía. Caterina hizo un mohín malicioso y extrajo la ropa de estado que Guillén le había regalado. La desplegó frente a una Juana turbada.

—Es un sobretodo hermoso, ¿verdad? Yo también reaccioné así cuando lo vi. El vizconde de Comanes lo trajo de un viaje y se lo compré. —La dama no perdía de vista las reacciones de la bordadora—. Según me contó, lo confeccionó una alfayata, hija del mejor sastre que se conoce en estos reinos. Pero nadie sabe dónde está. Me gustaría que trabajara para mí... —Soltó un suspiro largo y profundo.

—Es de mi madre. Lo he reconocido —dijo Juana, con un leve matiz de orgullo.

—¡Vaya! ¡Qué maravillosa coincidencia! —exclamó Caterina con fingida sorpresa—. ¿Y sabes dónde está?

—Lamento mucho decirle a la señora condesa que no lo sé.

Caterina, contrariada, a punto estuvo de cerrar el mueble con brusquedad. Mandó a la muchacha que guardara con sumo cuidado el sobretodo y se puso a pasear de un lado a otro de la estancia. Era muy posible que la bordadora no supiera dónde estaba su madre, pero también que estuviera mintiéndole. Al cabo de un rato regresó hasta el arquibanco, dejó caer la tapa y se sentó.

Juana mantenía la cabeza gacha y trataba de distraerse contando, una y otra vez, las esquinas de las baldosas que sus ojos podían abarcar. Al llegar a diez, empezaba de nuevo por el número uno.

—Si eres buena bordadora, según me dices —dijo, al fin, Caterina—, ¿por qué estás de fregona en casa del vizconde?

—Mi abuelo no me quiere a su lado —explicó la alfayata con verdadera pena.

—Una estupidez por parte de tu abuelo —gruñó Caterina—. Él podría enseñarte todo lo que sabe.

La dama seguía firmemente empeñada en abrir un taller de sastres y conseguir que todos los que había en Vetonia formasen un gremio. Se estaban asentando excelentes comerciantes de telas, la mayoría traídas del reino de Valencia, aunque Caterina prefería comprar a un vendedor toscano, natural de Lucca, que mercadeaba con sedas de la máxima calidad. El toscano pasaba una vez al año por la ciudad, y aún faltaban seis meses para su llegada. Pero por ahora tenía que conformarse con que la muchacha dejara de estropearse las manos fregoteando suelos y cacharros y, lo más imperioso, que le demostrara sus habilidades como alfayata. La mandaría hacer un bordado en un tocado de seda.

Tras un breve silencio tocó el otro tema que le interesaba: qué había entre Jimeno y ella. A Juana se le descompuso la cara y se encogió, cruzando los brazos contra el pecho.

—Nada, señora condesa, nada. Es solo que... que... que le robé unas monedas.

Caterina no se esperaba aquello. Que fuera una ladrona no era una buena noticia. Se levantó, anduvo hasta la puerta, la abrió de golpe. Matilde, con la oreja pegada a la madera, retrocedió sobresaltada.

Caterina ordenó que Jimeno fuera a sus aposentos. Una vez que el joven entró, Caterina gritó que a la próxima persona que descubriera fisgando detrás de la puerta quedaría fuera de su servicio sin contemplaciones.

Nada más cerrarse la puerta, Matilde acercó la oreja.

Juana se puso a temblar. Él tragó un par de veces saliva y la nuez de la garganta osciló de arriba abajo. Caterina, con rostro hierático, subió al estrado y se sentó bien erguida en la silla, como un juez en el tribunal.

—La muchacha te devolverá lo robado. Y tú, Jimeno, olvidarás lo que hizo —dijo la dama, entre salomónica y autoritaria.

—Perdón, señora condesa, no os entiendo —masculló él. La nuez volvió a bailar y los ojos se le abrieron pasmados.

—¡Las monedas! ¡Las monedas que os robé! —gritó Juana con tal angustia que el joven se sobresaltó.

—¿Qué monedas me robaste? —preguntó, intentando hacer memoria.

—¡Las que decís que os robé aquella mañana! —volvió a gritar Juana. Se apretó las manos contra el regazo, toda azorada.

—¡Aaaah...! ¡Las... las monedas! Sí, sí, claro, esas que me robaste —exclamó el muchacho, agitando la cabeza de arriba abajo. Al fin recordó aquello que nunca había sucedido.

Y fueron tales los aspavientos de Jimeno, y las orejas se le pusieron tan rojas, que Caterina dio un golpe con la palma de la mano sobre el brazo de la silla. Los dos infelices dieron un respingo.

—Bien, bien, bien... —La dama estaba decidida a que la comedia acabara en tragedia—. De aquí no salimos ninguno de los tres hasta que yo sepa qué es lo que está pasando entre vosotros dos. ¡Basta de mentiras!

Miró a Jimeno y le hizo un gesto con la mano para que comenzara a hablar.

Entre frases más o menos confusas del joven, la dama entendió que se había echado como amante a una tal Berta, incurriendo, la susodicha, en la desvergüenza —ese sustantivo lo aplicó la misma Caterina a Juana— de ocultar su identidad. Que él, como oblato desencantado, había tratado de hacerse un hueco en una de esas ocupaciones liberales que han de utilizar la pluma. Que durante varios meses de placer y buena vida tomó la determinación de no volver a casa de su padre —¡vaya!, dijo la dama, otro hijo pródigo, pensó... y poco edificante—, pero que su hermano lo había encontrado y había tenido que abandonar sus planes de futuro de un día para otro. Así que pasó a despedirse de Berta, al estilo de «aquí te dejo estas monedas para que te consueles y piernas para que os quiero». Pero que la interesada había desaparecido, encontrándose con la desagradable sorpresa de que la tal Berta, no era Berta sino Juana, y que de sirvienta de buena casa nada de nada, que era sirvienta de una mujer de mala fama —aquí la muchacha rompió a llorar y Caterina volvió a impacientarse— y por eso Jimeno, cuando la vio en la boda, se turbó.

Para intentar calmar a Juana, cuyos sollozos le resultaban insoportables —la sacaban de quicio las mujeres lloronas—, Caterina mandó al muchacho que se marchara. Aguantaría hasta que se calmara, todavía tenía varias cosas que preguntarle antes de que regresara al palacio del vizconde.

Cuando Jimeno cerró la puerta detrás de él, se pudieron escuchar unos ladridos desagradables y al joven mandar al inferno al causante de estos. Mandato que no funcionó porque Ovillo redobló los ladridos.

Otra vez a solas, Caterina cerró los ojos e hizo como si estuviera reflexionando. Así daba tiempo a que la bordadora se serenase. Cuando los sollozos pasaron a ser hipidos apagados, la dama abrió los ojos y mostró su lado más dulce, como avezada maestra en cuestiones de amor. Quiso saber por qué había engañado a Jimeno y qué esperaba conseguir de él.

La muchacha, mientras se limpiaba los mocos con la manga, confesó que había temido que el hijodalgo la abandonara si descubría dónde vivía, que creyera que se dedicaba a lo mismo que su ama. Y puso a Dios, a la Virgen y a todos los santos por testigos de que ningún hombre la había tocado. Su ama, a pesar de su pecaminosa ocupación, la cuidaba y protegía con el celo y la virtud de una abadesa porque apreciaba a su madre y se lo había prometido. Juana se retorció los dedos. Pero tampoco quiso casarse con ninguno de los hombres que le elegía, explicó. Y asaltada por otro sollozo, le juró que de haber sabido quién era Jimeno, jamás se le habría acercado.

—Ni te habrías enamorado —dijo Caterina—, porque está claro que lo amas. Una verdadera tontería. En fin, como no puede haber un final feliz tendrás que conformarte con lo que él quiera disponer. Parece que está encaprichado contigo, por lo que no me extrañaría que quiera que sigas compartiendo su lecho. Sería una opción aceptable, pero a corto plazo. En uno o dos años tendrá que desposarse. Bueno, retírate, ya veremos cómo solucionamos esto.

Con pasos vacilantes, la muchacha se dirigió hacia la puerta. Luego se detuvo y miró de soslayo a la dama, como si quisiera decirle algo.

—Espera, ¿desde cuándo estuviste yaciendo con el hijodalgo? —preguntó Caterina. Tuvo la vaga sospecha de que aquella mirada guardaba un secreto.

La alfayata, acobardada, bajó los ojos. Al ver que no contestaba, la dama, sin delicadeza alguna, le preguntó si andaba preñada. El silencio, y que la muchacha se llevó las manos al vientre, le confirmaron lo que sospechaba. Le preguntó, sin más rodeos, de cuánto estaba. Juana respondió que se le había retirado el menstruo hacía unas tres lunas.

—Un hijo ilegítimo no es un buen comienzo para un joven que todavía se está formando, ni sabe sustentarse por sí solo. Ruega que sea varón. El padre de Jimeno lo aceptaría para formarlo como futuro sirviente. En cambio, si fuera hembra...

Extendió la mano y agitó los dedos ensortijados para indicarle que se fuera.

—Espera, otra cosa, no le digas a nadie lo de tu preñez hasta que sea bien visible. Por cierto, ¿Jimeno lo sabe? No. Perfecto. Pues tampoco lo debe saber él. Se lo dirás cuando yo te dé permiso.

XV

El escudero de Guillén volvía de las letrinas cuando vio, en el otro extremo del patio, a Jimeno. Sin previo aviso, le había venido un apretón y no tuvo más remedio que acudir a las de la casa del marqués. Estaba esperando, junto con otro compañero, a que su señor terminara de cenar en los aposentos privados del anciano y escoltarlo de vuelta a palacio. De pronto, quiso divertirse a su costa.

El desventurado de Jimeno bajaba la escalera, portando en las manos un cuenco del que iba picoteando los últimos higaditos encebollados de cabrito lechal que quedaban. No se percató de aquella presencia tan poco grata hasta que no lo tuvo frente a él. Reconoció de inmediato al escudero con el que había jugado a los dados en Valencia.

—Muchacho, a ti te estaba buscando —el escudero del vizconde le cortó el paso.

Una repentina ola de calor se agolpó en su cabeza al ver al hombre de la cara picada de viruelas y con la cicatriz sobre la ceja derecha. Las piernas le flaquearon. Se aferró al cuenco como si la vida le fuera en ello.

—¡Ya os pagué! —consiguió decir el joven, pensando a toda prisa cómo escapar.

El escudero lo tranquilizó, no sin mostrarle una mueca de desprecio.

—Necesito de tus servicios —le dijo dando un paso hacia él.

Jimeno retrocedió la misma distancia.

—¿Para qué?

—Al señor vizconde se le ha hecho tarde y somos pocos para escoltarlo. Necesita un escudero más.

Jimeno miró hacia el cielo y vio que la noche oscurecía. Le apetecía bien poco salir y había quedado con Enrico para jugar al emperador. El muchacho era una buena compañía cuando no tenía nada que hacer y andaba aburrido o pensando en Juana. Los juegos de mesa siempre eran una excelente distracción.

—Pero... ¡si aún no sé manejar la espada...!

El hombre sonrió con una punta de malicia.

—No te preocupes por eso. —Amplió la sonrisa, y a Jimeno aquel gesto se le antojó siniestro—. En el lugar al que vamos manejarás otro tipo de espada. Y date prisa, ya oigo la voz de mi señor.

Sin entender a qué se refería, a pesar de la sorna y el gesto obsceno, el joven se apresuró y, después de llevar el cuenco a las cocinas, fue a cambiarse el sobretodo por otro más grueso. Y por supuesto, se negó a llevar espada. Llamó a Enrico para que lo acompañara. No le apetecía volver solo, y eso que el palacio del vizconde estaba cerca, pero caminar por la noche, aún con luna llena, era correr un riesgo innecesario. Había oído decir que Vetonia no era una ciudad para andar en solitario por la cantidad de callejones oscuros, estrechos y sin salida idóneos para un mal encuentro.

Tras escoltar al vizconde hasta su palacio, Jimeno y su sirviente regresaron con paso ligero. Llevaba bien agarrada la empuñadura de la daga que pendía de su talabarte, rezando por no tener que usarla. Creía que bajo las últimas sombras del crepúsculo acechaban hombres con malas intenciones. Casi echó a correr cuando, tras ellos, apareció el escudero de Guillén con una linterna en la mano.

—Venga, muchacho, quiero darte las gracias. Os invito a ti y a tu sirviente a unos vinos —dijo el escudero cuando los alcanzó.

Jimeno rechazó la invitación, ante la decepción de Enrico, pero el brazo del escudero envolviendo sus hombros le sugirió que no estaba dispuesto a aceptar el no. Anduvieron calle abajo hasta una plazuela cercana a la plaza de los Caños. Le amoscó la algarabía que se escuchaba antes de llegar a ella. Después, la visión de varios hombres y mujeres abrazados, charlando entre risas estrepitosas, le confirmaron sus sospechas.

El muchacho no entendía por qué el escudero lo invitaba a un vino en un lugar tan poco decente. Enrico, sonriente y con los ojos brillantes de emoción, perdió la sonrisa y el brillo cuando la puerta se cerró delante de sus narices. Allí se quedó, sujetando su linterna y la del escudero.

El prostíbulo, una casa particular, era de planta rectangular, sencilla, con fachada alta a la que le hacía falta un enlucido, y sin ventanucos a la calle. Por dentro era pequeño, limpio y poco iluminado, aunque olía a cerrado. La madre de las meretrices, una mujer fea y esquelética, los recibió nada más entrar.

Las mancebías estaban regidas por una persona a la que llamaban madre si era mujer o padre si era hombre, aunque no les unía ningún tipo de parentesco. Se ocupaban de todo lo que necesitaran las meretrices, como darles de comer, de vestir, proporcionar atención médica, y a cambio estas tenían que entregar un porcentaje de las ganancias.

La madre condujo a los hombres por un pasillo hasta la sala donde se podían ver cinco cubículos que se alineaban contra la pared más amplia. Cada uno estaba separado por una cortina que proporcionaba la necesaria intimidad visual, pero no auditiva.

Varios ojos femeninos se clavaron en Jimeno, quien se sintió terriblemente cohibido. Como siempre que era el centro de atención de varias mujeres, se ponía nervioso. Nunca sabía cómo tratarlas y, mucho menos, cómo imponer su autoridad. Cada vez que acudía a un mercado o a una tienda donde ellas mandaban, no sabía cómo desenvolverse. Si llegaba el primero siempre acababa siendo el último en ser atendido, y si pedía un artículo en cuestión terminaba comprando otro que no necesitaba o estaba en malas condiciones. Pero en aquel ambiente, verlas tan maquilladas y tan ligeras de ropa le disparó los latidos del corazón.

Se dijo a sí mismo que él no pintaba nada allí, por lo que quiso retroceder hacia la puerta, pero la mano del escudero del vizconde lo empujó sin misericordia hacia un cuerpo que era todo pecho. Antes de que la mujerona lo arrastrara hacia uno de los cubículos, consiguió mirar hacia atrás con expresión desvalida, en un intento de pedir auxilio a quien fuera.

Media hora después los dos hombres salían a la calle. Todo era oscuridad salvo por las luces colocadas en saledizos de dinteles u hornacinas de algunas casas. Por supuesto, el bullicio continuaba. Enrico, que había estado esperando sentado a la puerta del prostíbulo, se levantó.

—¿Así que ya sabías cómo usar la espada? —preguntó el escudero. Jimeno se sonrojó hasta las orejas—. Todos habíamos apostado a que eras virgen. He perdido unas cuantas monedas por tu culpa.

Jimeno, asustado, acordándose del día que le había exigido el pago de la deuda que había contraído, le dijo que le devolvería lo apostado en cuanto llegaran a palacio.

—No, muchacho, no sería justo, pero quiero echar una partida de naipes.

Se le encogió el estómago, aunque tuvo que dejarse llevar. El escudero lo condujo calle arriba, hacia barrios más conocidos. Eligió la bodega donde solían acudir los sirvientes del palacio del marqués y del vizconde, así como otros criados que no hacían ascos a encuentros con gentes llanas y de paso entretenerse con juegos de azar. Era un local donde se comía bien sin desembolsar mucho dinero y perfecto para pasar el tiempo libre. No quedaba ni demasiado lejos ni demasiado cerca de las casas de sus señores como para sufrir los inconvenientes de ser llamados inoportunamente.

Al local se accedía bajando unos cuantos escalones y se tenía que agachar la cabeza para evitar un buen coscorrón. Estaba bien iluminado; a su dueño le gustaba ver las caras de sus clientes, y no escatimaba en candiles de sebo. Varias mesas con taburetes y bancos se repartían por un espacio no muy amplio que debía compartir con un costal, varias cubas de vino tinto y de blanco y numerosas cántaras y medidores. Al fondo se abría una arcada que daba paso a un patio subiendo un par de escalones. El dueño, de cabellos canos, ojillos de lagartija y estatura por encima de la media, clérigo para más reseñas, se ocupaba de medir el vino mientras dos mujeres entradas en años se movían entre el mobiliario y los hombres con una destreza asombrosa.

Jimeno había ido en una ocasión en compañía de Gaspar. Ambos habían hecho buenas migas. En aquel momento solo se encontraban cuatro hombres sentados en el suelo que jugaban a los dados en un rincón despejado de paja. Los recién llegados ocuparon una mesa cerca de unas cubas. No tardó en llegar una tabla con rodajas de embutidos, vasos y una jarra grande de vino. Jimeno dio gracias a Dios porque el escudero no llegó a sacar baraja alguna. El hombre, tras el primer sorbo, le preguntó qué tal iban sus lecciones con Gaspar. Sabía que no podía mentir, los dos escuderos eran buenos amigos, así que se encogió de hombros y dijo que no tardaría en cogerle el tranquillo.

Al poco entraron más clientes y fueron a sentarse con ellos. Tres eran criados del vizconde. Uno echó a Enrico de su taburete, que fue a sentarse en el suelo bastante contrariado. Llegaron más vasos y jarras a la mesa.

Durante la siguiente media hora nadie le hizo caso, algo que también agradeció a Dios, y se sumió en pensamientos relacionados con Juana y la prostituta que le había tocado en el prostíbulo. Pensó en lo diferente que era acostarse con una y con la otra, aunque la profesional lo sorprendió con sus extrañas habilidades. Al principio le había producido bastante inquietud una de esas prácticas, pero al final le acabó gustando, en vista del resultado tan placentero que experimentó. Luego pensó, agobiado, que tendría que acudir al clérigo de su iglesia para confesarse. De pronto, un trozo de pan le dio en el rostro. Sobresaltado, dirigió los ojos hacia el punto de donde procedía.

—Jimeno, muchacho, ¿en qué piensas? ¡No has bebido nada! —Chascó un dedo y una de las mujeres se le acercó—. Dadle una jarra al muchacho. Pero de las grandes.

Jimeno protestó, dijo que el vino le sentaba como una patada en el estómago. Sin embargo, nadie se compadeció de sus palabras y la jarra quedó frente a él. Volvió a rehusarla poniendo una mano a modo de escudo y forzando la sonrisa más cándida que pudo.

El puñetazo que dio el escudero contra la mesa hizo enmudecer a todos los presentes, salvo a los jugadores de dados, que no paraban de gruñirse entre ellos.

—¡A beber!

El joven, acongojado, cogió la jarra, tomó un sorbito, se limpió con delicadeza los labios con un dedo y dejó con sumo cuidado la jarra en su sitio. De saber lo que iba a acontecer habría bebido por propia voluntad. Alguien le aferró los brazos aprisionándoselos contra la espalda y otro agarró sus cabellos, obligándole a echar la cabeza hacia atrás. No pudo ni protestar, la boca quedó abierta de par en par y el escudero del vizconde solo tuvo que escanciar el vino dentro de ella.

Cuando la jarra quedó vacía lo soltaron. Jimeno agitó los brazos por encima de su cabeza, como si tratara de salir de las profundidades del mar, y se golpeó el pecho para intentar que el líquido que había tragado saliera por donde había entrado. Con cierta dificultad, se incorporó. Estaba furioso, muy furioso, y aquellas bestias se iban a enterar. Fue entonces cuando descubrió que, en un rincón, colgado de una alcayata, había un instrumento de cuerda. Pensó, sorprendentemente y antes de que la cabeza empezara a dar señales inequívocas de que estaba bebido, que si lo tañía amansaría a todas aquellas fieras. Lo señaló e hizo como si lo tuviera en las manos y lo tocara. El escudero de Guillén dirigió los ojos hacia donde estaba señalando Jimeno y comprendió lo que pedía.

—¿No me digas que sabes rasgar estos chismes? —dijo el escudero.

—Sí —contestó alargando la «s» con los labios muy fruncidos.

—¡Bien! Haznos una demostración.

Uno de los que estaba en la mesa se levantó y fue a por el instrumento. Lo lanzó hacia el grupo, voló derribando un bonete y un sombrero y antes de que se astillara contra una pared Jimeno lo atrapó, haciendo alarde de buenos reflejos. Era un laúd bastante viejo al que le faltaba una cuerda y tenía dos rajas aparatosas en la madera.

Pidió una púa. Nadie le entendió. Tuvo que explicar qué era.

Tras una búsqueda algo caótica, alguien le tendió el extremo de una plumilla. El muchacho acercó la oreja a la caja y comenzó a afinarlo. Bueno, lo intentó. El tiempo transcurrió con lentitud. Al escudero le pareció que Jimeno se había quedado dormido. Impaciente lo golpeó en un hombro para que se irguiera y lo obligó a que desistiera en su empeño. El joven aceptó a regañadientes, aunque no había conseguido tensar todas las cuerdas. Reflexionó qué cantar. Se decidió por una glosa sobre la actuación heroica de los cristianos contra los moros. Cerró los ojos, se abstrajo de todo el ruido que le rodeaba y empezó. De repente, un estruendo le hizo abrir los ojos y dar un brinco sobre el banco. Vio al escudero de pie con una banqueta en la mano con la que acababa de golpear sobre la superficie de la mesa.

—¡A callar! ¡Pandilla de bestias! No quiero escuchar ni el aleteo de una mosca. Y tú, comienza de nuevo, a ver si metemos algo de sensibilidad en todos estos desgraciados.

El silencio fue total. Incluso los jugadores de dados enmudecieron. Ni tan siquiera el dueño de la bodega, que se había acercado para ver qué pasaba, se atrevió a protestar por el trato a la banqueta y a la mesa. Entonces la voz melodiosa, limpia y aguda de Jimeno se elevó entre los presentes, y todos escucharon conmovidos el relato de la gran victoria de los cristianos contra los infieles.

Al finalizar, y como premio, le volcaron otra jarra dentro de la garganta. Eso le demostró que la música no amansa a las fieras.

—Entre tú y yo... —Jimeno rio bajito. Luego se echó hacia delante, apoyando todo el cuerpo sobre la mesa. Su aliento llegó hasta la cara del escudero de Guillén— la condesa viuda es una mujer in... sufrible, pero la prefiero mil veces a tu... tu señor vizconde... tan... tan... con... des... des... cendiente. Se pudra en el infierno...

Lo de «se pudra en el infierno» era algo que siempre había querido decir, ya que era una frase habitual en las bodegas, pero nunca había encontrado el momento y el motivo, aunque al instante se dijo que no había venido a cuento.

El escudero también se inclinó hacia delante hasta que su nariz quedó a escasas pulgadas de la del joven.

—No te pases, muchacho, a ver si voy a tener que partirte las muelas.

Jimeno se tapó la boca con las manos y miró a su alrededor, asustadísimo.

—Aaaah. No, no, no, no, no. NO —balbuceó con voz pastosa—. El señor vizconde es... es un hombre de gran valentía. ¡Dónde va a parar! El primero en todos los combates y el último en abandonar el campo de batalla.

Las palabras de Jimeno dieron lugar a un debate sobre quién era mejor o peor amo. La mayoría estaba de acuerdo con que la condesa viuda tenía genio, pero era generosa, y que el vizconde era de trato más afable, pero pagaba peor.

La entrada de hombres de armas de la condesa viuda acalló el vocerío. Escuderos hoscos, celosos guardianes de la reputación de palacio. La mayoría de los presentes encontró, de manera repentina, muy interesante su vaso de vino y otros cambiaron de conversación.

—¿De quién hablabais? —preguntó uno de los recién llegados.

—Decía el infeliz este que la condesa viuda es una mujer insufrible —les explicó el escudero del vizconde señalando a Jimeno.

El joven parpadeó y se preguntó por qué la tomaba con él.

—Tú, frailecillo, antes de decir tonterías hazte un hombre para que podamos partirte la cara —dijo una de aquellas masas de músculos.

—¡Soy un hombre! —gritó utilizando, en contra de su voluntad, el tono de voz más agudo que era capaz de registrar con las cuerdas vocales antes de desplomarse sobre la mesa.

Amanecía un día otoñal, pese a que por san Antón solía helar. Jimeno emitió un ronquido tan potente que lo despertó. Entreabrió los ojos a una penumbra desconocida. Los volvió a cerrar. Notó la cabeza pesada y dentro de ella como si una masa de jalea se deslizara de un lado a otro.

Desorientado, pensó que debía de estar soñando, pero claro, si creía que estaba soñando... ¿soñaba que en el sueño soñaba? Se incorporó. El coscorrón contra algo duro le demostró que estaba despierto y no precisamente en su cama. Tanteó y tocó una colgadura de tela. Buscó la salida. Al apartar la tela comprobó que estaba en un lecho encajado en el almanaque de una despensa.

Era amplia y se abría a una cocina desde la que se veía el resplandor de la chimenea. El olor de los alimentos le provocó una náusea que se materializó en una arcada. Cerró la boca y se apretó el estómago. Se preguntó qué hacia allí, pero le vinieron unas ganas enormes de orinar. Ya se ocuparía de esa cuestión más tarde.

Salió a gatas, se puso en pie, comprobó que vestía nada más que la ropa interior y las calzas, y entró en la cocina. No había nadie. Vio una puerta pequeña abierta en un lateral. Se dirigió hacia ella y pasó a un patio donde algunas gallinas y un conejo comían restos de vegetales. Sus ojos quedaron cegados por la luz del sol antes de cubrírselos con las manos y las sienes le martillearon. Fue, casi a tientas, hasta el rincón más alejado y con premura se desató la bragueta y rebuscó en sus bragas. Emitió un suspiro prolongando mientras orinaba.

—Echad tierra cuando terminéis. Y en esa tina tenéis agua para lavaros.

Jimeno dio un respingo y la orina dibujó una línea trémula en la pared al darse la vuelta. La anciana que había salido llevaba el rostro encuadrado por una toca barbada de basto lino, se dirigió hasta donde estaban las jaulas de las gallinas, rebuscó entre la paja y extrajo varios huevos. Regresó a la cocina.

Pasó una eternidad hasta que vació la vejiga. Luego se lavó las manos y la cara con el agua. Para terminar de recuperarse se llevó las manos al pecho e inspiró hondo. Al entrar en la cocina encontró a la anciana inclinada sobre las brasas, cocinando los huevos y unas tiras de tocino.

—¿Tenéis hambre? —le preguntó con un gruñido.

—Algo —dijo el aludido con timidez—. Por cierto, ¿dónde están mis prendas? Y... ¿Me puede decir dónde estoy?

La mujer dejó lo que estaba haciendo, salió por una puerta opuesta a la del patio y regresó con el sayo y los zapatos. Echó de menos su bonete, pero se calló, avergonzado. Se vistió con tal rapidez que acabó por abrocharse mal el sayo, un ojal quedó sin botón y un botón sin ojal. La desconocida siguió con los tocinos y cuando terminó puso un trozo de pan, la sartén y una jarrita de vino aguado en una tocinera e invitó a Jimeno a que se sentara en un tajo. Se quedó sin respuesta a su última pregunta.

Cuando masticaba el tercer trozo de pan mojado en las yemas de los huevos, entró una mujer de unos cuarenta años. Era de cuerpo menudo, con unas manos blanquísimas, un rostro de grandes facciones muy vivas y unos ojos verdes y brillantes. Vestía un mongil blanco de estameña bajo una saya del mismo paño pero parda y se cubría la cabeza con unas tocas blancas, la de abajo barbada y la de arriba simple. Dio los buenos días seguido de una alabanza a Dios por aquel nuevo amanecer que les regalaba. Su voz sonaba dulce y melodiosa, algo impostada. Jimeno se puso rígido como un palo y devolvió el saludo, recordando los años en el monasterio. La voz del abad era similar, aunque más pomposa, cuando sermoneaba a la congregación. Llegó a la conclusión, por tanto, de que estaba en un beaterio. Ahora faltaba descubrir cómo había llegado hasta allí.

—Las hermanas y yo esperamos que hayáis dormido bien. Y sentimos que el lecho no fuera blando. No disponemos de comodidades en la casa —dijo la beata con una sonrisa a modo de disculpa.

—No os preocupéis, señora, he dormido de maravilla. Os doy las gracias —respondió Jimeno con sinceridad. Durante toda la noche había dormido como un bendito, por lo que no pudo notar si el lecho era duro o no.

—Nos alegramos —dijo la mujer, y antes de marcharse le pidió que cuando terminara de desayunar acudiera a la estancia general.

Tras rebañar todo lo que había en la sartén, se dirigió hacia la sala donde le esperaba la beata. La encontró enseguida; la casa era pequeña y con casi todas las puertas abiertas de par en par. La mujer estaba escribiendo sentada detrás de una mesa, en un aposento de paredes vacías y encaladas. Levantó la cabeza e hizo un gesto a su invitado para que tomara asiento en una silla de cadera. Él rehusó y fue a presentarse. La mujer levantó una mano.

—No hace falta que nos digáis vuestro nombre. Preferimos no saber a quiénes socorremos. Para nosotras, todas las personas son dignas de nuestra compasión y misericordia, sean pordioseras o de la nobleza.

Jimeno se lo agradeció con una inclinación de cabeza y abrió la boca para hacer la pregunta que llevaba un rato formulándose. La beata habló antes.

—Supongo que os preguntaréis qué hacéis aquí. Bien. Esta noche, justo cuando una de nuestras hermanas cerraba la puerta que da a la calle, entrasteis en casa y os precipitasteis hacia el interior, y, antes de desmayaros, pedisteis, muy asustado, nuestra protección. Parece ser que huíais de alguien... alguien que os quería matar. Como comprenderéis, os acogimos y entre varias conseguimos acostaros en la despensa.

De pronto, se vio saliendo de la bodega. Enrico lo sostenía. A continuación, una pequeña bestia peluda empezó a ladrar y, temiendo él por sus pies, se soltó de su sirviente y echó a correr como alma que lleva el diablo. Sí, también se acordó del empujón que dio a una puerta. Jimeno, avergonzado, bajó los ojos y notó que se sonrojaba. Dio las gracias por sus desvelos y pidió perdón por no poder pagarles por los cuidados.

—No os preocupéis. En esta casa vivimos tres hermanas y tenemos, a Dios gracias, con qué sustentarnos. Volved a vuestra casa, buen hombre. Pero, una recomendación: no bebáis más, Dios abomina este vicio. Ah, y peinaos antes de salir. —Y le tendió el bonete que había perdido.

XVI

En la capilla, Jimeno vigilaba la limpieza de los objetos litúrgicos y sus paños, de las imágenes de bulto, así como el cepillado de las casullas y estolas. Todo aquello lo aburría mortalmente. Eso de estar mano sobre mano le producía tal desazón que deseaba verse delante de Gaspar espada en mano. Había llegado a la conclusión de que no valía para un puesto tan poco gratificante.

Al escuchar las voces femeninas que se acercaban, se percató de lo tarde que era y apremió a los sirvientes a que se fueran. Luego acudió a la puerta para recibir a las mujeres. Las damas solían entrar para orar. Cuando el grupo pasó a su lado descubrió que, además de la vizcondesa de Comanes, estaba la religiosa. Hacía un mes que había despertado en la beatería y le era difícil olvidar la situación tan vergonzante que había vivido. La mujer lo miró sin sorprenderse, algo que sí le ocurrió a él con el consiguiente sonrojo que hizo arder sus orejas. Le habría gustado desaparecer, o que la tierra se lo tragase, pero se mantuvo erguido y con la vista fija al frente. A quien no vio fue a la condesa viuda, lo que le extrañó. Se preguntó qué estaría haciendo, por qué no había recibido a sus invitadas.

Algunas de las damas miraron con lástima maternal a Jimeno. El futuro escudero mostraba un nuevo hematoma, esta vez en el pómulo derecho, debido al golpe que le había propinado Gaspar el día anterior durante la lección en el uso de la espada con patillas.

Acabados los rezos, salieron de una en una, caminando resueltas sobre sus chapines hacia la sala más caldeada de palacio. Cuando la beata pasó al lado de Jimeno, se detuvo y lo exhortó a seguirlas. El joven trató de excusarse, pero el mayordomo, que acompañaba a las mujeres para acomodarlas, le hizo un gesto inequívoco con las cejas para que obedeciera sin rechistar. Así que agachó las orejas y siguió al grupo mientras se preguntaba qué querría la beata de él.

En la sala, los almohadones de cordobán estaban colocados cerca de la chimenea. Las faldas de las sayas se desparramaron y colorearon la alfombra a medida que cada dama tomaba acomodo en ellos. Jimeno permanecía de pie cerca de la puerta, a la espera de la ocasión más propicia para huir.

—Bien, Jimeno, habladnos de vuestro día a día en el monasterio —pidió Conrada, quien vio la oportunidad de chismear sobre la vida del criado del marqués.

Se preguntó por qué a la gente le interesaba tanto el asunto de su fuga del monasterio; no era el primer lego, ni monje, en hacerlo, ni sería el último. Estaba cansado de dar explicaciones.

—No hay mucho que contar, señora vizcondesa. Pasaba todo el día entre rezos y estudios.

—Siempre he pensado que se desaprovecha el vigor de los jóvenes mandándolos a esos sitios —respondió Conrada—. Nuestro rey está necesitado de hombres para la guerra.

—¿Qué estudiabais vos en el monasterio? —preguntó entonces la beata.

—Los clásicos y a los padres de la Iglesia.

—No le deis cuerda, Jimeno. A ella, no —dijo Caterina desde la puerta. Por fin hacía acto de presencia la condesa viuda.

Ovillo, que iba todo despreocupado detrás de ella, al ver el panorama ladró con extremada felicidad. Caterina le chistó un par de veces para que se callara. El perrillo entonces salió disparado en todas las direcciones y se restregó a su paso por cuantas sayas pudo hasta llegar a los zapatos del muchacho. Inés, que la acompañaba, colocó un cojín al lado de la beata. Junto a Caterina iba otra mujer. El joven, al verla, se quedó sin aliento y se alegró por primera vez de ir vestido con un sayo de buen paño. Alzó la barbilla, estiró la prenda hacia abajo y adoptó la mejor postura que pudo, pero Ovillo seguía incordiándolo. Con disimulo le dio un ligero puntapié para que dejara de mordisquear la punta de sus zapatos. El perro, sorprendido, le gruñó ofendidísimo, pero luego correteó hasta su ama en busca de comprensión y mimos.

La joven desconocida se sentó en otro cojín, al lado de la condesa viuda, con la elegancia y suavidad de una pluma al posarse, y fue presentada con la formalidad que exigía el protocolo. A Jimeno le gustó el nombre de la desconocida, Elvira —aunque cualquier otro le habría agradado igual—. Sonaba fuerte, regio, digno nombre de una infanta, aunque la joven era solo la hija de un hidalgo que tenía tierras en un pueblo de Zamora. Luego supo que había venido a pasar unos días con unos parientes en Vetonia, y eso le regocijó el corazón.

—La hermana Marta es beata, y como os descuidéis os exprimirá como un limón para sacaros toda la sabiduría —explicó Caterina después besar a Ovillo detrás de las orejas. Observó que él no la estaba atendiendo y que no le quitaba ojo a Elvira. Sonrió con aprobación.

—Caterina, querida, no asustéis al joven —ironizó la beata—. Jimeno, no debéis hacer caso de lo que os cuenten sobre nosotras, no somos más que simples mujeres con deseos de aprender.

—¡¡Jimeno!! —La voz fría y dominante de Caterina sacó de su arrobamiento al joven.

—¿Señora? —preguntó sin saber por qué la condesa viuda le gritaba.

—Os está hablando la hermana Marta —dijo Caterina con excesiva amabilidad.

—De verdad, querida Caterina —respondió la beata—, deberíais venir a vivir a nuestra casa. Con vuestros conocimientos, y con todo lo que aprenderíais estando entre nosotras, superaríais a cualquier erudito. Este año hemos ampliado la biblioteca.

—No duraría ni media mañana. Os aprecio muchísimo, pero no valgo para monja ni para beata. Terminaría tirándoos a todas de los pelos, bueno, de las tocas, por cualquier nimiedad. Confieso que necesito que un hombre me tutele. —Sus labios formaron una sonrisa indescifrable.

Jimeno estuvo de acuerdo con aquella apreciación tan personal sobre los tirones de pelo. Hacía bien poco había visto uno de sus ataques de ira, en el que simplemente había utilizado la técnica de lanzar objetos. Como cuando tiró el chapín por la ventana y él tuvo la mala fortuna de pararlo. Se frotó la frente sin ser consciente de ello.

—Bueno, la ira se puede vencer. No somos animalitos. Pero dejaré para más tarde el convenceros. Hoy os he traído la obra del franciscano Francesc Eiximenis —dijo la beata mientras golpeaba con un dedo un libro encuadernado en piel que sufría la fatiga del tiempo—. ¿Qué os parece si leo algunos párrafos que he subrayado y los comentamos?

Todas asintieron, aunque unas con más entusiasmo que otras. Él consideró que debía retirarse, aunque eso supusiera alejarse de aquel ser angelical llamado Elvira. Volvería justo cuando se marcharan para así poder contemplarla una última vez, se dijo.

—Quedaos, Jimeno —dijo Caterina con un tono autoritario, para luego cambiar a uno más dulce—. Nos gustará mucho escuchar vuestras opiniones. Id a buscar una silla... ¡Vamos, no tenemos toda la tarde! No empezaremos hasta que no estéis aquí.

Jimeno, con el asiento en la mano, fue a ponerlo en la zona más apartada de la sala, pero Caterina le indicó un espacio al lado de la doncella Elvira. Como era de esperar, no le llevó la contraria. Con verdadero placer, puso la silla entre Caterina y la joven. Tuvo que esforzarse por dejar de mirar de reojo a la desconocida. Descubrió un pequeño bultito bajo el labio inferior, de un color castaño, que daba un toque sensual a la boca.

—Capítulo... veinticinco... —leyó la beata tras abrir el libro—. Esto escribe el franciscano: «Los arreos y vestiduras y engaños de los afeites no convienen a las doncellas cristianas, mas que son atavíos de públicas rameras, las cuales están muy satisfechas y acostumbradas a su mala vida y desvergüenza».

Se oyeron un par de toses. Alguien soltó una risita. Salieron a relucir algunos abanicos de vitela. La chimenea cumplía con creces el cometido de caldear el ambiente.

—Pues como yo soy casada no me ha de afectar... ¿Dice algo sobre las casadas? —preguntó Conrada.

—Esperad... creo que sí... Aquí está. Sobre mujeres casadas dice: «... Nuestro Señor ha de hacer un gran castigo por la gran disolución y soberbia que traen todas en sus atavíos y trajes... porque agora usan traer en la cabeza ornamentos curiosos fuera de toda regla y mesura. Lo cual es un gran yerro, porque la cabeza de la mujer debe andar cubierta, como lo manda san Pablo, en señal que en ella salió el primer pecado y por mostrar que es sujeta al marido y porque no provoque a los hombres a pecar codiciándola...».

La risa burlona de Caterina detuvo la lectura de la beata.

—Perdonad, pero ¡qué razón tiene el buen franciscano! —dijo dejando de agitar el abanico—. Sí. No hay duda de que es un gran teólogo. Y un santo. Mirémonos todas. ¿Quién no lleva en este preciso momento arracadas de oro en las orejas? ¿Quién no lleva perlas en el vestido? ¿Quién no llena los cabellos de piedras preciosas o manda poner en los chapines adornos superfluos?

Mostró uno de los suyos al levantar la falda de la saya mientras, entre risas, otra de las damas se tocaba las arracadas y una la cadenita de oro que llevaba al cuello.

—¿Para qué tantos afeites y untos? No andaba nada errado el fraile. Deberíamos ir como Eva en el paraíso. ¡Todo lo que llevamos encima es tan superfluo...! —continuó diciendo Caterina y miró a cada una de las contertulias.

—¿Desnudas, dices? —preguntó escandalizada una de ellas, al tiempo que ocultaba una sonrisa tras el abanico.

—Claro. ¿No tenemos que quitarnos los vestidos para lavarnos? ¿O cuando vamos a refrescarnos al río? Pues, ¡por qué no para andar como Dios nos trajo al mundo por las calles de la ciudad!

—No es lo mismo, Caterina. Es absurdo meterse con ropa en el río. En cambio, por las calles sería... —replicó otra con cierto disgusto.

—¡Y qué incómodo! —exclamó una tercera.

—Una moneda por lo que estás pensando, Jimeno —dijo Caterina con aire divertido al girarse hacia el aludido.

Todas las damas, al unísono, lo miraron y los abanicos se agitaron con brío sobre pechos alborotados.

Jimeno se removió en la silla e intentó eliminar la imagen perturbadora que se había formado en su cabeza: la de todas aquellas mujeres caminando por las calles de Vetonia desnudas. Carraspeó y tragó saliva.

—Dios nos vistió. No quiso que anduviéramos por el mundo como los animales —susurró.

—Cierto —contestó Caterina—, y estoy segura de que tampoco Dios quiso que nos vistiéramos con arpilleras. Por eso puso en la naturaleza piedras preciosas: oro, plata...

—Estoy de acuerdo con Caterina. ¿No nos piden nuestros maridos que vistamos sedas para vernos hermosas? ¿Y no es obligación nuestra complacerlos? —preguntó Conrada.

—Pues yo creo que la casada no necesita de tantas tonterías. Atrapado el gallo, ¿qué necesidad tiene la gallina de disfrazarse? —preguntó la beata.

Aquel comentario provocó una risa generalizada.

—Deberíais saber, hermana Marta, que los gallos no se conforman con una gallina... —replicó Caterina—. Mójate, Jimeno, ¿al natural o con afeites?

—Pues... pues... —tartamudeó este, que no sabía muy bien qué decir para contentarlas a todas. Clavó la mirada en sus manos, que reposaban sobre su regazo para no tener que tropezar con los ojos que ahora se clavaban en él—. Yo veo a las mujeres bellas con o sin afeites, con o sin adornos. Pero... pero si me he de decantar... Mejor con la cara lavada y aseado aliño...

Las risas, que se habían apaciguado, fueron sustituidas por cuchicheos. Mientras, la beata había fruncido el entrecejo, disgustada por lo que estaba presenciando. Al final dio unas palmadas para volver a captar la atención de la concurrencia. Las damas enmudecieron y se recolocaron en los almohadones.

—Sigamos... Escribe sobre la humildad de las doncellas, que deben ser enseñadas por mano de la madre, quien si viere que la doncella es rebelde, debe sujetarla con disciplinas y castigos hasta que la hija reconozca sus yerros y se enmiende...

—En eso tiene toda la razón. Las madres saben qué es mejor para sus hijas. Los castigos que aplican son adecuados y enseñan —dijo otra de las damas, que se secaba las lágrimas con un pañuelo de tanto reír.

—O no —contradijo Caterina.

—Caterina, hay que ser madre para entender por qué debemos ser duras, sobre todo cuando los hijos se desvían de sus obligaciones —repuso Conrada.

—No necesito parir pequeñas bestias para saber que los castigos no llevan a nada...

—¿Pequeñas bestias? Caterina, los hijos son una bendición de Dios. Cuando los alumbras, pese al sufrimiento que te provocan, solo ves a una criatura indefensa, carne de tu carne.

—Que no para de berrear. Y que, si es varón, tendrá que abandonar la casa justo cuando le hayas tomado cariño. Y si es hembra, no verás el momento en que un infeliz te la arrebate.

—Caterina, habláis como una mujer amargada —advirtió la beata.

La condesa viuda frunció los labios irritada y se quedó ensimismada en sus propios pensamientos. Luego relajó el semblante y acurrucó su rostro contra el cuerpo de Ovillo.

Jimeno había seguido la conversación algo cohibido. A nadie se le había escapado el leve deje de amargura en las palabras de Caterina. Le había sorprendido que calificara a los hijos como pequeñas bestias. Bastaba ver cómo la dama atendía a Francisca. La trataba como si fuera su verdadera madre. Y también había sentido una leve punzada en el corazón por aquel comentario. Él había sufrido mucho cuando tuvo que dejar la casa paterna. Había pasado de la suavidad del tejido de sus camisas y sayas infantiles al duro tacto de la estameña del hábito.

La conversación se detuvo con la llegada de varios criados que portaban en bandejas una colación compuesta de quesos y confites de diferentes sabores, algo que aprovechó Caterina para pedir a Inés que trajera el bálsamo de estoraque y de jazmín que había preparado. Cuando regresó, esta le dijo que no lo había encontrado.

Juana acudió a calentarle el lecho. Cuando metió la mano bajo la camisa de Jimeno este le murmuró que estaba agotado. Así que la muchacha se conformó con acurrucarse contra su costado. Él besó sus cabellos para agradecerle su comprensión. Realmente no estaba ni cansado ni tenía sueño. Cerró los ojos para recrearse en la extremada blancura de la piel de la doncella Elvira, en sus ojos grandes y azules bajo las finas cejas depiladas, en los hoyuelos que se le formaban en las mejillas bermellón cuando sonreía y en los labios que brillaban por el colorante hecho con miel, jugo de remolacha y agua de rosas. Se removió inquieto. Todavía no quería esposarse. Por supuesto, se casaría, pero no tenía ninguna prisa. Escuchó la respiración pausada de Juana. Por ahora le bastaba con tenerla a ella.

XVII

Caterina, invitada por Conrada, acudió aquella tarde de finales de enero al palacio del vizconde. Situado al oeste de Vetonia, el palacio era una fortificación almenada levantada sobre roca y que formaba parte de un entramado de antiguas residencias de ricos sarracenos que, durante la conquista militar, habían sufrido grandes desperfectos. Los sucesivos dueños habían ido remodelándolas según los vaivenes de sus fortunas, pero algunas acabaron abandonadas, sufriendo un lento deterioro. El concejo llevaba tiempo presionando a los propietarios para que las arreglaran o demolieran.

Dos criados, de pie en los aposentos privados de Conrada, sostenían unas bandejas que contenían mazapanes, dulces de calabaza, frutos secos, pastas de piñones y confites. Y otro, una jarra de hidromiel.

Caterina miró, con cierto disimulo, la figura de su amiga. Ya se le marcaba profusamente el vientre y los pechos bajo la saya. La envidiaba. «¿Cuántos hijos más le daría a su marido?», se preguntó. Alguna vez ella había tenido la tentación de dejar a un lado las precauciones para evitar quedarse embarazada, pero la cordura siempre había acabado por imponerse. ¡Si al menos hubiera tenido un hijo con su esposo! Sin embargo él, las pocas veces que dormían juntos, no llegaba a la totalidad del acto conyugal. La hacía gozar, sí, pero cuando su miembro, del tamaño de un niño, se endurecía, duraba un suspiro y volvía a su estado de flacidez. Caterina lo había amado a su modo; a fin de cuentas, siempre había sido un hombre cariñoso que jamás le reprochó que ella tuviera un carácter enérgico e irascible, y le permitió todos los caprichos, incluso que fuera amante de Guillén.

—... mi esposo vuelve mañana —explicó Conrada, plegando un papel que le había pasado su mayordomo.

Caterina dejó atrás los recuerdos y puso atención a lo que le estaba contando la vizcondesa. Sonrió.

—Me alegro mucho. Los hombres no deberían dejar a sus esposas cuando están esperando un hijo, salvo, claro es, que reciban una llamada del mismo rey —dijo Caterina con aspereza.

—No seas dura, Caterina, Guillén se fue para solucionar unos problemas que habían surgido en unas tierras que tiene arrendadas. Sabes que contigo no tengo secretos. Aún debe pagar las deudas que contrajo con la compra de otras tierras, y todo esto le quita el sueño. Sufre mucho, por mí y por los niños.

En eso entró un criado llevando con toda majestuosidad una bandeja con piezas de fruta escarchada, dispuestas de forma artística. Subió al estrado y con aire digno ofreció a Caterina y después a Conrada. Bajando del estrado tropezó con un cojín, trastabilló y salvó el escalón con un elegante brinco. Cayó con los dos pies al mismo tiempo, bien erguido, sin que la bandeja acabara milagrosamente en el suelo. Pero, para desgracia del hombre, la mayoría de las frutas habían salido disparadas; un gajo de naranja acabó en el regazo de Conrada y otro más pequeño de limón, de forma incomprensible, quedó varado en un pliegue de su toca.

—Pero, pero..., ¿qué os ha ocurrido? —gritó Conrada, mientras la tez se tornaba roja por la indignación—. ¡Mira que sois torpe! ¿Es que no tenéis ojos?

El criado, sin inmutarse, pidió disculpas, manteniendo la bandeja medio vacía en alto y en equilibrio en su mano temblorosa. A Caterina le pareció que era merecedor de recibir un aplauso y un bravo. Los movimientos del hombre habían superado a los de un danzante profesional.

—¡Pronto!, avisad a una sirvienta que venga a limpiar todo esto —volvió a gritar Conrada. Su cara se asemejaba a la vejiga de un cerdo a punto de estallar. Para calmarse cogió la fruta que tenía en el regazo y, después de mirarla con asombro, se la comió.

Apareció Juana, que fue metiendo en una pequeña bandeja las piezas desparramadas. Lo hacía con extrema lentitud, intentado pasar desapercibida, tal y como la habían aleccionado cuando la llamaron para ir a limpiar.

—¡Vamos! ¡Vamos! —apremió entre dientes uno de los criados que había acompañado a la alfayata.

Cuando Juana se marchó, Caterina le hizo un comentario sobre lo penoso que era tener sirvientes tan poco eficaces mientras recogía otra pieza de limón que había quedado cerca de su cojín.

—No me quejo de los míos —dijo Conrada, siempre orgullosa de poseer lo mejor—. Esa muchacha me la trajo Guillén hace un par de meses. Se la habían recomendado. Yo jamás la habría metido en casa, es lenta y bastante perezosa.

—Sí, lo he notado —replicó Caterina, desdeñosa.

Conrada puso cara de mártir.

—Me han contado que pertenece a un pueblo dado a la molicie —siguió diciendo Caterina.

—¡Yo había oído todo lo contrario! —exclamó Conrada.

—¡Para nada! A esta gente hay que espabilarla a palos. Tú eres demasiado comprensiva y buena. Si yo la tuviera bajo mi mando, la avivaba bien rápido.

—Tienes razón, Caterina. Soy demasiado blanda. Como me dice Guillén, soy un pedazo de pan. —Suspiró como si aquella virtud fuera lo peor que una persona podía tener. Un verdadero castigo.

—Déjamela durante un tiempo. Sé cómo tratar a esta gente. Te la devolveré tan cambiada que no la reconocerás.

—En cuanto llegue mi esposo, se lo comento, a ver qué opina de todo esto.

Quedaron en silencio. La vizcondesa se entretuvo cogiendo confites de anís de otra bandeja que habían traído. Caterina intentó disimular un bostezo. Las conversaciones de Conrada le producían un aburrimiento mortal y si no encontraba otro tema de conversación, tras ese primer bostezo irían otros más.

—¡Por cierto! —exclamó con un gritito Conrada, palmoteando al mismo tiempo—, tengo que contarte lo que estoy haciendo con el sastre que trajo Guillén. Por desgracia es un vejestorio que tiene las manos atrofiadas, pero he conseguido que lo acojan a él y a las mujeres que lo acompañan en una casa cerca de los talleres de sedería. Hay un jubetero recién licenciado que había oído hablar de él y quiere aprender sus técnicas. Pero el viejo es muy tozudo y se niega a colaborar. Y he pensado que podrías ayudarme. Tú tienes mano para persuadir...

En ese momento se abrió la puerta y el mayordomo informó de que el tío de Caterina, el marqués de Narros, estaba en palacio, y venía acompañado por dos de sus sirvientes.

—Hacedle pasar —dijo ella.

—Señora vizcondesa, el señor marqués declina la invitación, está cubierto de polvo y telarañas de pies a cabeza y no quiere manchar nada a su paso.

Las dos mujeres se mostraron confusas.

—¿Qué es lo que ha ocurrido? —preguntaron ambas al unísono.

—Señoras, el señor marqués ha llegado por el túnel que une la iglesia de San Ginés con palacio. Sus sirvientes estuvieron golpeando las rejas de la cancela de la bodega hasta que alguien los oyó. El aspecto del señor marqués es, y perdón por decirlo, bastante lamentable, aunque sus sirvientes presentan un aspecto mucho peor. Hubo un derrumbe en una de las galerías y no pudieron retroceder.

Caterina se levantó alarmada. Cada vez que su tío se aventuraba por las galerías temía que ocurriera lo que acaba de contar el criado: que se quedara atrapado dentro o, peor aún, bajo los escombros de un derrumbe. Le dijo a la vizcondesa que iría ella a buscarle. Conrada se lo agradeció, mientras intentaba calmar la agitación de su pecho poniendo las manos sobre él. Creía ciegamente que almas irredentas habitaban por los subterráneos de Vetonia.

Caterina salió de la estancia y siguió al mayordomo hasta donde esperaba su tío. Con él estaba Enrico, que con cara de pánico sostenía una linterna apagada, y un esclavo. El marqués tenía un aspecto deplorable, pero se mostraba bastante satisfecho. Aunque no había encontrado los huesos de santa Eulalia, había hallado más tesoros para su colección: un camafeo de ágata, una arquilla herrumbrosa y unos trozos de cerámica vidriada.

El marqués, después de un confortable baño, se había acostado. Cubierto con varias mantas y con la cofia de dormir, relataba a Caterina todo lo sucedido en la expedición. El derrumbe había estado a punto de sepultarlo. La condesa viuda se estremeció; desterraba toda posibilidad de perder a su tío. Eran muchos años en los que ambos se habían demostrado mutuo cariño. Gracias a él conocía cómo había sido su padre; no había día que el marqués no le hablara de él.

De su genio intratable, de las inquietudes que le impedían permanecer el tiempo suficiente para ver crecer a las hijas que engendraba.

—Santa Eulalia os protegió —dijo Caterina sentada en el borde del lecho—. Querido tío, os ruego que dejéis de buscar los huesos de la santa. No siempre los santos están atentos a todas las imprudencias que hacemos, y vos ya no tenéis la misma presteza de antaño. Prometedme que no volveréis.

—Me gustaría daros ese gusto, querida sobrina, pero no puedo. Hice una promesa a la santa, y allí abajo sigo encontrando pequeños tesoros. El camafeo mismo es de ágata, y, sospecho, que de origen griego. Eso demostraría que comerciantes de aquellas tierras llegaron hasta Vetonia.

La dama, alarmada, se inclinó un poco hacia delante y a punto estuvo de pedirle que le describiera cómo era el camafeo, pero se contuvo. Miró los dedos largos y nudosos de su tío. Le asombró que aquellas manos blancas y esqueléticas tuvieran todavía fuerza para seguir desenterrando un pasado que a ella le resultaba ajeno e indiferente. A ella solo le interesaba el pasado más inmediato. Se levantó sabiendo, casi con toda certeza, que su tío había encontrado lo que ella había perdido.

Al salir permaneció un rato pensativa. A esas alturas, la pérdida de la joya no le preocupaba. Su difunto marido no le hizo preguntas cuando ocurrió e incluso le quitó hierro al considerar que el extravío había sido un desdichado accidente. Pero Caterina sabía que el camafeo tenía un gran valor, por su antigüedad y rareza. Y ahora que sabía cómo y dónde lo había perdido, deseaba recuperarlo y engarzarlo otra vez al brazalete; volver a lucirlo en la muñeca. Se agachó para acariciar a Ovillo. El animal había estado esperándola y, como siempre que la veía, comenzó a mover el rabo para luego mostrarle la panza y que se la rascara.

Mientras estaba allí parada pasó un criado. Venía de las cocinas y llevaba un cuenco con caldo caliente para el marqués. Al verla sola se detuvo.

—¿Necesita algo la señora condesa?

—No.

La contestación fue tan seca que el hombre agachó la cabeza y siguió su camino.

Oyó entonces el sonido de un pequeño salterio de arco y el canto dulce y femenino de Jimeno. Se encaminó hacia la sala de donde procedían sonido y canto. Empujó con suavidad la puerta entreabierta y asomó la cabeza. Antes de entrar quería saber qué estaba pasando.

La mayoría de las criadas escuchaban embelesadas al músico que, con los ojos cerrados, ofrecía a la concurrencia sus dotes con su habitual apasionamiento. La única que se percató de su presencia fue Inés. Se giró hacia ella para acudir a su lado, pero Caterina le hizo un gesto con la mano de que no se moviera y se llevó un dedo a los labios. Y antes de que Ovillo corriera hasta el joven, se metiera por debajo de todas aquellas faldas y se restregara entre las piernas de sus dueñas, la dama lo cogió en brazos.

Cuando acabó de cantar, las mujeres aplaudieron con gran entusiasmo, algunas con abierta emoción. Solo entonces Caterina se hizo notar.

—Veo que ya han terminado todos los quehaceres del día, me alegra que hayan sido tan diligentes.

Las criadas se volvieron hacia la condesa viuda, la mayoría de ellas asustadas al reconocer su voz. Una a una, salieron de la estancia. Mientras, Jimeno había despegado un poco el trasero del asiento para presentar sus respetos, pero volvió a sentarse a una señal displicente de ella. Luego cogió un trapo del estuche del salterio y se puso a limpiarlo.

Una vez a solas, Caterina se acercó hasta él, se inclinó y, con las uñas, rasgó las cuerdas.

—Mostrad vuestras virtudes musicales en otros momentos más idóneos... —le dijo.

—Señora condesa, la música es exigente como una mujer, requiere atención diaria —contestó el muchacho.

Caterina estuvo a punto de soltar una carcajada, pero optó por darle la espalda y acercarse al brasero. Cogió de una vasija un puñado de huesos de aceitunas y los echó dentro. Se acercó de nuevo a él, mientras acariciaba las orejas de Ovillo.

—Hoy ha entrado en palacio Juana, como sirvienta.

—Eso he oído, señora condesa. —No la había visto todavía, pero en la sala de los criados comentaban y chismorreaban acerca de la llegada de la bordadora.

—Bien. No quiero que avergoncéis a mi tío ni que seamos la comidilla de la gente por vuestro comportamiento. Entendéis, ¿no?

—No os preocupéis, señora condesa, honraré la casa como se espera de mí.

Caterina lo miró de arriba abajo, con expresión poco amigable.

—Estoy segura de ello —le dijo con sequedad.

Jimeno se extrañó al ver la puerta de su alcoba abierta. Se asomó con extremada precaución. Dentro estaba Juana, sentada en el borde de la cama.

Como era de esperar, el hijodalgo trató de mantener el honor de la casa. En su pensamiento, iba hasta la puerta, la abría y le señalaba con un dedo autoritario por dónde tenía que salir.

Ambos amantes intentaron no hacer ruido. Apenas se escuchó el roce de las prendas al desnudarse y los débiles jadeos una vez echados sobre el lecho.

Juana contuvo un suspiro. Hacía dos semanas que había vuelto a ser la amante de Jimeno y, cada vez que tenía que presentarse ante la condesa viuda, le temblaba todo el cuerpo. Temía que la echara a la calle y tuviera que volver con su abuelo.

La delicadeza de la tela, su transparencia, exigía concentración y dedos hábiles. Sentada en un almohadón frente a la ventana, la alfayata dio la última puntada con hilo negro al bordado de la cofia de seda. Los ojos le brillaban de satisfacción. Sabía que había hecho un buen trabajo, pero temía la reacción de la condesa viuda, nunca parecía estar satisfecha con la labor realizada. Seguro que sacaría alguna imperfección. La había visto quejarse por nimiedades, porque nada estaba hecho a su gusto; donde había perfección ella veía fallos. La sirvienta con la que compartía colchón la aleccionó sobre cómo comportarse delante de la dama. Nunca mirarla a los ojos y aceptar las reprimendas, aunque no tuviera razón.

Juana fue quitando los hilitos negros que habían quedado prendidos en la saya con lentitud, como queriendo alargar el tiempo. El corazón le latía con fuerza y las manos le temblaban.

Caterina, mientras tanto, leía unos poemas épicos de origen germánico. Una obrilla escrita dos siglos atrás que había comprado, junto con otros libros, a un estacionero que vendía cerca de la catedral textos a los que eran muy aficionadas las mujeres, como era su caso. El librero obtenía la mercancía en las almonedas públicas que se organizaban en las ciudades más importantes. En ellas se solían subastar bienes incautados, o los de algún difunto por parte de familiares para poder costear un entierro digno. O también había quien subastaba sus propios bienes, incluso la misma camisa que llevaba puesta, para poder pagar deudas. Para Caterina, el estacionero no era más que un carroñero que se alimentaba de los muertos, y aquel lote, según le había dicho el hombre, lo obtuvo de una lectora que durante toda su vida había gustado de coleccionar obras profanas.

Tras quitarse el último hilo, Juana, sin apenas levantar la cabeza, pidió permiso a la condesa viuda para mostrarle el bordado. La dama cogió el tocado. Observó con mucho detenimiento el bordado hecho con hilo de seda negro. Las puntadas eran perfectas, dignas de una alfayata profesional. El revés estaba igual de bien acabado que el envés, con nudos que solo ojos expertos serían capaces de ver. Y en la tela no se apreciaban las marcas que solían dejar el continuo manoseo de los dedos. Evitó mostrar algún signo de complacencia. No tenía ninguna duda de que Juana era una excelente bordadora. Le anunció que la pondría en manos de un maestro para que le enseñara a cortar.

La muchacha levantó la cabeza y tragó saliva antes de hablar. Las palabras, apenas susurradas, salieron de su boca a trompicones. Para mayor vergüenza, se dio cuenta de que estas no encajaban en modo alguno dentro de la sala con ricos tapices, alfombras y almohadones y con muebles de calidad, que sus palabras eran tan toscas que tenía la impresión de que chocaban con la elegante figura de la mujer sentada en una silla taraceada de patas torneadas cubierta con un paño. Quiso callar, pero no pudo. Le explicó que no necesitaba maestro. Que era verdad que nunca había cogido unas tijeras, aunque alguna vez las había usado para hacer vestidos a una muñeca de trapo que había tenido. Que los hacía con los trozos que su madre desechaba por defectuosos o manchados. Le dijo que podía hacerse una saya, y extendió las manos, como si con enseñarlas pudiera demostrar su habilidad. Que acudiría a su abuelo. Que el viejo no se negaría a enseñarla, o eso creía. Que…

Mientras hablaba entró, tras unos discretos toques en la puerta, Diomedes. Con movimientos sigilosos fue hasta un rincón y se sentó. Puso toda su atención en la bordadora, en sus gestos, en sus labios y cejas al moverse. En la sensualidad que la adolescente transmitía sin esforzarse.

La condesa viuda guardaba silencio y al llegar al límite de su paciencia, cansada de escucharla, le hizo una seña para que se callara. La muchacha agachó al instante la cabeza, apretando sus manos contra el pecho.

Los pensamientos de Caterina estaban en la tela que deseaba comprar; si la alfayata se mostraba tan segura de su habilidad, cuanto antes empezara, antes terminaría. Pero también pensaba en el abuelo de la alfayata. Al mes de la llegada del grupo desde Valencia a Vetonia había acudido a la vivienda donde Guillén los había instalado. El improvisado taller estaba ubicado al final de un callejón estrecho y lóbrego de la calle de los paños. Subarrendando por un tejedor cuyo arrendatario era un comerciante mahometano de tejidos. Había que acceder a él por una puerta que se tenía que abrir y cerrar a base de golpes, pasar por un corto pasillo, oscuro como la pez, y subir por unos escalones que, aunque se barrían cada día, de tan destartalados que estaban tenían aspecto de perpetua suciedad.

Pero en la estancia donde se trabajaba y dormía entraba suficiente luz a través de un ventanal que daba a un amplio patio abierto al frío o al calor de las estaciones y que se cubría por la noche con una tela encerada. No había más muebles que una mesa grande donde se cortaban las telas, un par de cestos donde se colocaban los utensilios para coser, varios escaños y taburetes y los arcones para guardar las telas y los vestidos a medio hacer. En las paredes había alcándaras para colgar las prendas terminadas, bien colocadas en perchas, y aquellas que servían de modelo. Durante el día se veían por el suelo retazos de telas e hilos, y antes de que oscureciera se barría la estancia, se recogían las herramientas y se hacía la lista de los productos que harían falta a la mañana siguiente. El viejo se sentaba sobre una pequeña alfombra en un rincón, mano sobre mano, aunque a veces desenredaba hilos o se aproximaba las prendas a un palmo de los ojos y pasaba sus dedos sobre las costuras para cerciorarse de que el trabajo estaba bien hecho.

Caterina, en su visita al taller, había comprobado el buen trabajo que realizaban las mujeres y esperaba que, a no mucho tardar, el grupo se trasladara a otra vivienda más grande y accesible. Les prometió que se ocuparía de ello en persona en cuanto pudiera. Y no perdía la esperanza de que apareciera la madre de Juana. Era tal su obsesión que había pagado a un hombre para que recorriera los reinos en su búsqueda.

Caterina desechó el recuerdo del miserable taller del anciano sastre y le dio una orden a Juanilla:

—Está bien. Confeccionarás una saya a Francisca. Que venga tu abuelo para que te adiestre. Usaréis la estancia donde cosen las criadas y quiero que no haya ni una mínima queja por parte de ellas.

XVIII

Jimeno pidió permiso al marqués para poner en orden los bártulos que el anciano había ido acumulando en la estancia prohibida. Por supuesto, no dijo la palabra bártulos, prefirió decir hallazgos.

Desde que había entrado en la cámara, había tenido ganas de volver y curiosear con más detenimiento todo lo que allí se acumulaba. Incluso encontró al fondo una puerta muy estrecha que daba acceso a unos escalones empinados y poco fiables, que descendían. La falta de luz no le permitió saber dónde acababan.

El marqués, en un principio, se negó rotundamente a la petición del muchacho. No dejaba entrar a nadie, ni siquiera a su sobrina. Pero el joven, que sufría por los libros que había visto sobre la mesa, cubiertos de polvo, insistió durante varios días. Intentó convencerle de que el abandono de papeles y pergaminos acabaría por destruirlos. Le dijo que existían unos bichos muy pequeños que se lo comían todo —en el monasterio, el fraile responsable de la biblioteca le había enseñado cómo cuidar el papel, el pergamino y el cuero de los manuscritos—. Esos bichos incluso se podían comer la piedra. Claro que eso último se lo inventó.

El marqués, al escuchar lo de los bichos tragapiedras, se removió en su lecho. Todavía estaba acostado, ya que tenía la costumbre de levantarse a la hora del almuerzo. Cerró los ojos y, pasados unos minutos en los que Jimeno pensó que se había quedado dormido, los abrió y le dio el permiso. Tal vez cansado por la insistencia del hijodalgo. Lo único que exigió fue que debía hacerlo él solo, sin ninguna ayuda. Feliz, corrió a pedirle al camarero que le abriera la lobera. Este se mostró asombradísimo, por lo que fue a hablar con el mayordomo, quien a su vez fue a hablar con el septuagenario. El marqués le confirmó la decisión que había tomado: Jimeno tenía carta blanca para estar en la estancia todo el tiempo que fuera necesario. El mayordomo se lo comunicó al camarero y este se dirigió a la arqueta donde se guardaban las llaves que tenía a su cargo. Sin perder su asombro, fue con el hijodalgo hasta la estancia, abrió la puerta y le dijo que tenía hasta la hora de comer para hacer lo que tuviera que hacer. A esa hora volvería a abrirle.

Una vez dentro apartó la tela encerada que cubría el ventanillo para que el aire se renovara, apoyó las manos sobre las caderas y se quedó mirando todo lo que había desparramado por el suelo. Vio, aterrorizado, la suciedad. Ahora entendía la porquería que se había acumulado en sus alcorques el día que estuvo allí para dejar el cantoral. En el suelo se veían nuevas y viejas huellas de zapatos. Salió a toda prisa, empujando puerta y camarero, antes de quedar encerrado allí y acabar muriendo asfixiado por el polvo. Necesitaría una sirvienta para que limpiara todo aquello. Tardó unos días hasta conseguir que el marqués le diera permiso para que una esclava empezase la tarea, siempre que el propio Jimeno estuviera delante.

Cuando Adosinda, la pequeña esclava rusa, se asomó, todo el cuerpo se le estremeció. Nunca había visto tanta mugre acumulada, ni siquiera en las caballerizas. Pasó dos largas mañanas hasta poder dejar la estancia en condiciones aceptables. De rodillas, restregó con un estropajo trenzado de esparto y agua caliente el suelo y con una escoba larga quitó las telarañas del techo. Todo aquello le provocó tanta tos que, de no ver los trapos y el agua de los cubos tan negros como el fondo de un pozo, habría pensado que habían sido sus pulmones los que habían recogido el polvo.

De nuevo frente a todos aquellos objetos, Jimeno no supo bien cómo separarlos. ¿Por tamaño? ¿Por tipo de material? ¿Por antigüedad? ¿Por feo-bonito? Acabada una primera tentativa por tamaños decidió que sería mejor por tipo de material. Al segundo día consideró que necesitaría unas cajas o unos anaqueles como los que había en los monasterios, y salió camino de una carpintería junto con tres esclavos. Compró tres cajas —ya habría tiempo para poner repisas en las paredes— y regresó con los esclavos cargándolas sobre los hombros.

Por fin pudo dedicarse a ordenar aquel desbarajuste, esta vez acompañado por Enrico —le había pedido permiso al marqués, quien, al fin, le respondió que no lo molestara más, que hiciera lo que le diera la gana—. Empezó a separar piedras por un lado, huesos por otro... ¿dónde pondría las plumas? ¿Y los huevos?... «Bueno, pondré las piedras por un lado y los objetos relacionados con animales, por otro», se dijo, tras coger con dos dedos un murciélago reseco. A medida que separaba las piezas, Enrico las limpiaba con agua y las metía en la caja correspondiente.

Jimeno pasó al criado la calavera blanquecina y de mueca desdentada de un mono y le señaló un montoncito de huesos alargados. El sirviente estuvo a punto de dejarla caer. Enrico, con aprensión y asco, extendió el brazo para alejarla todo lo posible de su cuerpo. Luego, con gesto pensativo, se la acercó sin dejar de mirar las cuencas vacías de los ojos. ¿Sería o no sería esto el mono de la condesa viuda? No estaba seguro, pero los dientes se le parecían. Limpió la mugre de la calavera casi con los ojos cerrados. El mono había sido un animal feo, de grandes ojos y colmillos afilados, que Caterina mandaba que lo vistieran con ropajes orientales, y lo sacaba, cogido con una cadena de oro, en sus paseos de la tarde. Había muerto hacía unos años, al escaparse de su cuidador y subirse, ante los ojos atónitos y espantados de los presentes, al tejado de palacio. El animal estuvo recorriendo toda Vetonia hasta que el último salto debió de calcularlo mal y cayó a la calle en el preciso momento que pasaba un carro. Allí acabó su correría. ¿Por qué el marqués guardaba todas esas cosas? Enrico sabía, como toda la gente de palacio, de sus excentricidades, pero no hasta ese límite.

Fueron dos semanas intensas las que pasó Jimeno poniendo orden en la lobera, aunque solo podía dedicarle un rato por las mañanas y otro por las tardes. Cuando acabó, miró satisfecho el trabajo realizado. Dentro del armario, los libros y los numerosos rollos de pergamino que encontró amontonados ahora estaban perfectamente colocados. Había códices griegos y árabes. Daba gusto verlos.

Entonces dirigió los ojos hacia la puerta estrecha del final de la sala, esa que daba a una escalera que se sumergía en las sombras y que nunca se había atrevido a bajar, a pesar de la enorme curiosidad que le suscitaba. Torció la boca y cruzó los brazos. Después se rascó la cabeza y algo más tarde una pierna. En fin, pensó que después de todo el duro trabajo, se merecía echar un vistacito al otro lado. El marqués estaba todavía encamado y tardaría en hacer su habitual inspección. Abrió la puerta y pidió a Enrico que encendiera una vela y que fuera delante. El sirviente se asomó y atisbó sin parpadear la oscuridad que se abría bajo sus pies. Tuvo la sensación de que el fondo era infinito.

—Señor, perdonad, pero... —dijo azorado, retrocediendo un par de pasos—, está demasiado oscuro.

A Jimeno le hicieron gracia sus temores. Le pidió la vela y, apartándolo, le ordenó que lo siguiera.

Enrico esperó a que su señor bajara unos cuantos escalones y cuando se decidió, pues no podía retrasarse más porque se quedaría sin luz, puso un pie en el primero. Pero no le dio tiempo a más. Oyó un ruido quedo y luego un grito que fue seguido por otros similares, al tiempo que se apagaba la vela. Enrico, aterrado, no fue capaz de reaccionar. Se quedó clavado.

—¿Señor...? ¿Señor...? —al tercer «señor» escuchó, por fin, a Jimeno. Le decía que no bajara, que ya subía él.

Cuando estaba a punto de perder la paciencia e ir en busca de ayuda, oyó unos resuellos que se acercaban.

El hijodalgo consiguió alcanzar el último escalón a gatas y entró en la estancia. Se incorporó con toda la dignidad que pudo y, azorado, se sacudió la suciedad del sayo y de las calzas mientras informaba a Enrico sobre su decisión de inspeccionar el sótano otro día.

Por la noche, Juana fue a calmarle los dolores.

Blanca anunció a la condesa viuda que la alfayata andaba con Jimeno. La dama dejó el libro de horas sobre su pecho y dudó si levantarse y acudir a la alcoba del joven. Sorprendentemente, le daba igual. A él lo casaría con la doncella Elvira y a Juana le buscaría un hombre de su condición. La carita de Francisca asomó por debajo de las sábanas. En algunas ocasiones, la pequeña dormía con ella a los pies del lecho. Le chistó con suavidad para que siguiera durmiendo. Sin apenas haber abierto los ojos, la niña se hizo un ovillo y continuó con sus sueños infantiles. Entre resignada y divertida, la dama bajó los pies de la cama.

La luz del candelero que portaba Gaspar iluminaba los pasos de Caterina. Estos eran apresurados, pero cuando faltaba poco para llegar al objetivo, anduvo con más mesura.

Cerca del aposento de Jimeno, el escudero abrió la puerta de forma violenta y la condesa viuda entró.

Con alivio comprobó que no sorprendía a los dos amantes metidos en faena. En absoluto quería ser inoportuna. El joven, aunque estaba desnudo, intentaba echar del lecho a una Juana asustadísima, también desnuda. Bueno, un poco inoportuna sí que había sido.

Mientras Caterina hablaba, Jimeno trataba de mantenerse digno y nada cohibido. Pero cuando se falta a la palabra dada, el esfuerzo suele ser inútil si no se tiene la madurez y la experiencia que da la vida. Y más inútil si se está delante de una Caterina con su semblante más duro. Sentada en la silla de cadera, sobre el estrado, la dama se asemejaba a un rey imponiendo justicia a sus súbditos, en este caso a un joven asustado que se veía de vuelta al monasterio. Nada que ver con horas antes en las que la dama se había mostrado dulce y condescendiente con los dos amantes. Hasta le había parecido que se mostraba pesarosa por haberles interrumpido de aquel modo. Así que el muchacho acudió a su llamada confiado y sobrado de razones. Que ella entrara sin avisar había estado muy feo y había sido una falta total de tacto. Pero se desinfló nada más verla.

La condesa viuda tamborileó los dedos sobre el brazo de la silla, se echó un poco hacia delante y lo miró con gravedad. Cuando abrió por fin la boca cayó sobre Jimeno el primer golpe. La dama había considerado que sería prudente que volviera a casa de su padre; por ello, en nombre del marqués, le había mandado una carta en la que le aconsejaba que lo más indicando sería que lo mandara a una corte extranjera para terminar su formación como escudero.

Él tragó saliva. La noticia lo dejó desolado. Volver a casa de su padre le parecía algo desagradable, pero tener que ir a una corte extranjera era más terrible que volver al monasterio.

—Claro que mi tío todavía no sabe nada de tus retozos —dijo Caterina, como si solo estuviera molesta por una nimiedad.

Jimeno volvió a parpadear. ¿Por qué tenía que hacerle sufrir de aquella forma tan cruel?

—No quisiera darle un disgusto... —siguió diciendo la dama—. En fin, veré cómo darle la noticia de tu deslealtad sin que su corazón sufra un sobresalto. Retírate.

El joven comenzó a darse la vuelta, obediente, pero Caterina no había terminado. La dama se echó sobre el respaldo, sonriente.

—Pero... —y ahora asestó el segundo golpe—, estando preñada Juana, tu posición ante los ojos de la doncella que os ha buscado vuestro padre, como podrás comprender, no queda bien parada.

¿Preñada? ¿Juana? ¡Preñada! ¡Juana! Vamos, ¡qué él, Jimeno, iba a tener un hijo! Pensó entonces en indignarse. Negarlo todo... También pensó en echar la culpa de la paternidad a otro. Pero le pareció una bajeza. Entre pensamiento y pensamiento hinchó el pecho de pura satisfacción; sin embargo lo desinfló por temor a provocar un irreparable deterioro en la conversación.

Caterina lo miró con ojos maternales, tal como lo hizo cuando los encontró desnudos sobre el lecho.

—No os preocupéis. Me encargaré de buscarle un acomodo tranquilo hasta que haya parido. Por de pronto, se quedará confinada en una de mis estancias personales. Y os ruego que no hagáis ningún esfuerzo por encontraros con ella. —Y endureció los músculos de la cara para que no hubiera malentendidos.

Al día siguiente por la noche, en su alcoba, Jimeno contempló con pena el lecho. Se tumbó y apagó la luz del candil. Mirando a la oscuridad comprendió esas caderas más anchas y esos pechos más voluminosos que había percibido en Juana. Hasta, si lo pensaba bien, sabían distinto cuando se los besaba. Y el vientre bien redondeado. ¡Un hijo! Sería varón, seguro. Se puso de lado. Un rato después se giró hacia el otro lado. Cuando se dio cuenta de que los movimientos los había repetido más de lo habitual, se levantó, se echó un manto y salió con el candil que encendió en el velón de un candelero.

Se dirigió hacia a la estancia de las sirvientas. Allí el frío era glacial. Con la vela fue iluminando cada cara, casi ocultas por las mantas. Alguna refunfuñó. Cuando dio con Juana, le susurró su nombre al oído. Esta se asustó, luego lo miró sorprendida y acabó por abrazarse a su cuello. Él cayó sobre ella. Metió el brazo bajo su cuerpo, la levantó un poco y buscó su boca. La compañera de lecho protestó. La pareja no tuvo más remedio que salir a la balconada.

La noche vetona con luna llena les resultó excitante y extraña. Fachadas y tejados se recortaban con nitidez contra las sombras. El río bajaba a golpes de espuma que se enredaban en zonas opacas. El monte, negro y gris, guarecía voces que se oían con mayor o menor claridad según silbaba el viento. Luces de antorchas aparecían y desaparecían en las calles según la dirección que tomaba su portador. Varios felinos maullaban desesperados por el celo. Un viento helador los obligó a acurrucarse en el manto del joven.

Jimeno besaba a Juana como si nunca más la fuera a ver. Ella le devolvía los besos con la misma intensidad. Él le subió la camisa y la muchacha hizo lo mismo. Culminaron sus deseos de pie, echado el manto bajo sus pies, desafiando el frío y el vértigo. Juana apuntalada contra la barandilla, confiando ciegamente en la fuerza de su amante. El joven, aferrándose con una mano a dicha barandilla y con un brazo protegiendo el cuerpo femenino para que no se cayera. Se movió con una energía inusitada y acabó resoplando como un toro herido. Ese sonido solía asombrarlo, porque eran los únicos momentos en los que su voz se volvía grave. Terminaron los amantes envueltos en el manto en un rincón de la balconada, donde la luna les daba de lleno, sin hablarse. Jimeno quería despejar las dudas que no lo dejaban dormir, pero no se atrevía. Temía que ella le dijera algo que pudiera hacerle daño. Que acabara con la ilusión de saberse padre de la criatura que ella iba a tener.

—Encontré a mi madre —le oyó decir desde el interior de su pecho. La cabeza de la joven reposaba sobre él.

Se alegró por ella y le pidió que le contara cómo la había encontrado. Y Juana se lo contó. Cuando buscaba pasamanería barata para la prenda que le había mandado confeccionar la condesa viuda había entrado en una casa por indicación de unas mujeronas. Al verla en el patio, cosiendo sobre la mesa, se quedó tan sorprendida que estuvo un buen rato sin moverse, temiendo que con un simple parpadeo la mujer desaparecería. La había buscado desde que llegó a Vetonia; las últimas noticias que tenía sobre ella la ubicaban en esa ciudad. Su madre, en cambio, no se mostró nada sorprendida. A fin de cuentas, las noticias suelen volar, y más si se trata de la llegada de un sastre afamado, artrítico y medio ciego. A Juana le dolió que ella no hubiera hecho ningún esfuerzo por verla. Hasta tenía la intención de dejar la ciudad cuanto antes, pero no le llegaba el dinero para poder emprender el viaje y, además... En ese punto se calló, aunque al poner la mano sobre su vientre él supo a lo que se refería.

—Viajar sola y preñada no es buena idea —soltó el joven para encauzar la conversación sobre su posible paternidad.

Juana se separó de él. Se tapó la boca como si rezara, un gesto muy suyo. Pero luego frunció el ceño.

—¿Os lo ha dicho la condesa viuda?

—No... Bueno, más o menos.

—Ella no debió... ¡Tendría que habéroslo dicho yo!

Jimeno recolocó su trasero sobre el suelo. Se dio cuenta de que estaba bien duro y que algo se le estaba clavando en las nalgas. Ahora tendría que decirle que qué le importaba si estaba embarazada o no.

—Se lo oí decir cuando hablaba con doña Matilde —mintió al fin—. Comentó sobre la necesidad imperiosa de buscarte marido.

La luz de la luna no le permitió ver la palidez que cubrió de repente el rostro de Juana.

—Yo no quiero casarme —musitó la muchacha.

Jimeno hizo un gran esfuerzo para no reprocharle que dedicarse a la prostitución tenía esas consecuencias y que para trabajar de criada en casa noble no solo había que parecer honrada, sino serlo.

—Pues no habrá más remedio...

Juana se abrazó a él y ocultó el rostro en su cuello tibio.

—Dijisteis que podría ser vuestra manceba, a fin de cuentas, es...

—No —Jimeno intentó apartarla de sí con movimientos torpes—. Bueno... por ahora eso es imposible. No tengo con qué mantenerte. Y... Y es posible que deba tomar esposa, a no mucho tardar...

Esa noticia no hizo que ella se separara de su cuello, todo lo contrario, los labios de ella le mordisquearon la piel

—Seré discreta. No os exigiré nada. Aceptaré todo lo que hagáis conmigo... —susurró al cabo de un rato.

La sola idea de hacer lo que le viniera en gana con el cuerpo de ella excitó la imaginación del muchacho.

—¿Se lo has dicho a tu madre? —intentó enfriar sus pensamientos para poder enfriar el cuerpo.

Eso sí que la llevó a separarse de él.

—¡No!

—¿Por qué?

—Se disgustaría. Quería que me casara con un buen hombre, decente y limpio a ser posible. Quería que mi vida no fuera como la suya.

—¡Criándote en casa de una mujer de vida poco honrada!

—Pues de no haberos conocido, así habría sido. Mi protectora no permitía que ningún hombre me tocara. Fue una promesa que le hizo a mi madre. Me iba a casar con un calcetero.

Él, ofendido, tomó el toro por los cuernos.

—¡Pues bien que te dejaste seducir por un fraile!

El golpe que Juana le propinó en el pecho fue insignificante, pero él soltó un quejido poco convincente. Entre sollozos la joven le juró por todos los santos que había perdido su virginidad con él. El corazón de Jimeno se hinchó y para mostrar su alegría, la acunó entre sus brazos. ¡La veía tan niña! Y ahora recordaba que la posadera le cobró un extra por limpiar las sábanas de unas manchas de sangre. Acariciando los pechos bien formados de la bordadora se dijo que poco le importaba si había pertenecido a otros hombres. La deseaba o, quizá, la amaba. Y le hizo las únicas promesas que podría cumplir: cuidar de ella, de su hijo y tenerla como amante.

XIX

Era martes de carnaval y las calles de Vetonia se limpiaban con esmero, como se hacía en cada fiesta señalada, ya fueran civiles o religiosas. El concejo obligaba a cada ciudadano a la limpieza de la zona que quedara justo enfrente de sus casas, y a eso se dedicaban las esclavas del marqués. Con escobas de retama barrían las calles que rodeaban el palacio y las viviendas adosadas a él, mientras que en el cielo volaban a una altura considerable las cigüeñas. Faltaban pocas horas para que la gente se diera al desenfreno, especialmente a la gula, a la bebida y al alegre deseo de alterar el orden social. Y a que todo lo que se había limpiado por la mañana se ensuciara con bostas de caballo y de mulos, y con hidromiel y vino. Que rincones, más o menos apartados, quedaran impregnados de orines y vómitos. En el palacio del marqués, durante toda la noche permanecerían en guardia los esclavos y avisarían a los hombres de armas si avistaban el paso zigzagueante de borrachos. Eran fáciles de cazar, caminando sin rumbo y deteniéndose de repente para intentar desatarse los cordeles de la bragueta de las calzas.

En las cocinas nadie estaba mano sobre mano. Las dos grandes chimeneas y el horno de hacer pan humeaban desde mucho antes de que amaneciera, y en el patio se habían colocado varios espetones donde se asaría la carne de cerdo y de cordero. Las aves, atadas entre sí por las patas, aleteaban colgadas de los garfios de las espeteras mientras los conejos esperaban dentro de unas jaulas a ser desnucados y despellejados. Galaciana, la cocinera, no veía el día en que se acabaran las fiestas. Desde la Navidad había sido un no parar. A los banquetes privados se sucedían banquetes públicos. Muchos de los alimentos debían prepararse con antelación para que el mismo día de la fiesta solo se cocinaran aquellos que quedaban más jugosos en los asadores. Su marido, en cambio, disfrutaba de todo aquello, aunque terminara chorreando sudor. Ahora bien, mientras Galaciana no emitía quejido alguno, su marido no paraba de gruñir y de llamar perezosos a los sirvientes que estaban bajo su mando. Acabado el día, ella se iba a dormir agotada pero gozosa, y él se bebía el vino que había sobrado y charlaba con aquel que quisiera escucharle, al mismo tiempo que vigilaba que los sirvientes terminaran de limpiarlo todo. Sin embargo, ese martes de carnaval sería tranquilo, pues la cena se ofrecería en el palacio del vizconde. Ambas Casas, desde hacía años, se alternaban en la organización del convite. Por la tarde, los criados quedaban en libertad para hacer lo que quisieran, y muchos no dudaban en juntarse con la muchedumbre. Les divertía formar parte de la algarabía.

Inés, a quien todo ese jaleo le encantaba, pidió a Blanca que la acompañara. Esta lo hizo de mala gana, pero a cambio quiso que fueran por las calles del palacio del vizconde de Comanes, por si la casualidad le permitía encontrarse con Miguel de Ribas, el camarero que había conocido en la boda celebrada en diciembre. Desde aquel día no habían vuelto a verse. Recorrieron las calles de la ciudad entre danzas y músicas de villanos y gitanos, y donde los menesterosos aprovechaban para alzarse contra la clase opulenta, que trataba de aplacarlos sobornándolos con una gran comilona al caer la noche. Algunos buscaban incautos a los que mortificar con sus impertinencias, siempre jóvenes contra adultos. Los solteros tiraban agua con ayuda de pequeños recipientes a las mozas que se protegían la cabeza con el manto y corrían de un lado a otro como gallinas asustadas, o se abrazaban entre ellas con risas y enfados fingidos.

Blanca, a punto de recibir una dosis de agua destinada a otra, notó que la agarraban del brazo y tiraban de ella. Miguel de Ribas le sonreía. Y ella solo necesitó que un grupo de excitadas jovencitas pasaran como un torbellino a su lado para soltarse de Inés y alejarse por una calle lateral en compañía del hombre. Inés se alarmó al notar que su amiga se separaba de ella y desaparecía entre cuerpos que empujaban y que se dispersaban, formando grupos, por las calles adyacentes. Y se alarmó no tanto por verse sola, como por saber que su compañera podía perderse y sentirse desamparada.

Tras una búsqueda para calmar su conciencia decidió volver a palacio. Se asomó a la plaza más cercana a él, por si veía a Blanca. Por la mañana le había dicho que trataría de ver todos los festejos de Vetonia; tenían fama en toda Castilla. En la ciudad de donde ella venía solo se tenía la costumbre de hacer hogueras y los hombres disfrazarse de animales. En la plaza, los hortelanos que abastecían a la Casa del marqués fingían una batalla con escudos y cascos hechos de calabazas secas. Las risas y el griterío por cada calabaza destrozada alcanzaban el límite de lo grosero. Una hora antes de caer la noche todavía no había aparecido Blanca.

Caterina descubrió su ausencia cuando pidió que la vistieran para acudir al palacio del vizconde. Fue Inés quien se llevó la reprimenda. Aun así, la condesa viuda no mandó que la buscaran; la desaparición de criados y sirvientes de ambos sexos en esa fecha en concreto se resolvía con el regreso, al día siguiente, de los perdidos sanos y salvos, o más o menos perjudicados. Aunque alguna hembra había terminado dando a luz nueves meses después, lo que para Caterina había supuesto la molestia de tener que ocuparse de casar a la preñada con el olvidadizo que decía no saber dónde había estado aquel martes de carnaval.

Para ir al palacio del vizconde, Caterina decidió montar en una mula bien cubierta con gualdrapas, pues no hacía demasiado frío. Le gustaba mostrar, a quienes andaban todavía por la calle, los arreos de oro y plata con piedras preciosas y, por supuesto, su magnífico ropón. Detrás, en otra mula bien enjaezada, iba Inés.

Cuando ambas mujeres salían la criada vio a Blanca en compañía de un hombre. La camarera iba más pintada de lo normal, hasta los labios los llevaba de un rosa intenso. Y el cabello, que se había teñido el día anterior con henna, tenía un bello y brillante color rojizo. Blanca, al verse observada por su amiga, dio un beso en los labios al desconocido. A Inés aquello le molestó, había estado preocupada y había recibido la reprimenda de la condesa viuda para que luego, la muy desconsiderada, hiciera alarde de una relación de la que no le había hablado. Inés desvió la mirada y se mordió los labios, dolida. Se dijo que precisaba cuidarse más. Que, tal vez, si ella se teñía con ese mismo color y usaba ungüentos más espesos podría disimular su fealdad. La verdad, nunca se había preocupado demasiado por su aspecto. Entre sus pertenencias solo tenía un blanqueante para la piel y aceite de cánfora para suavizar las manos.

Delante del palacio del vizconde se habían puesto las alfombras, se habían encendido las antorchas y una enorme fogata caldeaba la plazuela. En la plaza más cercana, donde el espacio permitía poner al galope a las jacas, se habían instalado unos postes de madera con una pértiga colocada de lado a lado y en ella se habían atado con unas cuerdas los aros de hierro latonados para el juego de la sortija que tendría lugar durante la noche, a la manera de Italia, y que ya el año pasado Caterina había puesto de moda en Vetonia. En los alrededores, los hombres de armas del vizconde vigilaban con sus lanzas la entrada a la plaza, evitando que la gente se aglomerara. Por los tejados empezaba a subirse la plebe buscando el mejor lugar para ver el juego. En un extremo de la plaza se habían colocado varias sillas recubiertas con paños sobre una tarima alfombrada. En ellas se fueron sentando el vizconde, Conrada y sus invitados, entre los que había caballeros, escuderos, dueñas y doncellas.

Cerca del estrado, Jimeno, cubierto con un manto amarillo oscuro, se ponía de puntillas y estiraba el cuello para deleitarse con la belleza de la doncella Elvira, sentada detrás de Caterina. Estaba hermosa, con el cabello suelto cayendo sobre los hombros, pestañeando y ladeando la cabeza. Y su hermosura se duplicó cuando lo descubrió y le concedió una sonrisa dulce y sonrosada, para bajar con pudor los ojos y la barbilla. ¡Qué distintas eran la doncella y la alfayata! La elegancia y delicadeza de sus movimientos, sus parpadeos, sus sonrojos... La mujer perfecta con la que tener hijos que perpetuaran su linaje.

Diomedes llevaba rato esperando con pliegos de papel y carboncillos. Había conseguido situarse cerca de la tarima y se había sentado sobre una cantonera de piedra que protegía la esquina de un edificio del roce de los carros por una mala maniobra del dueño. Llevaba un tabardo sobre un sayo azul y en la cabeza, un bonete bajo del mismo color. Ya tenía dibujadas varias caras de gente anónima. En cuanto los nobles ocuparon sus asientos, tomó un papel en blanco y eligió al vizconde para su siguiente dibujo. Mientras trazaba líneas, una mujer que estaba de pie a su lado no dejaba de observar, con la boca abierta, la obra del griego. Diomedes de vez en cuando se detenía y se tocaba la nariz, la barbilla o la frente. Notó que la mujer ahora lo miraba a él. El griego levantó la cabeza con expresión interrogativa. Aunque estaba acostumbrado a que sus rasgos llamaran la atención, que lo miraran con tanta fijeza le resultaba fastidioso. La desconocida señaló su propia cara con un dedo al tiempo que lo hacía girar, advirtiéndole que la suya estaba tiznada.

Entre los caballeros que iban a ensartar con sus lanzas las sortijas estaba el condestable de Castilla. Montaba sobre una yegua fabulosa, de buen porte, poca alzada y cola cortada. Puso al galope al animal y ensartó el primer aro con gran maestría. Repitió otras dos ocasiones y tampoco las falló. Como trofeo recibió una cadena de oro que ofreció a Caterina. La dama la aceptó con aire circunspecto. Su amistad con tan poderoso señor era la comidilla de Vetonia y se rumoreaba que, de no estar permanentemente vigilado por su mujer, el condestable hubiese gustado de que Caterina y él fuesen algo más que meros amigos.

Para culminar la fiesta, y mientras los nobles entraban en palacio, el vizconde invitó al vecindario a la ingesta de aves, cabritos, pasteles, tortas de huevos revueltos con tocino y vinos. La plebe alabó y dio las gracias al vizconde por su generosidad y, entre codazos, fueron pasando por los distintos puestos con sus escudillas para que se las rellenaran.

En el interior del palacio, una vez en el salón, los invitados a la colación se sentaron en donde el maestresala les iba indicando. Siempre que Caterina comía en el palacio del vizconde, Conrada la sentaba al lado de un soltero o viudo. En esta ocasión tuvo que compartir copa con un noruego delgado y fibroso, bien parecido, con ojos de un azul intenso, de piel blanquísima llena de pecas, de cabellos y pestañas rojizos y cejas y bigotillo de un rubio casi inapreciable. La condesa viuda no se quedó con su nombre, era impronunciable, y su castellano limitadísimo. Ambos decidieron comunicarse en latín, algo que sorprendió a la condesa viuda, porque los hombres, salvo que fueran clérigos o monjes, apenas farfullaban frases aprendidas de memoria. Caterina acabó por cogerle simpatía, tal vez porque él apenas probaba el vino y era ella la que daba buena cuenta del contenido de la copa, y cuando bebía se limpiaba con esmero los labios antes de posarlos en el borde del vidrio. Sus modales en la mesa eran muy distinguidos. El hombre estuvo en todo momento atento a sus necesidades culinarias y alabó los alimentos que habían cocinado en el palacio del marqués.

Conrada apenas probó nada. Decía que se notaba pesada y que los alimentos no le pasaban por la garganta. Su vientre estaban tan hinchado que apenas podía caminar, balanceándose de un lado a otro, con las manos puestas sobre los riñones. Le parecía que las patadas de la criatura se habían multiplicado por dos y eso que aún le quedaba un mes para parir.

Terminada la colación se escenificaron unos momos delante del estrado principal. Se disfrazaron Caterina, el hombre de pelo rojo, el condestable y su esposa. Sobre las túnicas negras se pusieron unos mantos del mismo color con bordados dorados. El extranjero resultó un excelente actor, declamaba con un latín elegante, dando entonación e intensidad a las palabras. Acabada la representación, entraron los músicos y la gente se colocó en el centro de la estancia para danzar. Fueron admirables los movimientos elegantes y bien sincronizados del condestable y su mujer. Él era famoso, entre otras muchas cosas, por ser un gran danzarín.

Cuando Guillén sacó a Conrada para unirse a las otras parejas, esta rompió aguas. El charco que se formó bajo sus pies empapó los bajos del brial y sus zapatos. Asombrada por algo tan inesperado, pidió disculpas, sonrojándose. Pero el sonrojo duró poco. Una contracción la hizo palidecer y llevarse las manos a la espalda. Luego se agarró con fuerza al brazo de su marido. No tardaron las criadas de Conrada en socorrerla. La llevaron, todo lo aprisa que pudieron, hasta su alcoba. Mientras, un criado salía a todo correr del palacio en busca de la comadrona.

Caterina abandonó a su pareja con verdadera consternación. No había sido mal compañero de velada. Ambos se dijeron que tenían que verse a no mucho tardar. Luego siguió al grupo de mujeres, creyó que era su deber estar al lado de Conrada. El vizconde, en cambio, se quedó con los invitados mientras quitaba importancia al asunto.

La cama en la que acostaron a Conrada estaba colocada en el aposento donde estaba la chimenea. Se pusieron sábanas viejas, numerosos almohadones y una criada empezó a calentar agua y paños. La desvistieron, le quitaron todas las joyas y le pusieron otra camisa. La parturienta se dejaba hacer sin dejar de resoplar. Sudaba copiosamente. Caterina observaba todo con interés. Había oído que las mujeres sufrían durante horas, incluso días, y gritaban como si les arrancaran las entrañas, y que si había problemas el sufrimiento se duplicaba. Su aborto, dos meses después de la muerte de Blasco, había sido algo similar a unos retortijones antes de llenar las sábanas de sangre y coágulos.

Caterina se angustió cuando Conrada, tras un espasmo de dolor, le pidió que se acercara.

—Caterina, mi buena amiga. —Le tendió la mano. La condesa viuda no dudó en cogérsela—. Me alegra verte aquí... aunque para ti esto será duro. Es triste que Dios no te permitiera ser madre, pero Él es sabio y... —La siguiente sacudida la hizo soltar un alarido mientras encorvaba la espalda y apretaba la mano de Caterina. Una mano grande con dedos robustos apretando una mano pequeña con dedos finos. Los anillos que llevaba se le hundieron en la carne y tuvo que contener un grito.

Caterina aguantó al lado de la parturienta hasta el momento que la comadrona le subió la camisa dejando al descubierto un vientre enorme, surcado por venillas azules y con el ombligo oscuro sobresaliendo como el pezón de un pecho de un ser mitológico. Antes de salir de la alcoba, echó una última mirada hacia la cama. Conrada volvía a gritar entre fuertes jadeos y alcanzó a ver el gesto grave de la comadrona. Un pensamiento feroz cruzó por su cabeza. Asustada, caminó rápido hacia la gran sala, pero se detuvo antes de entrar. No deseaba ver a Guillén y rechazó la compañía de Blanca, que no la dejaba ni a sol ni a sombra.

Por donde anduvo la fue envolviendo el barullo de las conversaciones y risotadas de los invitados que permanecían a la espera de noticias, como si la tragedia que se estaba desarrollando a escasa distancia no fuera con ellos. Aunque el vizconde tenía pocos criados y sirvientes, a Caterina le parecía como si estos se hubieran multiplicado por dos. Aún había algunos que portaban bandejas con copas de vino y, aturdida, aprovechó para coger una. Luego siguió alejándose de todo aquel ruido. A medida que avanzaba el estruendo se alejaba. Ni siquiera se cruzó con algún sirviente. Entonces reparó en que alguien la seguía. Guillén. Podía haberse detenido, esperarlo, rechazarlo, pero prefirió apresurar el paso.

Se detuvo al final de un pasillo, donde una antorcha a medio apagar proyectaba una luz mortecina. A su izquierda vio una estancia con la puerta a medio entornar. Tendió la mano para coger el picaporte. Sin embargo fue su amante quien, adelantándosele, empujó la puerta y la arrastró dentro. Echó el cerrojo. La oscuridad era absoluta. Caterina se abrazó a él, pese a las dudas que la atormentaban. Le asaltaba la imagen del cuerpo de Conrada sobre el lecho, gritando de dolor. Cerca de ellos podía estar muriendo la esposa de su amante.

Guillén le acarició el cuello, la nuca y la besó como siempre hacía cuando el tiempo corría en su contra: con prisas. Notó cierta resistencia cuando apretó sus caderas contra las de ella. Incluso notó un leve empujón, como si ella quisiera apartarse de él, pero, divertido, lo interpretó como parte del juego. Multiplicó las caricias y los besos. Con dificultad, pudo soltarse las cintas de la bragueta. El empujón no surtió el efecto que la condesa viuda había deseado. Se rindió, cansada de sí misma, cansada inexplicablemente de su amante, y, sin llegar a entregarse del todo, consiguió apartar de su cabeza a Conrada.

XX

Primavera de 1476

El griego arrugó la frente cuando llegó Juana vestida con una saya anodina de color pardo despegada del cuerpo, aunque no llegaba a disimular su avanzado estado de gestación. La examinó de arriba abajo, mostrando su total desaprobación, como si el vestido fuera la prenda más indecente que hubiera visto en toda su vida. Él no podía pintar algo tan vulgar.

Casi llevó a rastra a la alfayata hasta los aposentos de la condesa viuda. Con teatralidad, arrancó el delantal que llevaba la bordadora y lo arrojó al suelo. Caterina dejó sobre su regazo el libro que estaba leyendo y escuchó los lamentos del esclavo. Sí, tenía razón Diomedes, y aquella palidez enfermiza bajo la toca enrollada tapando el cabello no favorecía su belleza. Mandó a Blanca y a Inés que solucionaran las quejas del griego. Estas dejaron los bastidores de bordar que tenían sobre las rodillas y llevaron a Juana a su alcoba. Blanca sacó de su arcón una saya amarilla y la ayudó a ponérsela después de que la muchacha se quedara en camisa. Serviría. La amenazó con hacérsela pagar si se la manchaba. Inés, por su parte, había sacado algunos afeites de su arca y eligió qué mudas aplicarle en el rostro.

De camino hacia la sala de los frescos, se cruzaron con Jimeno. El joven había oído todo aquel ir y venir de criadas y quiso saber qué pasaba. Vio a Juana caminando detrás de Blanca. Lo hacía con pasos inseguros, levantando muchísimo la falda para que esta no tocara el suelo. Aunque su andar era de lo más ordinario, a él le pareció gracioso, como caminaría una pastora por un prado repleto de flores. El color de la prenda hacía resaltar su cabello negro, que le caía sobre la espalda. Una cinta de tafetán le rodeaba la cabeza, cinta que llevaba prendida una piedra engarzada en la mitad de la frente. Jimeno emitió un silbido discreto pero lo suficientemente alto para llamar su atención. Ella alzó la vista. Él, moviendo los labios, le dijo que la esperaba en su alcoba por la noche. Ella hizo un movimiento muy leve de asentimiento con la cabeza.

Diomedes ordenó a la alfayata que atravesara toda la sala, que volviera y que se colocara donde había más luz. Así lo hizo con pasos lentos, como si los zapatos le apretaran, chupándose los labios con nerviosismo, y tan encogida como si la hubieran obligado a cargar con un gran peso sobre su espalda.

Tras una señal de aprobación, le dijo que no se moviera y fue dibujando en un papel su silueta con un lápiz de plomo. La saya llevaba un amplio escote que dejaba libre los hombros y bajaba con discreción hasta el inicio de los senos. Estos, debido a la preñez, eran generosos por lo que la propia Juana había tenido que quitar los forros de relleno. Debajo del pecho quedaba muy entallado y caía con libertad hasta los pies. El ruedo de la falda tenía una ancha cortapisa de piel de jineta.

La muchacha miraba de reojo las paredes pintadas. La escena del banquete le recordó el pasaje bíblico que los clérigos leían en los oficios sobre Jesús y el milagro del agua convertida en vino. La mesa del fresco estaba presidida por la condesa viuda y el viejo marqués. A la derecha de la dama, una pareja de mujeres que no supo identificar, y a la izquierda del marqués, el vizconde y su mujer. Y como criado, el hijodalgo de perfil, con un aguamanil y una toalla al hombro. También reconoció a varios sirvientes de la casa del marqués. En cambio, los personajes de la escena de la cacería le eran desconocidos, salvo, quizá, el adolescente que ponía las espuelas a uno de los caballeros. ¿Tal vez el propio esclavo de adolescente? A Juana le daba miedo aquel hombre, o medio hombre. No tardó en saber, al llegar a palacio, que estaba castrado. Nunca había oído que eso se pudiera hacer y, al saberlo y pensar en ello, le producía escalofríos. Y la conmovía.

Luego el eunuco le pidió que sostuviera entre sus manos un dechado, como si estuviera mostrándolo. Al hacerlo, tomó conciencia de la fealdad de sus manos, con durezas en los dedos y las uñas rotas. Sabía que terminarían tan deformadas como las de su abuelo, si es que llegaba a su edad, y que terminaría con la espalda encorvada. Era el sino despiadado de los sastres.

Durante el tiempo que estuvo en la sala no levantó la mirada del suelo. Ni se quejó cuando sintió los brazos cansados, las piernas empezaron a dolerle y la criatura alojada en el vientre empezó a moverse hasta hacérsele insoportable. Se entretuvo pensando en qué errores había cometido en la última prenda: ¿Había sido por un mal corte o por un mal cosido? No quería deshacerla, porque todo el trabajo de casi un mes habría sido en vano.

La tarde se esfumaba; para Diomedes con demasiada rapidez; para Juana, con terrible lentitud. El griego dejó el lápiz y la despidió. Enrollando los papeles, entró Gaspar.

El escudero iba a veces a la sala. Entraba con sigilo para no perturbar la labor del griego y permanecía el tiempo suficiente para que nadie lo echara en falta, sobre todo la condesa viuda.

Al esclavo le agradaban sus visitas y charlaban. Veía en él a un hombre íntegro, duro y valeroso, de semblante y actitud serenos. Un hombre al que nunca había visto enfadado. El griego era quien más hablaba, relatando los viajes realizados con su amo, sobre todo por mar. Y Gaspar, que no tenía mucho que contar, le hablaba de su infancia transcurrida en una ciudad costera.

Esa tarde, Gaspar entró solo para satisfacer su curiosidad, pues había oído que en el fresco del banquete estaba retratado, y la última vez que él estuvo allí no se había dado cuenta.

Saludó con una sonrisa plácida al esclavo y se dirigió sin más hacia la pintura. Sí. Ahí estaba, no tenía dudas. Era uno de los invitados.

Permaneció en silencio frente al fresco, asombrado por el gran parecido. Aquello lo perturbó, sin saber el motivo. Salió de la sala sin siquiera decirle adiós al griego.

XXI

Caterina dormía profundamente después de varias noches sin poder conciliar el sueño. Pensar en el camafeo perdido en las cuevas de San Ginés la desvelaba. Y a cada vuelta que daba en la cama sus pensamientos terminaban en Guillén. En lo enfadada que estaba con él. Pero aquella noche había conseguido dormir sin interrupciones, aunque entre sueños agitados.

Abrió los ojos. Se medio incorporó en el lecho y apartó una de las cortinas de terciopelo del baldaquino. Miró la vela sujeta a la pared, le faltaban un par de horas para consumirse. Dormía sola, pese a las continuas protestas de su dueña. Matilde no entendía que tuviera que salir de su alcoba para pedir que le llenaran un simple vaso de agua, o que le pusieran o le quitaran una manta si tenía frío o calor.

Trató de recordar qué había soñado, pero siempre pasaba lo mismo, cuanto más intentaba que las imágenes perduraran, más se emborronaban hasta desaparecer del todo. Era como si quisiera arrinconar la pesadilla en lo más profundo de su mente y, por mucho que tratara de rescatar cada una de las escenas soñadas, estas se desvanecían como humo a través de los dedos. Pensó entonces en Guillén, pero no lo hizo como lo haría una mujer enamorada. O al menos, así le pareció. Desde carnestolendas no había tenido el deseo, o la necesidad, de provocar un encuentro.

Inquieta, separó los cortinajes del dosel y salió de la cama. Se calzó los pantuflos y se acercó al ventanillo ojival cuyos vidrios, siempre cerrados, mostraban una densa niebla que apuntaba a que la mañana iba a ser oscura y triste. Se necesitarían grandes cantidades de aceite y velas para dar luz a todas las estancias de palacio. Una mañana perfecta para buscar el camafeo que su tío había encontrado en los subterráneos de Vetonia y comprobar si era el mismo que había perdido. La noche anterior le había preguntado si le podía enseñar la joya, porque, de ser hermosa la llevaría a un orfebre para que le hiciera un anillo. Pero el anciano había sacudido la cabeza. No sabía dónde la había dejado, quizá estuviera en la estancia donde iba guardando sus hallazgos. A Caterina no le extrañó tal olvido, desde el accidente en los túneles andaba como aturdido. Hacía poco que se había perdido en los pasadizos que partían de las bodegas de palacio.

Abrió la puerta que daba a la galería. Gaspar se levantó del suelo, sorprendido. Era su hora de guardia para vigilar e impedir el acceso de extraños y conocidos a las estancias privadas de la dama. Ella le exigió calma con las manos y le dijo que tomara un candelero y la siguiera. Luego se dirigió hacia el dormitorio de Jimeno. Encontró a varios sirvientes enfrascados en sus tareas cotidianas que mostraron la misma sorpresa que Gaspar al verla levantada tan temprano. Detenían lo que estaban haciendo, agachaban la cabeza o se encogían como si quieran desaparecer.

Al llegar al aposento entró, como era habitual en ella, sin llamar. La oscuridad era total e intenso el olor a cerrado. Se dirigió hacia la ventana y abrió el postigo.

El joven, cubierto hasta la cabeza con las mantas, se incorporó y, creyendo que estaba en el monasterio, se persignó mientras abandonaba el lecho a toda velocidad, desnudo. La pereza suponía varios días de ayuno.

Cuando se dio cuenta de la situación, y que quien lo miraba no era un fraile sino la mismísima condesa viuda y que en la cama estaba Juana, en carnes, la tapó con las mantas lo más rápido que pudo y luego descolgó el manto de un clavo y se cubrió más aprisa todavía. Caterina hizo como si la alfayata no estuviera allí.

—Pedid las llaves de la estancia de mi tío y venid conmigo.

—No hace falta, señora condesa, el señor marqués me las entregó para que yo las custodiara.

—Perfecto, perfecto. ¡Vamos! ¡Apresuraos! —dijo dando una palmada—. Os espero ya mismo en la estancia prohibida de mi tío. Y, Juana, viendo que no obedeces tendré qué pensar cuál será tu castigo.

El sollozo de la muchacha, amortiguado por las mantas, no la ablandó lo más mínimo.

Caterina, en el centro de la estancia iluminada por el candelero que portaba Jimeno, miró a su alrededor. Las lluvias de abril oscurecían Vetonia y los objetos apenas podían verse si no se acercaba la luz hasta ellos. El frío era intenso a falta de un brasero que la calentara. A él, que solo se había puesto la camisa y los alcorques, le castañeteaban los dientes y se consoló con el calorcillo que desprendía la vela.

La condesa viuda intentó de nuevo comprender la pasión de su tío por todas las antigüedades que iba acumulando. Ella no era insensible a la belleza de las esculturas semidesnudas y desmembradas que había en el patio, veía la belleza que unos artistas anónimos habían sacado del mármol en un tiempo que se le antojaba misterioso y perturbador. Como perturbadoras eran las pequeñas figuras de bronce de hombres con el órgano sexual erecto y que sujetaban con sus propias manos.

—¿Qué buscáis, señora condesa? —preguntó al cabo de un rato.

—Un camafeo —contestó ella.

Jimeno no recordaba haber visto ninguno. Caterina, impaciente, se acercó al armario y lo abrió. En los diferentes compartimentos había libros, pergaminos, papeles enrollados y frascos de cristal. En una balda con huesos de todo tipo, vio una calavera. Supo que eran los despojos de su querido mono. El marqués le había pedido el cuerpo tras ser arrollado por un carro, y un esclavo lo había despellejado, quitado las vísceras y luego cocido todos los huesos.

Mandó al hijodalgo que mirara arcones y arcas, pero la búsqueda fue infructuosa. Al cerrar la última arqueta, Caterina se acercó a la puerta estrecha y la abrió. Preguntó qué es lo que había dentro.

—No lo sé, señora condesa, aún no he mirado qué hay al final de las escaleras.

Caterina le pidió que acercara el candil para atisbar un poco su interior.

—Bajad y mirad si hay algún camafeo —ordenó la condesa viuda.

El corazón de Jimeno empezó a latir. La densa negrura lo hizo vacilar, pero el ligero empujón de Caterina fue suficiente para que se decidiera a poner un pie en el primer escalón. Extendió el candil hacia la oscuridad. Bajaría lo más despacio que pudiera, incluso si lo tenía que hacer sentado, pues mejor. Dio un par de pasos, apoyando la mano libre en la pared de piedra. La luz se proyectaba por donde pasaba. Una araña huyó hacia el interior de una grieta adornada con los hilos que ella tejía. Sabía que no tardaría en llegar al final. La caída había sido corta. En el último escalón el espacio se ensanchó. Allí el olor era más fuerte, casi asfixiante, y el frío mucho más intenso. Le castañetearon los dientes.

Al fondo, a dos zancadas, había varias repisas de ladrillo con la argamasa desconchada. En ellas había varios bultos cubiertos con tela de estopa. Acercó la luz y fue levantando cada tela, conteniendo la respiración para que el polvo no le llenara la boca y le entrara en los pulmones. En las repisas superiores había bolsas de cuero y de terciopelo fuertemente atadas, y dentro de pequeñas cajas, había monedas de oro y de plata. Se agachó para inspeccionar la repisa que quedaba a escasa altura del suelo. Al levantar la tela, la llama del candil proyectó luces y sombras sobre varios objetos, haciéndolos bailar. Jimeno soltó un grito aterrador al tiempo que soltaba la tela y retrocedía espantado. A punto estuvo de arrojar el candil contra aquello que había visto: las cuencas vacías y las mandíbulas casi desdentadas de varios cráneos humanos. Oyó que Caterina lo llamaba, preguntando qué había pasado.

—Nada, señora condesa —consiguió decir después de ensalivarse la boca para poder articular alguna palabra—. Solo que hay... cosas... cosas que deberían estar en un cementerio.

—Voy a bajar —dijo Caterina, picada por la curiosidad.

—Esperad, señora condesa, os ayudaré. Estas escaleras son muy traicioneras.

Media hora después salían del semisótano. Caterina decepcionada porque no había hallado lo que buscaba y Jimeno convencido de que el marqués estaba loco. Las calaveras y los otros huesos que allí había, algunos con adherencias de piel arrugada y seca, formaban parte de los hallazgos del anciano en su obstinada búsqueda de los huesos de santa Eulalia. El marqués estaba emperrado en encontrarlos para que pudieran venerarse como reliquias en la iglesia de su advocación. Tenía documentos donde se decía que había sido martirizada a las afuera de Vetonia y tirado su cuerpo, junto con otros desgraciados, en fosas anónimas.

Al salir de la estancia, Ovillo saludó a su ama y luego restregó el hocico sobre los zapatos de Jimeno.

XXII

Caterina abrió los ojos de golpe. Se dio cuenta de que el libro que estaba leyendo se había resbalado desde su regazo hasta el suelo. Debía de ser muy tarde, pues los rayos del sol caían sobre el naranjo. Escuchó la algarabía que estaban montando unos gorriones por unas flores de azahar que habían caído del árbol bajo el que se había cobijado para leer. Se incorporó en el colchón relleno de plumas y notó que se mareaba. Volvió a tumbarse. Permaneció quieta hasta que se le pasó. Mientras, pensó si volver a preguntarle a su tío por el camafeo, hacía una semana que lo había buscado con Jimeno en la lobera; no se le iba de la cabeza. Lo desechó por enésima vez. Justo volvía a incorporarse cuando la cara de su dueña casi se topó con la suya. Le preguntó qué mal la aquejaba. La dama movió las manos como si espantara moscas. Notó el cuerpo sudado. Con pereza, se dirigió a sus aposentos, donde Inés esperaba con los utensilios de aseo.

—¿Dónde está Blanca? —preguntó Caterina, mientras se mojaba las manos y la cara.

—Ahora viene, señora condesa —contestó Inés—, ha acudido a atender a uno de los criados del vizconde. Traía...

—No me interesa. Su deber es estar aquí.

—Lo haré yo, señora condesa —se ofreció Inés.

La criada echaba de menos los ratos en los que ambas se contaban las noticias y chismes que habían oído. Caterina sobre los grandes nobles de Vetonia y de la corte y ella sobre las andanzas de sus compañeros y demás criados de la ciudad. Pero al poco de llegar Blanca esta la había sustituido y parecía como si la camaradería y la complicidad existente entre ambas nunca se hubieran dado.

Caterina, despojada de su saya y camisa, se acomodó en la silla puesta frente a la mesa. En la pared colgaba un espejo con marco de cobre dorado. Se miró en él y lo que vio no le gustó. A la distorsión que la superficie convexa daba a las líneas de su rostro se añadía la extrema palidez de su piel y las ojeras.

En ese instante entró Blanca. Como le ocurría cuando veía a la condesa viuda desnuda, no pudo evitar envidiar su cuerpo. Un cuerpo estrecho de torso con pechos pequeños y duros, la cintura bien marcada, las caderas anchas, el vientre suavemente redondeado, más desde hacía un mes, y las piernas largas y bien torneadas gracias a las horas que dedicaba a montar a caballo. El de ella era demasiado alto y corpulento.

La dama despidió a Inés, no la necesitaba, Blanca le aplicaría los aderezos para la tez y después la vestiría.

Mientras la criada extendía el ungüento hecho con aceite vegetal, agua y cera de abejas iba soltando unos pequeños chasquidos con la lengua, como si algo la estuviera fastidiando.

—¿Qué os pasa? —preguntó Caterina harta de escuchar aquellos ruiditos.

—Nada, señora condesa... Bueno..., a qué callar. El tarro está medio vacío y sé que se repuso hace una semana. Esto es muy raro... Me duele hablar mal de Inés, pero no dejo de pensar si es ella quien... vos me entendéis, señora condesa.

—¿Creéis que ella sisa mis afeites?

—¿No se ha fijado la señora condesa en que se unge la cara con más frecuencia y lleva las manos y los cabellos más cuidados? Lleva días llorando porque no hay hombre que la ame.

Caterina permaneció pensativa. La verdad, apenas se fijaba en Inés, hacía muchos años que la criada estaba a su servicio y no reparaba en ella, como no reparaba en ninguno de los objetos que le pertenecían desde que era niña. Inés, además, no era mujer para mirarla con detenimiento. No era bella ni tenía un porte gracioso. Pero si era ella quien gastaba sus afeites, se dijo, no le temblaría la mano en echarla de palacio.

Caterina cruzó galerías y pasillos hacia la vivienda del ala este, donde desde hacía una hora la estaba esperando el mayordomo. Se disculpó por la tardanza y se sentó en la mesa cubierta con un tapete noguerado. Apenas se enteró de lo que estaban despachando hasta que el hombre la informó de que el padre de Francisca había escrito una carta donde comunicaba que la madre había fallecido hacía dos semanas. No pudo superar las terribles heridas producidas por la caída del caballo y le rogaba que fuera ella quien criara y educara a la niña. Añadía que mandaría la hijuela de su herencia. Caterina se irguió en la silla, consiguiendo, por decoro, no mostrar felicidad por la decisión que este había tomado; estaba demasiado encariñada de la pequeña.

—Dentro de la carta iba otra cerrada con doble lacre —explicó el mayordomo, y se la tendió.

La dama rompió los lacres y leyó en silencio. El hombre la pedía en matrimonio. Esbozó una ligera sonrisa, ¡pronto quería el viudo consolarse!, se dijo. Y, para su propia sorpresa, estudió la posibilidad de aceptar. Su vida volvería a cambiar, e incluso, tal vez tendría que dejar Vetonia y con ella, todos sus recuerdos. Se pasó una mano por la cara. No. Esa tarde le escribiría transmitiéndole sus condolencias y rechazaría su proposición poniendo como excusa que todavía estaba de luto. Tomó la siguiente carta lacrada que le pasaba el mayordomo. Era del padre de Jimeno; le pedía que buscara mujer para su hijo, confiaba ciegamente en su buen criterio. La dama sonrió; desde hacía tiempo tenía seleccionada para él a la doncella Elvira. Preguntó si había algo más.

—Sí, señora condesa. Los gastos en afeites. —El mayordomo se aclaró la garganta, sabiendo que iba a tocar un tema delicado—. En el último mes casi se han duplicado los gastos que vos destináis a ellos. Se ha tenido que dejar a deber en la botica. Tendréis que aumentar el presupuesto o —volvió a aclararse la voz— renunciar durante un tiempo a la compra de estos productos tan caros...

Caterina le pidió que le mostrara esas cuentas. Este se las fue señalando con la uña manchada de tinta. En concreto, el mayor gasto había sido la compra de perlas para hacer un ungüento. Algunos de esos afeites, que solían durar más de un mes, se habían casi acabado en un par de semanas. Caterina frunció el ceño, pues no se acordaba de haber abusado aquel mes del ungüento hecho con perlas; salvo en los días de carnestolendas, no había tenido grandes convites ni veladas. Hablaría con Inés para que le explicara qué estaba ocurriendo. Tenía decidido que fuera Blanca quien se ocupara de sus objetos más íntimos. Y a Inés la casaría en cuanto pudiera, si es que ese era el motivo por el que robaba.

Dio permiso al mayordomo para que aumentara el presupuesto, pero solo por ese mes. Luego ya vería qué resolución tomaba si volvía a pasar lo mismo. Entonces se levantó dando por concluida la reunión y se dirigió a la estancia donde fray Hernando de Simón impartía las lecciones a los hijos de los criados. Tres varones y dos hembras, sentados en cojines y con sus pizarras en el regazo, miraban con reverencial temor al clérigo, que paseaba con una vara en la mano alrededor de ellos. Francisca, al ver a Caterina, se levantó y corrió hacia ella. La dama rechazó la tentación de cogerla en brazos, de consolarla a pesar de que la niña no sabría el motivo. La separó de sus faldas y, con mirada severa, le mandó que volviera a su sitio. Por la noche le daría la noticia del fallecimiento de su madre.

Por último, fue hacia la sala de los frescos. Se cruzó con Jimeno, a quien mandó que buscara a Ovillo y lo llevara donde el eunuco. Lo iba a pintar en la escena del banquete.

Al abrir la puerta escuchó que alguien tosía. El griego, sobre el andamiaje, con las piernas colgando hacia la pared, aplicaba un verde sobre el bonete de un comensal. Detuvo el movimiento del pincel, estornudó y luego escupió por encima de su hombro. Vio entonces a la dama. Se limpió la boca con el dorso de la mano. Su ayudante, que preparaba la pasta para revocar un trozo de la pared, sacudió la cabeza.

—Hace demasiado frío aquí —dijo Caterina, acercándose a uno de los braseros, cuyas brasas apenas caldeaban la sala. Diomedes prefería pintar en esas condiciones, decía que el calor y el humo podían estropear las pinturas—. Acabarás enfermo.

Diomedes refunfuñó. No era más que un resfriado, pronto estaría bien, ya estaba tomando infusión de romero bien caliente.

Al poco entró Jimeno, llevando a Ovillo contra su pecho. El animal trataba de lamerle la cara o de que aquellos brazos no lo asfixiaran.

El griego dejó los pinceles y bajó del andamio. Era un buen momento para dibujar en papel no solo al perro, también al desesperado hijodalgo, quien se negó a aceptar aquel disparate, pero Caterina le reprendió con tal dureza que este se puso a las órdenes del pintor.

XXIII

Jimeno salió de palacio en dirección al barrio de los paños. Quería comprar una capa de buena tela para el estío y de paso comprar el regalo que le había prometido a Juana. Hacía unos días que su padre le había mandado dinero y se había gastado algo en el sayo verde confeccionado a la moda italiana que llevaba puesto. Pero antes pasaría por el palacio donde la doncella Elvira residía. Empezó a caminar a paso rápido por el temor a acabar empapado. Sobre Vetonia se estaban acumulando unas nubes que avisaban de un aguacero inminente. Al no conocer del todo la ciudad se perdió varias veces. Preguntaba a las mujeres que todavía trabajaban a la puerta de su vivienda por la calle que estaba buscando. Más allá, en una calle estrecha por la que había que pasar de uno en uno, retrocedió al oír sonar una carraca. Al fondo avistó a un leproso en compañía de un perro famélico.

El cambio de ruta lo condujo por otro camino hasta una plaza donde se estaba levantando un entarimado para el juego de cañas. Los carpinteros claveteaban los tablones que cerrarían las bocacalles. Allí volvió a preguntar y le indicaron que debía seguir bajando por una calle que quedaba a su izquierda. Jimeno bufó. Era una cuesta bastante empinada. Pensó que con los pantuflos terminaría perdiendo pie. La empezó a bajar a pequeños pasos, pisando la tierra que estaba más asentada, pero justo al final se encontró con un hombre sobre una mula, por lo que tuvo que echarse a un lado. Los pies resbalaron en la grava, perdió el equilibrio y, para no caer, corrió e intentó salvar el último tramo con un salto. Rodó de manera ridícula hasta el final de la calle.

Abajo, una chiquillada jugaba a las batallas con palos y con pedazos de madera que hacían las veces de escudo. Él trató de esquivarlos, pero cayó de nuevo. Su trasero recorrió varios pies ante las risas infantiles. Con un dolor indescriptible en la rabadilla se levantó con toda la dignidad que pudo, se sacudió las manos, después las calzas y, por último, el capuz. Luego recogió los pantuflos que habían salido disparados y se calzó. Gruñó a los chiquillos sin demasiada convicción e hizo el amago de ir a por ellos, ya que no habían dejado de reírse. La chiquillada escapó cuesta arriba mientras continuaban jugando con los palos. Jimeno se recolocó el bonete que se le había ladeado y dio un par de pasos. Uno de sus pies se hundió en algo blando. Los efluvios de la bosta de la mula, que debía de tener problemas de vientre, llegaron hasta su nariz. Con asco, empezó a limpiarse el pantuflo sobre el zócalo de una casa. Entonces escuchó una risita que le pareció que venía desde algún punto por encima de su cabeza. Alzó la vista. Dos criaturas de apenas seis y ocho años estaban asomadas en la reja del único balcón que embellecía la fachada de la casa y, detrás de ellas, la doncella Elvira lo miraba. Al fin había llegado a la calle que buscaba, aunque sus maneras no habían sido ni gallardas ni airosas. Con rapidez, Jimeno se quitó el bonete e inclinó la cabeza intentando mantener cierta gravedad en el semblante, sin conseguirlo. En los labios de la joven afloró una media sonrisilla e inclinó la suya. Él se quedó mirándola hasta que las primeras gotas de lluvia empezaron a caer, gotas tan grandes como guisantes. Aun así, no se movió. Solo lo hizo cuando los espectadores del balcón tuvieron que meterse en el interior para no mojarse y los portillos fueron cerrados.

La lluvia arreció. Por los canales de los tejados el agua caía o se deslizaba con tanta fuerza que las calles no tardaron en inundarse. El muchacho, con la capucha del capuz echada sobre la cabeza, buscó un lugar donde guarecerse. El sobretodo le estaba protegiendo, pero notaba los pantuflos y las calzas anegados, como si hubiera metido las piernas en una tina llena de agua. Consiguió cobijarse bajo el dintel de la puerta de un taller que estaba abierto. Entró y escuchó un gruñido que le resultó familiar. Se giró y vio al esqueleto viviente, la mujer aquella que regentaba un prostíbulo. Estaba sentada sobre una mesa tosca y baja pero robusta, moviendo con rapidez y habilidad cuatro agujas para hacer calceta. Un gato canela dormía a su lado.

La vivienda era pequeña, con los muebles básicos para sobrevivir en dos minúsculas habitaciones. El techo era tan bajo que había que pasar con la cabeza agachada. Una puerta más alta que la anterior daba a un patio comunitario.

Jimeno pidió disculpas y fue a marcharse cuando la mujer le preguntó que si quería un cairel hecho con hilos de buena seda para la saya de su amada. Este negó con la cabeza, y temiendo que lo reconociera, se dispuso a irse, pero al volver a mirar hacia la calle, donde la lluvia seguía cayendo con fuerza, se lo pensó mejor. Le pidió que se los enseñara mientras se echaba hacia atrás la capilla del tabardo, la sacudía y entraba.

La mujer sacó de un cesto que tenía a su lado varios caireles y se los tendió. Él les echó un vistazo, pero con la poca luz que había no pudo apreciar bien la labor, aunque sí percibió la suavidad de los hilos.

—También tengo cintas para el cabezón de las camisas —sacó de otro cesto un puñado—. Están hechas al modo morisco. Y si vos sois aficionado al juego de cañas, confecciono almaizares de variados colores, adornados con orillas, vivos o rapacejos.

Jimeno se interesó finalmente por el precio de una cinta roja. Se la regalaría a Juana para que adornara las camisas que a él tanto le gustaba desatar cuando ella dormía en su alcoba. En eso entró una adolescente empapada de agua preguntando por una mujer a la que se refirió como la Turca. Venía a recoger un encargo.

—La Turca soy yo —respondió la mujer esquelética. —Ahora mismo te traigo lo tuyo.

El ruido ensordecedor que producía la lluvia cesó de repente. Él se asomó a la calle. El sol apareció detrás de unas nubes que se alejaban a gran velocidad hacía el este. Salió sin despedirse de la Turca, tenía que aprovechar la tregua que daba el tiempo.

Anduvo calle abajo, incómodo por toda el agua acumulada en los zapatos. Los pies le chapoteaban dentro. Pasó otra vez por debajo del balcón donde había visto a la doncella Elvira. Los portillos estaban cerrados. Tomó otra calle distinta por la que había bajado.

Arriba del todo vio a Caterina —su manto rojo era inconfundible—. La condesa viuda salía de un almacén de telas. Con ella iba Juana, con su cofia de tranzado y un manto, que había sufrido el chaparrón, cubriéndole el cuerpo. Llevaba en la mano una vara de medir. Los escuderos y los porteadores de las andas permanecían en actitud de espera, sin sobretodo que los protegiera, mojados de los pies a la cabeza. Había llegado al barrio de los pañeros.

Del taller salió un moro de unos cincuenta años. Caterina le dijo algo. La contestación del hombre no debió de gustarle, porque tomó la vara de medir que tenía Juana y le arreó al moro en el hombro. El infeliz se encogió y empezó a emitir lamentos y lloriqueos que llenaron toda la calle. Jimeno pensó que el difunto conde debió de padecerla como se padece un dolor de muelas.

Cuando la vio alejarse transportada en las andas se acercó al almacén. El hombre se masajeaba la zona dolorida. Su llanto se había apaciguado. Al ver que el muchacho se paraba a su lado, acabaron las lamentaciones y le sonrió con unos dientes perfectos, blanquísimos, que indicaban que era muy cuidadoso con la limpieza de la boca.

—Todo bien. Todo bien —lo tranquilizó el moro, mostrándole las palmas de las manos para que comprobara su honradez. Las susceptibilidades siempre estaban a flor de piel, saltaban por cualquier cosa—, sí, sí, todo bien.

—Pero la dama parecía no estar satisfecha —dijo Jimeno, a quien le había picado la curiosidad el comportamiento de Caterina.

—Sí, sí, ella siempre lo está, siempre. Mi trabajo siempre la satisface, siempre, siempre. Nunca he tenido queja alguna de ella, ninguna, ninguna... ni de nadie, pero esta vez no he podido traer lo que la gran dama me pidió.

Jimeno escudriñó el interior. Al principio solo distinguió fardos. Era el puesto de un mercader al por mayor. Lo invitó a entrar para que admirara la gran calidad de la mercancía: hilos de seda traídos de Granada y Valencia, sedas en bruto, las que luego se torcían, teñían y devanaban. Rechazó la invitación y siguió caminando con rapidez. Tenía los pies tan empapados que los notaba fríos. Volvió a ver a Caterina saliendo de otra vivienda. Parecía bastante relajada. Juana ahora llevaba un paquete y la vara rota. Cuando el joven llegó hasta allí, el cortejo desaparecía por otra calle.

Era la casa particular de un maestro sedero que poseía dos telares propios en la planta baja. En el taller, la luz del sol, brillante tras la lluvia, entraba por el muro abierto hacia un patio amplio. Un maestro tejedor y un oficial trabajaban en los telares, dos mujeres con el rostro velado hilaban y unas niñas sentadas en bancos cosían y tejían.

—La dama es muy exigente... —comentó el joven.

—La dama pide, pide, pide, pero yo no tengo tiempo. —El hombre estaba muy enfadado, y dolorido— No se conforma con esto ni con esto, ni con esto —empezó a señalar las muestras de tela con motivos geométricos, con inscripciones en lengua árabe o con dibujos de animales—. Todo lo que ella ha deseado, de mis manos ha salido. Siempre. Siempre. Pero ahora quiere algo distinto. ¡Distinto! Una tela nunca vista. Y para eso haría falta que el sol nunca se pusiera.

Jimeno se quedó mirando el trabajo del oficial. Admiró la destreza con que manejaba aquel artilugio, incomprensible para él. Preguntó luego por el precio de varias telas. Se quedó sin respiración.

Un chiquillo de poca edad, que se entretenía hurgándose la nariz, se aproximó al joven. Caminaba con las rodillas muy juntas y las piernas torcidas hacia afuera. Antes de que utilizara las calzas de Jimeno para limpiarse la mano, este pinzó con dos dedos un hombro de la criatura y lo apartó de sí, mientras sonreía al dueño del telar. El sedero tomó entonces por el cuello de la ropa a su hijo y lo sacó al patio. El pequeñuelo fue a entretenerse con madejas descartadas para su uso.

Ya en la calle, siguió paseando hasta entrar en otra pañería. Las telas parecían más asequibles y, tras mucho mirar y cavilar, se decidió por una lana sencilla de color azul cuyo precio le pareció muy razonable. Compró las varas suficientes, tomando como modelo a una de las hijas del mercader, que, aunque poco agraciada, tenía el mismo cuerpo y altura que Juana. Al lado de la pañería había una tienda con sobrado donde un hombre vendía alhajas, cintos, hebillas, escarcelas y otras minucias, y al lado de ella, la tienda de un bonetero, encajada en un hueco. En ese momento su propietario la cerraba, iba desenganchado la tela que cubría el portón superior para abatirlo y candarlo. Intentó pasar sin mirar, pero los ojos se le fueron a unos bonetes de diversos colores expuestos sobre el poyo. Siguió andando. Se detuvo. Retrocedió sobre sus pasos.

Regresó a palacio con una escarcela verde y un cinto para él, y un anillo para el dedo meñique de la doncella Elvira y unas arracadas para Juana.

Poco le importaban a Jimeno las risas y rumores que se suscitaban en palacio, incluso entre los sirvientes. Su hijo había nacido sano y era hermoso. Solía acudir a verlo cuando le tocaba mamar, para cerciorarse de que los pechos de la alfayata daban leche en abundancia. Antes de que naciera la criatura había estado a punto de comprar los servicios de una esclava para que lo alimentara. Llegó incluso a apalabrar con un sarraceno los servicios de una negra, bien casada, que saldría de cuentas en las mismas fechas que su amante. El moro le contó que las mujeres de esa tribu daban leche de gran calidad y muy abundante, podían dar de mamar a varias criaturas a la vez y durante tres o cuatro años. Pero cuando Jimeno se lo dijo a Juana, esta se había echado a llorar. Y cuando nació el niño y vio que los pechos de su amante daban la suficiente leche como para dar de mamar a una tropa, accedió a que ella lo criara. Al igual que aceptó que lo bautizaran con el nombre de Juan, aunque él hubiera preferido ponerle el nombre de su hermano mayor. El tiempo había borrado el dolor de los varazos, dejando el regusto nostálgico del cariño que sentía por él.

Las primeras semanas de junio estaban siendo frescas, después de un final de mayo inusualmente caluroso y seco. Las calles de Vetonia se llenaban por las tardes de paseantes, deseosos de aprovechar las buenas temperaturas antes de que llegara el verdadero calor, seco y asfixiante, cuando salir de casa antes de que cayera el sol era una actividad poco sensata.

Jimeno también había tomado la costumbre de pasear por la tarde, a la misma hora, por delante de la ventana enrejada de la casa donde estaba alojada la doncella Elvira. Se vestía con su mejor sayo, se colocaba el bonete con forma troncocónica, siguiendo la moda del momento, y se calzaba los zapatos cordados abotinados terminados en punta muy larga, como mandaba también la moda. El tocado y el calzado acentuaban la esbeltez de su figura. Si la temperatura era buena, prescindía del manto. En caso contrario, lo llevaba puesto, pero se lo colocaba recogido sobre el hombro derecho. Por primera vez, se había ceñido un cinturón con una espada de hoja recta y había tomado la costumbre, al caminar, de meter el pulgar en la guarda del dedo índice. Caterina, si lo veía salir, se enorgullecía de él, sonriéndole de oreja a oreja, recordando cuando había llegado a palacio, con el hábito y las sandalias, y cómo, durante las primeras semanas, había rechazado, como un ascético anacoreta, engalanarse.

Si al pasar junto a la casa de la doncella Elvira, Jimeno la encontraba asomada a su ventana, el joven se paraba, se erguía, adelantaba la pierna derecha, curvaba la espalda, hinchaba el pecho y ponía la mano izquierda apoyada en el pomo de la espada. La sonrisa que la doncella le dedicaba le provocaba emociones casi místicas. El rostro blanco y virginal de la muchacha era digno de adoración, y podía observar cómo su pecho subía y bajaba bajo la saya. Pechos que, aunque no los había visto desnudos —¡ojalá!— debían de ser, por su tamaño, exquisitamente compactos. Como manzanas. Un manjar. A veces los comparaba con los pechos de Juana, que esos sí los había visto desnudos. Apenas ayer mismo, mientras daba de mamar a su hijo.

La tarde antes de San Juan, la doncella Elvira se asomó con varias cintas bordadas en la mano, como si quisiera verlas mejor a la luz del sol, justo cuando Jimeno pasaba montado en una jaca por debajo del balcón y en compañía de Enrico, que iba a pie. El joven llevaba una semana sin acudir por culpa de un mosquito. Una noche lo escuchó zumbando por su alcoba y con verdadera saña en su oído. Se incorporó en el lecho varias veces y dio palmadas en un intento de acabar con él. Se levantó y trató de encontrarlo, pero nada. Desesperado, terminó por cubrirse la cabeza con la sábana. Al día siguiente tuvo la necesidad de rascarse la nariz. Cuando la condesa viuda lo vio, le informó con muestras inequívocas de asco de que tenía un bulto rojizo en la misma punta del apéndice. Luego le aconsejó que pidiera a Inés una pomada. El ungüento le había aplacado los picores, pero el grano tardó en desaparecer más de lo que él había deseado. Y ahora, por fin, estaba otra vez bajo el balcón con la cara lozana y resplandeciente.

Y allí, mientras miraba a su doncella, a esta se le resbaló de entre los dedos una de las cintas, o la dejó caer, quedando enganchada en una de las volutas en las que acababan los barrotes. Jimeno, como hombre galante que era, llegó hasta la cinta, la cogió y se la tendió. La joven giró la cabeza para mirar detrás de ella y, con disimulo, sacó el pie derecho del zapato, cubierto por unas calzas de lino azul, y lo adelantó por entre los barrotes. Jimeno, echando también un vistazo a sus espaldas, alargó el brazo y acarició el empeine. La doncella Elvira suspiró y el muchacho le pellizcó con suavidad los dedos y, sorprendido, empezó a sufrir una levísima erección. Hizo retroceder a la jaca para calmar su agitación, al tiempo que se llevaba la cinta a los labios. Luego se bajó del equino, pasando las riendas a Enrico. Se ató la cinta al muslo, un poco por encima de la rodilla. La muchacha bajó los ojos, mientras se sonrojaba, pero a la llamada de una mujer desde el interior de la casa se tuvo que despedir para lo que, clavando en él su mirada, agitó con gracia y disimulo los dedos.

Una palmada dada contra la espalda de Jimeno le hizo tambalear. Tendría que haber puesto en práctica alguna de las enseñanzas de Gaspar, como sacar el puñal que llevaba junto con la espada y clavarlo en las tripas del atacante, a la vez que lo retuerce —que era la más simple de las tácticas—, pero sus manos estaban ocupadas en intentar que su cara no se estrellara contra la pared.

La voz del escudero del vizconde de Comanes lo tranquilizó, aunque no del todo.

—Muchacho, nunca dejes por ningún motivo la espalda sin protección. Ni siquiera por una hembra, aunque su linaje y belleza te obligue a ello.

Jimeno se sintió un tanto enfadado con Enrico, que no le había prevenido de la llegada del escudero. Su sirviente estaba distraído observando cómo una fregona medio despechugada echaba con las manos agua de un cubo para barrer sin levantar polvo. Él iba a reprenderlo cuando descubrió la presencia del vizconde, que acababa de entrar en la calle junto con otro escudero. El hombre le sonreía burlón, además de dirigir miradas significativas hacia el balcón de la doncella Elvira. Se detuvo junto a él.

—Tenéis buen gusto. Es una doncella agraciada, dulce y amplia de caderas, y es hija única... Si la habéis elegido para que sea la madre de vuestros hijos, daos prisa, u os la quitarán de las manos. Sé de buena tinta que hay varios candidatos que también tocan a su puerta. Pero he oído que ella os tiene simpatía. —Miró la cinta que Jimeno lucía en la pantorrilla—. ¿Vuestro padre tiene esposa para vos?

—No, señor vizconde.

—Pues ya tardáis en mandar una carta donde le habléis de las virtudes de la doncella. Muchacho, es una joya. Os hará muy, muy, pero que muy feliz.

En ese momento llegó corriendo un sirviente. Se echó hacia delante, apoyando las manos sobre las rodillas para tratar de recuperar el resuello.

—Señor vizconde, siento deciros que la tienda estaba cerrada y el sastre se ha negado a abrirme. Le he dicho que vos os enfadaríais mucho. Que necesitabais un almaizar para mañana mismo, pero ni por esas —dijo por fin entre resoplo y resoplo.

—¡Vaya! Qué contrariedad —refunfuñó Guillén.

—Señor vizconde, si os urge, hay una mujer, una que llaman la Turca, que hace tocados a la morisca en su vivienda particular —le contó Jimeno, más por cortesía que por hacerle un favor.

Pareció sorprenderse el vizconde, como si el nombre le dijera algo. Lo musitó y después pidió al muchacho que lo llevara hasta ella.

Durante el tiempo que estuvieron caminando, le contó cómo había dado con la sastra, sobre la excelencia de su trabajo, y luego le advirtió de que había que ir al arrabal de los sarracenos y le previno sobre las condiciones de miseria de la casa en la que iban a entrar. Al llegar, Guillén pidió a su acompañante que anunciara a la mujer que saliera con el género; se negaba a entrar en aquel cubículo. Cuando la Turca se asomó, lo hizo con las manos vacías: o entraba el vizconde o se quedaba sin almaizares. Como la mujer volvió a negarse a salir con los tocados, Guillén tuvo que ceder. Mandó que Jimeno fuera delante y que lo siguiera uno de sus escuderos. Caminó intentando que su bonete no rozara las telarañas del techo, que su sayo no tocara las paredes con desconchones y mal encaladas y que los zapatos no se le llenaran de tierra.

Cuando salió de allí, sacudió sus zapatos contra el suelo. El escudero llevaba en un paquete dos tocados moriscos, uno para su hijo y otro para él, y un par de caireles. Se le veía exultante. Palmeó el hombro de Jimeno mientras le pedía que comunicara a la condesa viuda su hallazgo, sobre todo que le dijera el sobrenombre de la sastra.

XXIV

Verano de 1476

Diomedes, de pie, no apartaba la vista de la pared que todavía quedaba por pintar. Pronto llegaría el calor y tendría que aplicar la pintura con más rapidez y en trozos más pequeños. Detestaba el calor, y en Vetonia era insufrible. Sudaba tanto que siempre acababa como si se hubiera sumergido en una tina o en el mismo río, y los pinceles solían resbalársele de entre los dedos húmedos. Gruñó a la pared, como si esta tuviera la culpa de su falta de inspiración.

También se daba cuenta de que cuando terminara, sus manos y peor aún, su cabeza, se quedarían ociosas. Que tendría que volver a la decoración de manuscritos. Su fama como iluminador estaba fuera de duda, y sin embargo era una disciplina que no terminaba de satisfacerle. Aunque desde hacía tiempo rumiaba pintar en tablas y usar pigmentos mezclados con aceite de linaza. Una técnica que permitía que la pintura se secara con más lentitud y poder trabajar una y otra vez sobre ella, en sutiles capas, hasta obtener el resultado deseado.

Y lo más atrayente: si cometía errores, poder corregirlos sin necesidad de picar y preparar de nuevo la zona afectada. Hasta ese momento la había descartado porque tendría que utilizar tablas como soporte y porque los únicos interesados eran los eclesiásticos para los retablos de las iglesias.

Cansado de permanecer de pie, se acuclilló sin dejar de mirar el trozo de pared limpio, dispuesto para ser enlucido. Era el último fresco que quedaba por pintar. Había tenido bien claro las escenas de los otros tres, pero aquel... De vez en cuando se alborotaba el cabello, como si así pudiera dar libertad a las ideas que se obstinaban en permanecer en lo más profundo de su cabeza. Ideó pintar campesinos de ambos sexos recogiendo trigo, o solo mujeres recolectando frutas, o una mesa donde la misma Caterina estuviera probando licores. Pondría varios vasos y unas redomas de madera. Pero por mucho que intentaba imaginar cada una de esas escenas, las desechaba casi al instante. Le parecían escenas aburridas y previsibles. Él quería algo diferente, algo que causara tal asombro que no se dejara de hablar de ello durante décadas, y que visitantes lejanos llegaran a Vetonia atraídos por las pinturas.

Preocupado porque no se le ocurría nada original, decidió acudir a los aposentos de la condesa viuda. Le pediría que le dejara hojear otra vez aquellos manuscritos en los que había numerosas ilustraciones y que le habían servido de inspiración para su trabajo como iluminador.

Se levantó y se sacudió la ropa. No iba vestido con la decencia exigida para andar por la zona señorial de palacio.

Sabía que la condesa viuda se enfadaría al verlo así, pero le dio pereza cambiarse. Se lavó las manos con el agua de un cubo, dedo a dedo, y se las secó con esmero en un paño limpio. Así hacían los clérigos cuando debían de tocar algo sagrado o consagrar el pan sobre el altar, y para él los libros de su ama eran igual de sagrados.

Como esclavo que era no podía ir solo por la zona señorial de palacio, pero como esclavo confidente y privilegiado de la dama, nadie lo detenía ni le hacía preguntas. Se encontró con Jimeno, que venía de las estancias de servicio. Desde que había sido padre no había dejado de acudir a ver a su hijo todas las mañanas, iba de un lado a otro idiotizado y con una sonrisilla candorosa. Y desde que había conocido a la doncella Elvira, vestía con más esmero. El sayo azul que llevaba puesto, bien conjuntado con unas calzas de un tono más claro, realzaba su figura. Se sonrieron al cruzarse. Se dijo que, aunque no había tenido oportunidad de conocerlo en profundidad, lo echaría de menos cuando tuviera que dejar la casa, su ingenuidad le había resultado tan enternecedora como cierto era su futuro inmediato, porque Caterina tenía decidido casarlo con la doncella.

También se cruzó con Adosinda, la esclava rusa, que, inclinada hacia la derecha por el peso del cubo que portaba, acudía a algún sitio donde se necesitaba una limpieza urgente. La niña ya no era tan niña. Hacía poco la había visto en camisa y se le marcaban los pechos en la tela. Detrás de ella, Enrico miraba a la chiquilla con ojos chispeantes, como los de un animal en celo. El muchacho había dado, en aquellos últimos meses, otro estirón y se había dejado un bigotillo lacio y ridículo, pero que le hacía sentir que ya era todo un hombre.

Cuando Diomedes llegó al ala donde estaban los aposentos privados de la condesa viuda vio que salían de ellos la dama, Matilde, Blanca, la pequeña Francisca y Ovillo. El perro ladraba, iba con el collar para salir de paseo y eso le excitaba. Diomedes se acercó a toda prisa y tuvo que levantar la voz para que Caterina lo oyera. La dama lo miró de arriba abajo, con el ceño fruncido.

—Al menos podías haberte peinado para presentarte ante mí —le dijo con sequedad, mirando su cabello alborotado.

Diomedes se llevó las manos a la cabeza, aunque las bajó cuando se acordó de que se las había lavado con esmero para poder tocar los manuscritos.

—Perdonad, mi ama, la falta de compostura, no volverá a ocurrir, pero me urge tanto poder hojear los manuscritos que...

Los ladridos de Ovillo se redoblaron. La condesa viuda se impacientó.

—Por Dios bendito, que alguien haga callar al perro, ojalá estuviera aquí Jimeno para que se ocupara de él. Y tú, pasa de una vez, dentro está Inés. Pídele a ella la llave del anaquel donde se guardan los libros.

El griego se dobló sobre la cintura para dar las gracias y entró.

En la primera estancia donde estaba el anaquel no había nadie. Fue hasta la cortina que separaba esta de la segunda sala y pasó sin ningún miramiento. Cuando vio a Inés, carraspeó.

—Señora...

Inés, frente al pequeño anaquel empotrado donde se guardaban los cosméticos, se volvió hacia él, atemorizada. Lo que tenía en las manos cayó al suelo. El cuenco cerámico, al estrellarse, se rompió en varios pedazos. Contempló desconsolada el estropicio, para después mirar con miedo al eunuco. Vaciló sobre qué hacer. Al final se quitó nerviosa la toca. Quedaron algunos alfileres mal prendidos por entre los cabellos, se arrodilló y se puso a recoger los trozos y a limpiar con el propio lienzo el ungüento derramado. Pero se detuvo, se llevó la toca al pecho, agachó la cabeza y se echó a llorar.

A Diomedes le turbó la reacción inexplicable de Inés, pidió perdón, le dijo que la condesa viuda le había dado permiso para hojear los libros que estaban en el anaquel y, lo más rápido que pudo, retrocedió hasta la primera estancia. Durante la espera le vino a la cabeza la escena bíblica de María Magdalena secando con sus cabellos los pies de Jesús, después de verter perfume contenido en una redoma de vidrio sobre ellos.

Inés apareció con el rostro congestionado y con la toca bien puesta en la cabeza. Llevaba la llave y, sin decir una palabra ni mirarle, abrió el mueble mientras el eunuco, confuso, no sabía dónde posar los ojos. Luego, la mujer se apartó unos cuantos pasos y, como si fuera importante, se fue recolocando las puntas de la tela sobre el pecho.

El griego sacó lo más rápido que pudo aquellos manuscritos que le podrían servir. A sus espaldas volvió a escuchar un sollozo. Intuyó que Inés era la que hurtaba a su ama los afeites y algo le impulsó, pese a su posición de esclavo, a confortarla:

—Hablad con la condesa viuda. Decidle la verdad, sabéis que ella es mujer comprensiva y entenderá lo que vos estáis pasando... —Temió, entonces, que sus palabras empeoraran tan embarazosa situación y llevara a la mujer a que le respondiera como una perturbada. De las hembras siempre esperaba las reacciones más irracionales.

Y así fue, sus palabras lo que provocaron fue que Inés dejara de sollozar y le dijera, en un susurro, que tenía toda la razón, que hablaría con la dama.

XXV

El día de San Juan amaneció espléndido, con un cielo limpio, punteado de vencejos que llenaban el aire de sonidos estridentes. Los sirvientes, antes de que el sol asomara, habían cubierto con ramas verdes las paredes externas del palacio principal del marqués y de las viviendas adyacentes. Las calles cercanas y la plaza estaban barridas y cubiertas con ramas de tomillo y orégano.

El día anterior no había habido sirviente que hubiera encontrado un minuto para poder estar mano sobre mano. La llegada del condestable de Castilla al caer la noche —avisó de su presencia a primera hora de la mañana— alborotó la tranquilidad de todos. Habían esperado con optimismo que la fiesta de San Juan fuera sosegada, para terminar, como era habitual, con un baño nocturno en el río, al amparo de las hogueras que se encendían cerca del ribazo.

Las esclavas, de rodillas en el suelo, habían fregado cada losa de barro o de piedra con vinagre, arena y agua de lejía, y habían dado un buen repaso a los muebles, que habían sido movidos para luego colocarlos en el mismo sitio. Almohadones y cojines fueron vapuleados para que quedaran bien ahuecados. Se habían quitado las alfombras y se sacudieron para que no quedase mota de polvo alguna. Se cambiaron los tapices por sayales o por telas más finas y claras, y en las estancias más calurosas se colocaron esteras de cañizo por los suelos o se adosaron a las paredes con ayuda de clavos. A las caballerizas se llevó suficiente heno para los caballos de los visitantes. La limpieza de los patios y de los corrales se había dejado para antes del amanecer, después de la matanza de las aves y conejos que se servirían en la comida y en la cena.

Caterina se levantó cuando el condestable y dos de sus escuderos, que también habían pernoctado en palacio, acudían al patio principal a la espera de que ella se presentara. Pero al notar el estómago revuelto demoró más de lo debido su presencia, inquieta por aquel malestar tan inoportuno. Pidió que le trajeran agua fría del aljibe, con la que se mojó el rostro, y realizó unas abluciones con agua de rosas. Blanca la vistió con un pellote y le cambió la cofia. Con paso vivo acudió a la galería, acompañada por Ovillo y Diomedes, y se asomó por la barandilla.

El griego estaba entusiasmado con el acontecimiento. El condestable y su amo habían sido grandes protectores de la fiesta y cada año se inventaban algún espectáculo. Los tres hombres que esperaban en el patio iban vestidos con aljubas moriscas de seda blanca, con flecos de hilo de plata y perlas en los bordes, y llevaban en la cabeza almaizares bellamente enrollados. El griego rememoró con añoranza aquellos vestidos a la morisca que había lucido su amo, y lo bien que le sentaban los turbantes.

Jimeno se unió a los caballeros. Examinó con goce el corcel que el mozo sujetaba por las riendas, enjaezado con gran riqueza. Era la primera vez que iba a salir engalanado a la morisca y montado en un animal soberbio. Durante el recorrido hacía el río pasaría por delante de la vivienda donde la doncella Elvira estaría asomada a la ventana. En cuanto pasara, se abriría la falda de la aljuba para mostrar la cinta —aquella que la joven había dejado caer desde el balcón— que llevaba alrededor del muslo. Nervioso, se tocó el almaizar. Tenía la sensación de que se le inclinaba hacía un lado a cada momento.

En cuanto el sol asomó por los tejados, los músicos contratados por la condesa viuda empezaron a tocar las trompetas y los atabales. Lo mismo sucedió en otros tantos palacios. En toda Vetonia los sonidos de los instrumentos se superpusieron al canto de vencejos y cornejas.

Los caballeros, montados a la jineta, salieron a la calle ante la mirada de los curiosos que habían acudido para admirar el lujo y exotismo de las vestimentas. Poco a poco, los caballeros de los distintos palacios fueron juntándose en la calle principal que conducía hacia el puente viejo para hacer la enramada con grandes ramos verdes y flexibles adornados con flores de todos los colores.

Caterina fue hasta el mirador de la fachada principal. Vio pasar al condestable, que marchaba con el resto de sus hombres en dirección al río. Se saludaron de modo formal con una inclinación de cabeza. Un poco más atrás iba Jimeno llevando el corcel. Al poco pasó Guillén con uno de sus hijos montado a la grupa. Los almaizares de seda que llevaban ambos eran de vivos colores y estaban adornados con rapacejos. Él levantó los ojos con disimulo hacia su amante. Pero la dama observaba cómo se alejaba el condestable. Se puso incluso de puntillas y se inclinó sobre la baranda de piedra.

Viéndolos pasar hacia la vega del río Azarroyo, mujeres incluidas, Caterina sintió nostalgia y bastante envidia. Antes de quedar viuda iba, junto con su marido, a los festejos que se celebraban durante el día y que se prolongaban hasta la noche. Pero al enviudar se había abstenido por respeto a su tío.

Cuando la calle quedó vacía, se metió dentro. Durante las siguientes horas se dedicaría a algo tan aburrido como organizar el viaje a la almunia. En dos días, como era su costumbre, se marchaba a Valdeblasco en busca de tranquilidad y temperaturas más benignas.

Se sentó en el banco junto a las ventanas de su antecámara. En la plazoleta alborotaban niños excitados en compañía de mujeres que los llevaban a las puertas de la ciudad para ver los espectáculos de saltimbanquis, bufones y juglares. También vio a Juana, que llevaba trozos de higuera para la horca que se montaba cerca del puente viejo. Su mirada dejó de vagar cuando le anunciaron la llegada del despensero y el mayordomo.

Durante la siguiente hora dispuso qué alimentos se tenían que llevar a Valdeblasco y la cantidad. No solo la acompañarían el clérigo y la pequeña Francisca, sino también Juana.

A Matilde le pareció poco juicioso; mucha gente para un espacio tan pequeño. Pero la condesa viuda temía que la alfayata huyera aprovechando su ausencia. En la almunia la tendría bajo vigilancia y la haría trabajar de sol a sol. Luego, con Inés, eligió las sayas y el calzado y con Blanca, los afeites y los pebetes. Ellas se quedarían en palacio.

Cuando Inés las dejó solas, Blanca comentó a media voz que quedaba muy poco de aceite de azahar y, bajando más la voz, le dijo que había visto a Inés el día anterior con la redoma en la mano y con un frasco vacío. Acabó diciendo, en susurros:

—He descubierto, señora condesa, que va detrás de un hombre y que anda buscando cómo disimular su fealdad. Se lo pregunté, pero ella lo negó con demasiada vehemencia. Sin embargo, gasta sus dineros en las boticas... Hasta paga con sus joyas. Hace poco la vi haciendo un bálsamo. No estoy segura del todo, señora condesa, pero creo que estaba utilizando un medicamento que estimula el apetito sensual. Aunque puedo estar equivocada... Sí, seguro que me equivoco... A mí, señora condesa, esas cosas me dan miedo y temo que las guarde en la alcoba. Francisca podría encontrarlas y envenenarse.

Caterina, mientras olía las esencias que contenían las redomillas de vidrio y metía aquellas que se llevaría en el estuche de cuero repujado, pensaba en cómo solucionar lo de Inés. Sonrió a Blanca. La criada le devolvió la sonrisa.

A la hora tercia llegó Jimeno. Chorreaba agua de arriba abajo. Al menos había podido salvar la aljuba al rogar que le dejaran despojarse de ella antes de que lo tiraran al agua. Caterina, con ojos inocentes, le preguntó qué había ocurrido. El joven le relató que mientras supervisaba la enramada, Gaspar y otro escudero lo habían cogido entre risas, uno por los brazos y el otro por las piernas, lo habían balanceado un par de veces y soltado a las frías aguas del Azarroyo. Le dijeron que a los criados que acudían por primera vez a la fiesta se los «agasajaba» con esa tradición.

—¡Cuánto lo siento! No me acordaba de que tienen esa... costumbre tan irresponsable y nefasta. De haberme acordado, os habría avisado —dijo Caterina con fingida desolación.

—No os preocupéis, señora condesa. Me ha venido bien refrescarme. Allá abajo empieza a hacer un calor del demonio.

—Me alegro de que os lo toméis así. Por cierto, ya que estáis aquí, en cuanto os adecentéis, quiero que me llevéis a donde trabaja la Turca.

—Señora condesa, ¡no es un sitio para vos! Ya os dije que vive en la morería, y... y es una mujer de mala reputación, una meretriz.

—Lo sé, lo sé, no os preocupéis por eso. ¡Vamos! ¡Daos prisa! Oigo a Ovillo.

Caterina decidió ir andando, custodiada por Gaspar y otros tres escuderos. Vistió una saya de corte sencillo de lana fina y se cubrió el cuerpo y la cabeza con un manto blanco. Había sido un golpe de suerte que Jimeno llevara a

Guillén hasta la Turca. La búsqueda de la sastra había terminado y tenía al alcance de los dedos el sueño de poner en marcha el taller y la formación de un gremio.

Antes de entrar en el arrabal próximo a la zona sur del río, se cubrió el rostro con la toca. A lo lejos se escuchaba la algarabía de los jugadores de cañas y un poco más cerca llegaba el olor de las cubas de los tintoreros.

Al llegar a la vivienda de la Turca comprobaron que la puerta estaba cerrada. Jimeno llamó con los nudillos, pero Gaspar, impaciente, golpeó la madera con la empuñadura de la espada. Nadie salió. En cambio, sí que se asomaron dos caras infantiles desde otra puerta cercana. El escudero preguntó por la sastra. Una sarracena con el rostro cubierto apartó a los niños y le dijo que la Turca había salido a hacer unas compras y que no tardaría en llegar. Caterina decidió que esperaría. Gaspar pidió un asiento a la desconocida. Uno de los chiquillos, asomado entre las faldas de la sarracena, al mandato de ella fue a buscarlo. Cuando trajeron un escabel, el escudero lo sacudió con su guante y Caterina se sentó.

Para Jimeno el tiempo transcurrió lentísimo. No dejó de moverse de un lado a otro, de bajar y subir la calle, por si veía venir a la sastra. En cambio, la condesa viuda permaneció en todo momento erguida, sin apenas moverse, con las manos puestas sobre el regazo.

Cuando apareció la Turca, esta no se mostró inquieta ni sorprendida. Estaba claro que alguien la había avisado de que tenía gente esperando a la puerta.

Caterina se desembozó. La sastra forzó una sonrisa.

—Supongo que ya sabréis que sois abuela —le dijo la condesa viuda.

La Turca perdió la sonrisa. Y Caterina no se anduvo por las ramas. Le advirtió que se llevaba a Juana y al nieto de viaje a su almunia y casa de recreo y que ella también debía acompañarla con todos sus utensilios de sastrería. Durante el tiempo que estarían allí enseñaría a la alfayata a hacer patrones y a usar las tijeras.

—Tienes tres meses para que la muchacha se desenvuelva con ellas. De ello depende que te ponga un taller, te regale unas tijeras de plata y que puedas ver crecer, tranquila y sin preocupaciones, a tu nieto.

XXVI

En cuanto aparecieron los sauces, en la mañana del tercer día desde que saliera el grupo de Vetonia, Caterina respiró aliviada porque antes de que el sol empezara a reverberar sobre sus cabezas estaría llegando a la almunia. La condesa viuda se sintió indispuesta al caer la noche del primer día de marcha y durante la segunda jornada notó que se fatigaba, algo inusual en ella. En el último poblado donde habían pernoctado estuvo a punto de pedir que pasaran allí el día completo, tal era el cansancio que tenía, pero desde el primer momento prefirió ocultarlo para evitar que la llegada al poblado sarraceno se retrasase. Los sauces eran unos viejos conocidos. Destacaban por su porte oscuro, retorcido y resquebrajado frente a los troncos lisos, de un gris blanquecino con cicatrices negras, de los álamos que bordeaban el río.

Quedaba, por tanto, pasar el río, recorrer los pastos hacia el valle y entonces vería la torre que en tiempos pasados había sido de vigilancia y que ahora solo almacenaba víveres. Adosada a ella estaba la casa de dos plantas, alta y cuadrada, construida con la solidez de la cuarcita, con su patio interior y con dos construcciones anexas de planta irregular. Las edificaciones habían sido levantadas hacía más de diez lustros por un cristiano caprichoso que vio en aquel paraje un lugar perfecto para el ocio. Una explanada amplia, que quedaba a pocos pasos de la fortificación, se utilizó para torneos y fiestas, llegando a ser famosas las reuniones que se hacían por el mes de junio. Caterina desconocía el nombre del cristiano caprichoso —su marido jamás se lo dijo— al que le había ganado la almunia apostando al juego de los tablados.

El malestar cedió mientras vadeaba uno de los numerosos arroyos que recorrían la comarca. Se bajó la parte de la toca que le cubría la boca y la nariz y pidió agua. Luego se recolocó sobre la mula. Paró la montura para beber y en ese momento se hizo la misma pregunta de siempre: ¿qué amaba más? ¿Vetonia o Valdeblasco?

Vetonia formaba parte de ella. Era su infancia y adolescencia. Le gustaba escuchar los ruidos del día a día y pasear por las calles empinadas, subirlas o bajarlas. Atravesar sus murallas. Llegar hasta el río. Cada calle, cada callejuela, cada rincón tenían algo que no dejaba indiferente, y su gente daba señales inequívocas de que el pasado y el propio presente estaban siendo sustituidos por un futuro sin marcha atrás. Para Caterina era una ciudad hermosa y extraña, y la comparaba con una enorme gata que ronroneaba o bufaba según su estado de ánimo, porque era una ciudad viva, siempre alerta, aderezada con colores pardos, grises y anaranjados. Y en primavera, el olor a tomillo inundaba las calles para contrarrestar los olores de las mulas.

Sin embargo, todos los veranos abandonaba Vetonia por Valdeblasco. Desde su matrimonio reunía a un pequeño grupo de acompañantes, entre los que estaban Matilde, su escudero Gaspar y, algunas veces, fray Hernando de Simón, y se marchaba a la almunia. La seducía el aire fresco, sus olivos e higueras, sus matorrales aromáticos, sus zarzas y espinos y sus arroyos sin nombre; uno de ellos era tan ancho como para poder considerarlo un verdadero río. Sin embargo, tampoco tenía nombre. Las aguas brotaban en una zona rocosa y pelada, en lo más alto del valle, y se deslizaban tanto en invierno como en verano con el suficiente caudal como para regar las hortalizas que se cultivaban a pocas leguas de allí gracias al ingenio de antiguos agricultores que habían construido estrechas acequias bien adaptadas a la escarpada orografía del lugar. Al final, el río terminaba por perderse en un escuálido barranco lleno de coscojas y retamas, para acabar formando una charca donde Caterina gustaba de bañarse.

Las casas de ladrillo que se levantaban al sur de la almunia, nacidas por la facilidad del terreno para cultivar uvas y melones y para criar abejas, quedaron medio abandonadas cuando prácticamente fueron arrasadas por una riada, que nadie, ni los más viejos, recordaba cuándo había sucedido pero que se daba como cierta. Tiempos después, a falta de gente para recuperar lo perdido, las casas quedaron reducidas a lo que había en aquel momento: unas viviendas modestas de tejas rojas envejecidas por la vegetación y con paredes que se enjalbegaban de blanco pasada la primavera para tapar las manchas de humedad y para evitar que insectos y garrapatas treparan por las paredes y entraran por las ventanas. Entre las casas, las higueras daban sombra y sus ásperas hojas endulzaban el aire cuando la fuerza del sol requemaba la tierra. Olor que se mezclaba con el de las ovejas.

También Caterina iba acompañada por una escolta de hombres bien armados bajo las órdenes de Guillén, quien, por expreso deseo de Conrada, tenía que protegerla durante el trayecto. La condesa viuda se había acostumbrado a los desvelos de la mujer de su amante. Tras la muerte de su esposo, la dama se había erigido como su protectora y exigía que Guillén la acompañara en sus idas y venidas. Y él obedecía, mostrando un fastidio fingido, y añadía palabras gruesas contra la condesa viuda para dar más credibilidad a ese fastidio.

Se quedaron los hombres del vizconde fuera de la vieja fortificación; tenían prohibido entrar. Una deferencia de la condesa viuda hacia la comunidad sarracena. Caterina solo dejaba entrar a Guillén y a su escudero Gaspar, que se adelantaban horas antes para abrir el caserío, llevar los arcones de la dama —que en ese viaje se habían multiplicado por dos— y vigilar que todo estuviera dispuesto para recibir a la condesa viuda. Guillén opinaba como Conrada, que las sirvientas moras eran unas ineptas. Sin embargo, tenía que admitir que a su amante la servían muy bien.

Los habitantes de la almunia eran gentes laboriosas, que labraban pequeñas parcelas de tierra y criaban conejos, palomas y gallinas para cubrir sus necesidades alimenticias, pero también pastoreaban cabras, explotaban colmenas y producían vino. Todo lo vendían en las poblaciones cercanas. Había también un artesano de la madera, un remendón de zapatos, un criador de pájaros, un par de mujeres que sabían sobre plantas medicinales y varios arrieros que iban y venían.

Antes de atravesar la fortificación, las mulas que llevaban las provisiones pasaron a manos de dos jóvenes moros que se habían apostado al inicio del camino en espera de la comitiva. También esperaba a la entrada una chiquillería que saludó con la alegría, ciertamente auténtica, de quien sabe que va a recibir un premio. Cuando la dama vetona llegaba también lo hacían alimentos inusuales y golosinas.

Caterina siempre llegaba con las primeras luces de la mañana, cuando en la aldea estaban los viejos de ambos sexos, encorvados y secos, que ya no podían ayudar en las faenas del campo. Ancianos que se sentaban frente a la puerta de su vivienda a la espera del fin de sus días mientras ellas, aun estando ciegas y con los dedos torcidos, sostenían el huso bajo el brazo y con los dedos lo hacían rotar para la torsión y unión de las fibras de lana o de algodón. Las sarracenas más jóvenes cocinaban en cuclillas frente al fuego, algunas bajo la vigilancia de su madre, o daban de comer a los animales del corral. Pero todos levantaron la cabeza al unísono al oír los cascos de los caballos y siguieron con miradas tímidas el paso de la comitiva. Aquella mañana observaron que venía gente desconocida. Una muchacha a la que solo se le veían los ojos frescos y púberes bajo un sombrero de paja que cubría una toca de camino. Una mujer cubierta del mismo modo, con ojos arrugados y maliciosos. Y una niña que se desperezaba dentro del tabardo de viaje que llevaba la dama.

Los caballos y las mulas se detuvieron frente a la vivienda principal, donde unos jóvenes sarracenos custodiaban la puerta de madera de lacería, pintada con gran belleza y con dos grandes aldabas doradas. Las paredes de color verdoso sostenían un tejado a ocho paños que cubría habitaciones espaciosas y pequeños habitáculos. En la primera planta colgaban dos balcones estrechos, con gruesas barandillas de madera y celosías que impedían ver el interior.

Gaspar se acercó a Caterina para coger a Francisca entre sus brazos y bajarla, y luego tendió la mano para ayudar a la dama. Fue entonces, con los pies en el suelo, cuando sintió un fuerte mareo. Se agarró con brusquedad al brazo de su escudero para no caer. Este, sorprendido, consiguió aferrarla con fuerza evitando que se desplomara. La dama se despojó a toda prisa del sombrero y de la toca y no pudo contener los espasmos del estómago. Vomitó casi sobre sus pies lo que había comido por la mañana.

Solo se dieron cuenta de su malestar Francisca, que hizo gestos de asco, y Julla, la sirvienta sarracena que desde hacía diez años se ocupaba de las necesidades más primordiales de la dama cuando viajaba a la almunia. Matilde estaba más pendiente de bajar de su mula sin que el sarraceno que la ayudaba le alborotara la falda de su vestido. La Turca sacaba a una criatura de un cesto, mientras Juana se desataba los cordeles de la saya para adelantar tiempo. Tenía los pechos dolorosos y notaba cómo la leche le empapaba la camisa. Por último, el clérigo había echado a correr con la urgencia de aliviar la vejiga, sin reparar en nada.

Caterina se dejó guiar por Gaspar hacia el interior del caserío, donde el ambiente fresco del zaguán y el vaso de agua que le tendió Julla —había corrido a la cocina para coger agua y un paño— la aliviaron. Caterina, agradecida, sonrió a la sarracena —gesto que nunca hacía a sus sirvientes—. Luego se desprendió de las manos de su escudero y se dirigió hacia la escalera, tras atravesar el hermoso patio empedrado, para subir a la segunda planta. La siguió Julla, así como Francisca que, asustada al hallarse en un lugar desconocido, no se separaría de ella hasta que descubriera que allí no había nada que temer.

Aunque el mareo se le había pasado, de nuevo la fatiga hizo acto de presencia. Caterina no entendía los motivos de aquellas indisposiciones. Subió las escaleras con lentitud y escuchó desde la balaustrada de la galería cómo los hombres se llevaban los caballos y las mulas en dirección a las cuadras. El ruido de las herraduras sobre el empedrado se superponía a cualquier otro sonido. Al llegar hasta la alcoba pidió a Julla que la desnudara; quería echarse en la cama y descansar. La estancia, no demasiado amplia, hacía esquina y la única ventana se abría al norte. Una celosía la mantenía en penumbra y el aire, todavía agradable, entraba por sus pequeños huecos. Francisca fue a ver qué se podía ver a través de ella.

Matilde entró en la estancia como si hubiera un incendio y tuviera que salvar a la condesa viuda de las llamas. Apartó a Julla, a la que mandó que entrecerrara la puerta y con el ceño fruncido quitó el manto y desató la saya de Caterina. Le pasó una mano por el cuello y luego por la sien en busca de fiebres. Cuando la dejó en camisa, la dama se sentó en una silla. Francisca lo hizo a sus pies.

Antes de que la alcoba se llenara de gente acarreando los arcones, Matilde levantó a Francisca y la sacó fuera, cerró la puerta y luego fue a cerrar los postigos de la ventana. La penumbra consiguió aliviar el malestar de Caterina.

Matilde se volvió, con las manos cruzadas sobre la falda de la saya y con el morro torcido, hacia Caterina.

—¿Qué te duele? No tienes fiebre —le preguntó.

—Nada. De pronto se me revolvió el estómago —contestó la interpelada, estirando las piernas.

—Llevo tiempo notándote bastante rara.

—Cansancio.

—¿Cansancio? ¡Tú que has hecho viajes más largos sin apenas detenerte para descansar!

—Ya no soy una jovencita —dijo la dama, arisca.

—Cierto, pero la semana pasada bien que corriste calle arriba para no llegar tarde a la catedral, y apenas jadeabas.

En ese instante escucharon la voz de Francisca que, con la boca pegada a la puerta, pedía poder entrar.

—Como bien dices, eso fue hace una semana. —El bufido de Caterina indicó que ahí mismo se acababa la discusión.

Matilde zarandeó la cabeza para mostrar su desaprobación. Si Caterina enfermaba en aquel lugar abandonado de la mano de Dios, no habría ni judío ni cristiano que pudiera ocuparse de ella. Se acercó a uno de los dos arcones para sacar un pellote de lino y una cofia de redecilla.

—He mandado que te traigan algo ligero —le dijo mientras separaba las telas que protegían los vestidos.

—No quiero comer nada.

Callaron para poder identificar el ruido que se escuchaba al otro lado de la puerta. Eran las uñas de Francisca que rascaban la madera. Ambas mujeres apretaron los dientes y sacudieron los hombros como si les recorriera por la espalda un escalofrío.

Caterina se levantó para que Matilde le pusiera el pellote y se volvió a sentar para que le cubriera el cabello con la cofia.

—Desde que salimos de Vetonia apenas has probado bocado —insistió Matilde.

A pesar de la penumbra, la dueña se dio cuenta de que Caterina trataba de contenerse. La sorda irritación estaba a punto de estallar. Decidió no seguir con el tema.

—Está bien, entonces descansad. —Se dirigió a la puerta.

—Llévate a la niña. Tendría que haberse quedado en Vetonia... Estoy harta de ella.

Matilde mostró gran perplejidad. Al salir evitó que Francisca entrara como una centella. La agarró por el cuello de la ropa y se la llevó con la promesa de darle unas fruslerías si dejaba a Caterina tranquila hasta la tarde.

Cuando Caterina se vio a solas se echó a llorar. Aquello la relajó y al mismo tiempo la sorprendió. Jamás había llorado sin un motivo justificado.

La vivienda poseía un zaguán que habría sido luminoso de no ser por la presencia de una enorme higuera de aspecto frágil y con tantas ramas que algunas habían crecido hacia abajo, como si desearan alfombrar el suelo. Caterina se negaba a que la cortaran, daba unos higos excelentes. Desde el zaguán se accedía a la planta superior y a un patio espacioso con paredes recubiertas de rosales. En él había una alberca rectangular bordeada de ladrillos con remates de loza verde. El resto del pavimento estaba revestido de pequeños cantos de río que cuando se mojaban tenían un brillo blanco y dorado. El surtidor era una pila de mármol encastrada en el suelo cuya agua llegaba desde un aljibe. A la derecha, el patio continuaba por un antepatio cubierto con tejas, haciendo recodo, que seguía por otro alargado y estrecho, abierto al cielo y adornado con rosales trepadores. Era la zona más fresca al estar orientada al norte.

Francisca se había sentado al lado de Juana, mirándola con ilusión. La bordadora, sentada en una estera, cosía con tela de sarga un vestidito para una muñeca. Sobre un banco lleno de almohadas, a la sombra de un rosal, cabeceaba Matilde. Una tortuga mordisqueaba la lechuga y las zanahorias que un sirviente había puesto en un rincón.

Caterina, después de haber dormido unas diez horas y de haberse dado un baño, contempló aquel cuadro con una mezcla de ternura y desdicha, arrepentida de lo dicho unas horas antes sobre sus sentimientos hacia Francisca; no estaba harta de ella. Así debían de ser los momentos más íntimos de una familia feliz.

Juana, al verla entrar, se levantó, hizo una reverencia y mantuvo la cabeza agachada. Francisca corrió hacia la condesa viuda y se abrazó a sus piernas. Matilde abrió los ojos y trató de levantarse lo más rápido que pudo, pero no era tan joven como para hacerlo en un abrir y cerrar de ojos. Preguntó a Caterina cómo se encontraba.

La condesa viuda se acercó hasta la fuente, se sentó en el borde del canal y metió los dedos en el agua. Jugó con ella, sin perder de vista a los pececillos rojos que iban y venían.

Los veranos anteriores, a esa misma hora, Caterina solía dar una vuelta por la almunia. Saludaba y comprobaba cómo habían transcurrido las estaciones. Luego se detenía más tiempo en casa de Julla para charlar con su madre. La mujer tenía unos treinta y cuatro años, pero el trabajo en el campo le había desgastado el cuerpo y la tez, había sido repudiada por su marido —poseedor de dos mujeres más fértiles— por darle solo una hembra y recolectaba la mejor miel de la comarca. Después pasaba por el criador de pájaros, hombre en la madurez que enseñaba los trucos de la crianza de aves a un hijo de su segunda esposa. Caterina le compraba verderones, jilgueros y pardillos que metía en pequeñas jaulas de madera y varas de junco para colgar en los muros del patio del caserón y del palacio de Vetonia. Pero esa tarde ya no le daba tiempo más que para hacer algunas visitas rápidas.

Detrás de Caterina salieron al patio un sirviente, que montó una mesa bajo los rosales, y una sarracena, que colocó un mantel de lino blanco. No tardaron en traer los alimentos: pan, dátiles, un cuenco con una sopa fría de calabacín, otro con encurtidos y otro con una perdiz escabechada. Caterina no dejó nada, lo acabó todo antes de que las avispas empezaran a molestar. Satisfecha, mandó que le trajeran el bordado que dejaba sin terminar en la almunia, año tras año. Entonces se acordó de la Turca. ¡Se había olvidado de la sastra! Preguntó dónde estaba.

—Ese despojo lo primero que hizo es acudir al poblado de los sarracenos —contestó enojada Matilde. —Estuvo varias horas ausente. No sé qué tramará, pero seguro que no es nada bueno. Y luego, cuando regresó, se dirigió a la cocina. Se ha hecho dueña y señora de ella. Ahora, si no me equivoco, está en la estancia adonde han llevado los arcones de telas

La dama ignoró las quejas de su dueña. Desde que Matilde supo que la Turca iría a Valdeblasco no había día que no refunfuñara. Se había mostrado contraria a esa decisión, considerándola un disparate que solo supondría un gasto monetario inútil y el detrimento de la buena reputación de la casa. La gente murmuraría por tener bajo su techo a una prostituta. Además, el esqueleto viviente le provocaba un temor irracional. Caterina, por supuesto, hizo oídos sordos a sus reparos y le recordaba que las beatas la habían sacado de la vida depravada que había llevado. ¿Quiénes eran ellas para juzgarla? Y Matilde se mordía la lengua por enésima vez.

Caterina decidió que antes de ponerse a bordar iría a ver cómo habían acomodado a Juana y a su madre.

En la estancia donde permanecerían las dos mujeres estaba la Turca. Sentada sobre una mesa baja, sobrehilaba el borde deshilachado de una falda. No se levantó al verla entrar. Ni siquiera alzó los ojos de la tela. En un lecho de paja, tan amplio como para que se acostaran dos personas adultas, dormía el pequeño Juan. Contra las paredes se habían colocado las arcas de viaje con el precioso cargamento que transportaban: telas, cintas, caireles, ribetes, pasamanerías e hilos, y en otra mesa más alta había un par de varas y pequeñas arquillas con tijeras, dedales, botones, agujas y alfileres. La estancia estaba en la segunda planta, con un ventanal amplio que se abría al norte, sobre un patio.

—Si necesitáis algo más, no dudéis en decírselo a doña Matilde —dijo Caterina, dirigiéndose a Juana, que la había seguido. —Recordad ambas que tenéis dos meses para hacer la saya.

Tras aquellas palabras, la Turca levantó los ojos. A Caterina le fue imposible interpretar lo que le decía esa mirada.

Juana, excitada, se había llevado las manos hasta el pecho, y notó que la camisa se empapaba de leche.

XXVII

Guillén había permanecido en el patio de la vivienda a la espera de noticias. Cuando le dijeron que Caterina estaba mejor y que se había quedado dormida, salió de la vivienda, montó en su caballo, no sin antes exigir que lo avisaran cuando la dama se levantara, y regresó al campamento levantado en una explanada a dos leguas de la almunia y próximo al río. Al poner al trote a su cabalgadura se elevó un polvo amarillento y un aire caliente y seco le golpeó el rostro.

Al llegar al campamento observó que unos cuantos hombres chapoteaban en el río. Otros pocos se secaban al sol o se vestían. Los que habían dejado el baño para más tarde se ocupaban de vigilar o de preparar la comida. Su palafrenero se adelantó para coger las riendas y un mozo colocó un escaño para que el vizconde bajara. Este dudó un instante. Junto al caserón, el poyete de ladrillo que encauzaba el agua de la acequia hacia el interior de la vivienda le había servido de ayuda, de ese modo nadie se había dado cuenta de que montar y desmontar del caballo le resultaba cada vez más dificultoso. Rechazó irritado el escaño y sintió un dolor agudo en las articulaciones de las rodillas cuando los pies tocaron suelo.

No pasó por su tienda, prefirió acercarse al río. Se desnudó, metió los pies y anduvo con precaución para no pisar las piedras que le podrían hacer resbalar. Se sentó en medio del caudal. Luego se echó hacia atrás tapándose la nariz y se sumergió completamente. Al incorporarse se sintió renovado. Empezó, entonces, a frotarse con puñados de arena para quitar la suciedad que se le había adherido a la piel. Uno de sus hombres le tendió un trozo de jabón

Un poco más abajo, donde cubría hasta medio muslo, varios donceles y veteranos se salpicaban o se hacían aguadillas. Nunca faltaba quien solía mantener la cabeza de algún desdichado más tiempo de lo aconsejable. Para cuando la presión cedía, surgía de las aguas una cara congestionada entre las risas de sus compañeros de batallas. Hombres curtidos, pero en los que persistía el envidiable espíritu infantil. Un poco más a lo lejos otro se dedicaba a cazar ranas que iba metiendo en un saco. Esa noche cenarían unas suculentas ancas de rana a la brasa.

Limpio y relajado, Guillén se dirigió a la orilla. Su fiel escudero entraba. El vizconde observó su andar ágil de hombre maduro al que todavía la juventud no había abandonado, y viendo aquel vientre duro, la espalda poderosa, las nalgas y las pantorrillas pétreas, los testículos firmes, admitió que su vigor estaba en declive. Fue a secarse bajo un fresno, pero un repentino escalofrío lo llevó a ponerse al sol.

Para que los pensamientos que le agobiaban no le martillearan la mente se entretuvo cazando las libélulas que revoloteaban y se posaban en las ramas o en los tallos que jalonaban el río. Por cada una que conseguía aplastar entre los dedos sentía que los músculos se relajaban. Ya seco fue a su tienda a echarse.

Con la llegada de la tarde se inquietó al no tener noticias de Caterina. Sin embargo, no mandó a nadie para que le informaran. En el campamento, las horas de ociosidad eran recibidas con gran regocijo. Algunos dormían, otros jugaban a los dados o a los naipes y otros charlaban sin más codicia que evocar a la familia o a la mujer que esperaba su vuelta.

Por fin, un centinela avistó a un muchacho moro. Caminaba a paso rápido, pero sin mostrarse apurado por llegar cuanto antes a su meta. Cuando fue interceptado dijo las palabras que el escudero de la condesa viuda le había obligado a memorizar. Algo así como que tenía que dar un mensaje para el señor vizconde. Delante de Guillén soltó la otra frase a medio memorizar: «La dama en pie. Ya come».

Al caer la noche, y en su alcoba, Caterina despidió a su criada, quien se llevó a una Francisca apenada porque quería dormir con ella.

La dama se metió en el lecho y ahuecó las almohadas. No tenía sueño, aunque de haberlo tenido habría hecho lo indecible para que este no la venciera. Fuera, el silencio era absoluto... bueno, no era verdad del todo, los ronquidos de fray Hernando de Simón se oían, aunque debilitados por las numerosas paredes que debía traspasar. Observó durante un rato la vela colocada a un lado de la cabecera. Luego se apoyó sobre el codo para incorporarse y se entretuvo observando cómo la llama, al soplarla con suavidad, oscilaba un breve momento hasta acabar inhiesta como la punta de una lanza. Al cuarto soplido oyó que la puerta, que había dejado a medio entornar, se abría. No preguntó quién era la persona que se atrevía a importunarla; desde carnavales había esperado, aunque no deseado, un nuevo encuentro. Sentimiento que la sorprendía. Desde que se separaron en la estancia oscura, el día que se puso de parto Conrada, se dio cuenta de que había tratado de rehuirlo.

Caterina echó a un lado la sábana cuando la luz de la vela iluminó a Guillén. Después, con tirones, se quitó los alfileres de la cofia y se despojó de ella. Sacudió la cabeza para que el cabello quedara más suelto sobre los hombros. Su amante se desnudó lo más rápido que pudo y se puso de rodillas sobre el lecho. Caterina, a su vez, se arrodilló, no sin cierta desgana, frente a él. Quedaron así durante un instante; Guillén a la espera de que fuera ella quien tomara la iniciativa, como hacía siempre. Pero tuvo que ser él quien comenzara y continuara con las caricias y los besos, mientras ella mantuvo un aire distraído. Al culminar se dio cuenta de que algo había fallado. Caterina no había abierto los labios, ni tan siquiera gemido. Desalentado, Guillén separó su vientre del de ella y se echó a un lado. ¿Qué había hecho mal? Le invadió la terrible sensación de estar viejo y acabado.

—Caterina...

La dama abrió los ojos, se giró perezosamente hacia él y, entre divertida y compasiva, lo abrazó. Lo tranquilizó diciendo que la culpa era de ella y que le dolían los senos, los notaba muy sensibles. Pero para no disgustarlo recorrió con los labios su cuello hasta llegar al abdomen. El vizconde, pues, volvió a intentarlo con mejores resultados.

Antes de que Guillén dejara la alcoba susurró al oído de la dama:

—Te amo, Caterina, te amo tanto que cometería una locura. No concibo mi vida sin ti.

Ella quiso decir lo mismo y, sin embargo, no pudo. Pensó en lo sensiblero que se había vuelto su amante. Y ella en cambio... Se quedó dormida antes de admitir que quizá ya no lo amaba.

Al cabo de unas horas se despertó con fuertes náuseas, aunque no llegó a vomitar. Desganada, permaneció en la cama más tiempo de lo que solía ser habitual en ella. De no ser por Matilde y por el hambre que tenía no se habría levantado. Francisca, que había acudido a la alcoba, saltó sobre el lecho. Se abrazó a una de las almohadas y la acunó. Caterina meditó la posibilidad de acoger a otra criatura. Por supuesto, sería otra niña y, por supuesto, recién nacida.

Se acercó a la ventana y oteó el horizonte, allí donde había estado el campamento de Guillén. Se alegró de su marcha. Exhaló despacio el aire de los pulmones y se preguntó el porqué de su alegría, sin encontrar una respuesta.

Para Juana, el uso de las tijeras estaba siendo una grata experiencia; el ruido que hacían al cortar los paños era música para sus oídos. La Turca la ayudaba en la tarea de hacer muestras y utilizaba a Francisca como modelo. La pequeña era un ejemplo de quietud; se dejaba, sin queja alguna, medir y probar una y otra vez. Así transcurrieron los días hasta que la bordadora remató la primera saya. La dama pidió que la niña anduviera por el patio con la prenda puesta, que se sentara en un cojín y se levantara. Caterina asintió satisfecha y miró a Juana con aprobación. Si bien la prenda era de las más fáciles de hacer, con unas nesgas insertadas a cada lado de la falda, para un aprendiz que nunca había cortado y cosido, el resultado era excelente. A no mucho tardar la muchacha conseguiría hacer sayas más complicadas.

Aquella noche Caterina durmió de un tirón. Desde hacía semanas se despertaba sin motivo alguno a altas horas de la madrugada y, para su desesperación, tardaba en coger el sueño. Sin embargo, a la mañana, con las primeras luces del alba, tuvo que levantarse a toda prisa, coger el bacín y vomitar. Examinó la bilis mezclada con la saliva y se frotó las sienes en busca de una respuesta. Entonces entró Matilde, se dirigió hacia la ventana con los postigos a medio entornar, la abrió de par en par y se acercó al lecho. La dama se limpiaba la boca con un pico de la sábana.

—¿Algo de la cena de ayer? —preguntó por preguntar, pues no había duda de que dentro del bacín no había alimento mal digerido—. Y la miró de tal modo a la cara que a Caterina le pareció de lo más insolente.

Le dio la bacinilla y se levantó con brusquedad, llevándose la sabana tras de sí. Caminó, como solía hacer cuando algo la ponía nerviosa, de un extremo al otro de la alcoba varias veces. Se apretó un puño contra el vientre. Por supuesto que se había dado cuenta del aumento de su redondez, pero lo había achacado a que en los últimos meses comía por demás. Sin embargo, estaba también la extrema sensibilidad de los pechos y ese cansancio inexplicable. Y la palidez y los vómitos matutinos.

El suspiro de Matilde, que la seguía con la mirada, fue elocuente.

—¡Es imposible! —gimió Caterina.

—No tanto. Es normal que tantas visitas del vizconde acaben por traer un regalito.

—¡No seas impertinente! Aquel médico judío afirmó que mis menstruos irregulares eran síntoma de infertilidad.

—¡Qué sabrán los hombres de las enfermedades de las mujeres, si esos médicos ni siquiera nos ven desnudas! Nos muestran un muñeco de cera y debemos señalar qué parte es la que nos duele. Nunca he confiado en sus charlatanerías.

La dama fue a sentarse en el lecho. Permaneció con expresión huraña durante unos minutos que a Matilde le parecieron eternos. Luego se tumbó y se encogió sobre las sábanas. Después del aborto del hijo de Guillén bebió agua de canela y se dio baños de vapor durante casi un año, como le había prescrito el galeno, para que el flujo del sangrado fuera regular, pero lo único que había conseguido era adelgazar.

—Sé que aquí hay una sarracena, entrada en años, que con palpar sabe si una mujer está preñada.

Para Caterina la palabra fue liberalizadora, aunque al mismo tiempo había sentido una fuerte angustia. Si estaba embarazada —la alegría salvaje que experimentaba la sobrecogió— el escándalo sería monumental. ¡No! ¡Imposible que llevara una criatura en su vientre! ¡No! ¡No podía llevar una criatura en su vientre! Pero, sí, sí, ¡quería llevar una criatura en su vientre!

Se incorporó y miró enfurecida a su dueña.

—¡Ese viejo estúpido! —dijo Caterina entre dientes.

—Ese viejo estúpido es el hombre al que le permites que te haga carantoñas.

—¡Ese viejo estúpido es...! —Y rompió a llorar.

Matilde meneó la cabeza. Iban a ser días tormentosos.

La sarracena que se presentó ante Caterina había tocado tantos virgos, úteros preñados o estériles y traído al mundo a tantos niños casi como años tenía. Entró secándose las manos en un paño, pues venía de arrancar ajos y cebollas de su huerto. La dama no la conocía. Debía de ser una viuda acogida por algún familiar.

La condesa viuda llevaba puestas una camisa y una cofia. Esperaba echada sobre la cama, mientras su dueña abría la celosía para que entrara más luz en la estancia. Cuando Caterina vio a la anciana pensó que los dedos de aquella mujer no entrarían en su vagina. Como la mayoría de las sarracenas de doncellez delgada, cuando empezaban a parir alcanzaban una gordura sana y fuerte. La vieja subió la camisa de Caterina hasta su vientre y le separó las rodillas. Primero hizo una observación minuciosa de los contornos de los genitales, lo que provocó que las nalgas dieran un respingo, luego metió los dedos. La otra mano la puso sobre el vientre y fue apretando hacia abajo. La manipulación duró el tiempo suficiente como para que Caterina pensara que el problema estaba en que el interior de sus entrañas era inalcanzable. Al retirar la mano, la vieja la metió en el lebrillo con agua que sujetaba Matilde. Se lavó y secó con mucha parsimonia en el paño que se había puesto sobre el hombro. Su rostro no decía nada, solo se esmeraba en que sus manos quedaran impolutas.

Las dos cristianas la miraban con desesperante inquietud.

—¡Mujer! ¿Qué es lo que tengo? —acució la dama en lengua sarracena. Y se incorporó como un felino dispuesto a devorar a una oveja.

—Nada que no se cure en nueve meses —rio la mujer—, y a vos os queda para sanar, si no me equivoco, unos cuatro.

Por fin se acabó la incertidumbre. Caterina se relajó y todo su cuerpo quedó flácido. No obstante, volvieron a activarse todos sus músculos con un nuevo pensamiento.

—¡Pero no tengo el vientre de una mujer de cuatro faltas!

—Hay mujeres que tardan en engordar. A veces, depende del tamaño de la criatura —dijo la sarracena, encogiéndose de hombros.

Matilde hizo salir a la mora. Luego tomó un escaño y se sentó a la cabecera de la cama. Esperó mientras se recolocaba la toca y alisaba sus puntas.

—¿Cómo lo ocultaremos? —preguntó Caterina con melodiosa placidez, como si la noticia recién confirmada fuera tan solo que se le había roto una uña—. En septiembre hay que volver a Vetonia, como hemos hecho cada año.

—Ya pensaremos más tarde en eso. Tenemos días para buscar una solución. Ahora lo importante es que vuestros hábitos alimenticios y de descanso se adapten a la nueva situación. Hay que pensar en la criatura.

—Sí... No quiero perderlo —susurró Caterina. En sus ojos se pudo ver un atisbo de emoción—. No quiero que me pase lo mismo que con el primero.

—Por de pronto, esa mujer ha dicho que estáis de cuatro faltas. La otra criatura apenas llegó a dos.

Unas lágrimas se acumularon en los ojos de Caterina y acabaron por resbalar. Con un gesto duro de las manos se secó el rostro con la sábana.

Cuando la dama apareció en el patio era la de siempre. Gruñó a Juana porque no estaba cosiendo, y dedicó una sonrisa melindrosa al clérigo, que acababa de llegar todo sudoroso de su visita a las viñas.

—Señora, habría que hacer un homenaje a la calidad del vino que se produce aquí —dijo fray Hernando de Simón—.

Cada año está más bueno. ¿Qué tendrán estas tierras para producir un néctar tan delicioso?

Caterina observó que traía una redoma de vidrio con vino rojo especiado con clavo, que lo levantaba hacia el cielo y lo examinaba al trasluz. ¡Le pareció que se lo llevaba a los labios! ¡El muy majadero bebía directamente del frasco! ¡Ah, no! Solo lo estaba oliendo. Luego sacó de la manga de su hábito una pequeña escudilla de loza, se sirvió y se la ofreció a Caterina. Esta aceptó sin ganas y, mientras tendía la mano para coger la escudilla, clavó los ojos en la pared blanca del fondo del patio. Se llevó la escudilla a la boca, tomó un trago y saboreó el líquido. Tenía razón el clérigo, el vino estaba muy bueno. Con el siguiente trago, y sin dejar de mirar la pared, sonrió. ¿Por qué no hacer un homenaje al buen vino que daban estas tierras? Se lo terminó y le devolvió la escudilla al clérigo. Luego pidió pluma y papel. Escribiría a su tío, necesitaba que Diomedes viniera a la almunia, tenía trabajo para él.

XXVIII

El mes de julio transcurría según marcaba la canícula. Cuando el calor apretaba, los lugares más sombríos de los pabellones eran los más concurridos. En las primeras horas de la mañana o al caer la tarde, la actividad era mayor, aunque desordenada, sin reglas ni órdenes estrictas. Caterina hacía la vista gorda, permitiendo que los sirvientes fueran de aquí para allá arrastrando los pies.

En esos momentos de obligada quietud se jugaba al ajedrez o a los bolos, aunque la mayoría prefería echar una cabezadita. Caterina dormitaba o jugaba al alquerque sobre un tablero de cuero, con unas piezas tan delgadas que los fuertes soplidos de Francisca hacían que estas salieran volando en cualquier dirección, quedando gotitas de saliva que oscurecían la piel hasta que se secaba. Y antes de que cayera la tarde, Caterina acudía al patio de los rosales donde escribía en su diario o leía uno de los libros que se había traído. Allí Matilde hacía encaje. Al acabar, salía a dar su paseo habitual con un moscadero de cola de caballo. Y lo hacía en compañía de la sarracena Julla, que llevaba un quitasol.

Los paseos se prologaban hasta caer el sol y solían alcanzar los viñedos. Al lado de la dama y de la sirvienta, a cierta distancia, iba siempre Gaspar. Eran tierras tranquilas, pero no se podía bajar la guardia, las alimañas de todo tipo no solían perder la oportunidad de cazar alguna presa. Gaspar a lo que más temía era a los animales de dos patas portando armas de acero de todo tipo y, en cambio, no despreciaba a los animales que carecían de patas. Cazaba las serpientes con gran agilidad y luego hacía un círculo con piedras para cocinarlas en un fuego hecho con ramas secas.

Las viñas crecían dentro de pequeñas parcelas dispuestas sobre franjas excavadas en un terreno aterrazado y abrupto. No eran muchas las cepas, pero su cuidado y dedicación estaban dando un vino excelente que poca gente mezclaba con agua. Ni siquiera se especiaba. Para Caterina, los sarmientos tenían tal belleza que cuando se arrancaban aquellos que habían dejado de dar fruto, los mandaba quemar en el patio posterior. El vino le traía recuerdos dulces y divertidos de su difunto marido.

Al regresar, Caterina pasaba por la cocina de la planta baja, con un pequeño hogar donde, a esas horas de la tarde, se preparaba el alimento que al día siguiente se tenía que cocinar a fuego lento. En las ollas, la sarracena removería en la lumbre el guiso con las plantas y hierbajos que había recogido el día anterior, recién salido el sol, y, con paciencia infinita, iría removiendo el alimento recitando versículos del Corán.

Diomedes llegó con la cara larga y el culo dolorido. Odiaba viajar, mucho más si tenía que hacerlo sin compañía conocida, pero la misiva de Caterina en la que le pedía que acudiera a la almunia para pintar unos frescos había sido un estimulante para su ego. Tuvo que pagar el alquiler de dos acémilas, una para él y otra para dos arcones. En uno iban las telas que la dama había encargado y en el otro arcón estaban sus aparejos de pintura. Y también había tenido que pagar a dos escoltas para que lo protegieran en el camino. Por supuesto, se negó a pernoctar en cualquier lugar que no tuviera cuatro paredes y un techo. Él, aun siendo un esclavo, merecía lo mejor, aunque no pudo evitar que le salieran ampollas, que terminaron por estallar, en el trasero y en las manos, de agarrarse con todas sus fuerzas a las riendas. Detestaba cualquier animal que se tuviera que montar. No confiaba en ellos.

Lo primero que hizo nada más llegar fue acudir a la estancia que le habían designado para dormir. Ya tendría tiempo de saludar a su ama. Antes tenían prioridad las partes del cuerpo que estaban en carne viva. La habitación era una de las peores de la almunia; demasiado pequeña y sin ventana por la que poder asomarse, tenía que utilizar un candil para iluminarse. Eso sí, era fresca. En un lebrillo grande para aposentar su trasero, pero sin que tocara el fondo, puso agua y sal, y otro más pequeño lo destinó para sus manos.

Mientras notaba el consiguiente alivio se dedicó a rememorar las veces que había estado allí, en Valdeblasco. Desde que su difunto amo la ganó en el juego de tablados, no había habido verano que no se reunieran los más valientes caballeros para celebrar torneos. Como estaba escrito en un libro de caballería: «El caballero debe cabalgar, justar, correr lanzas, ir armado, tomar parte en torneos, hacer tablas redondas, esgrimir, cazar ciervos, osos, jabalíes, leones, y las demás cosas semejantes a estas que son oficio de caballero, pues por todas estas cosas se acostumbran los caballeros a los hechos de armas y a mantener la orden de caballería». Y todo lo cumplía su amo salvo acudir a las batallas y someter a los infieles. Más relajado, apoyó la espalda contra la pared. Le gustó la sensación fresca de la cal sobre su piel. Olvidó los malos momentos pasados durante el viaje. Lo daba todo por bueno, incluidas las ampollas, si con ello revivía los buenos recuerdos del pasado.

Empezó a adormilarse, pero un vago pensamiento empezó a cosquillear su mente. Contrajo los músculos de la cara para aclarar las ideas. Nada. Dejó caer la barbilla sobre el pecho y afianzó el lebrillo donde tenía metidas las manos entre su estómago y las rodillas. Se echaría una cabezadita. De seguro, cuando estuviera descansado le vendría aquello que le cosquilleaba dentro de su cabeza. Unos minutos después levantó la cabeza de repente. ¡Ya lo sabía! La carta de Inés. La criada, cuando él ya estaba montado en la mula, se le acercó y le tendió un papel. Le pidió que se lo diera a Caterina. Él lo metió en la escarcela. Le daba en la nariz que Inés se sinceraba con la condesa viuda. Dejó el lebrillo en el suelo y se levantó. Se secó con cuidado y fue a sacar la carta. La dejó sobre su arca de viaje, se echó en el lecho y se quedó profundamente dormido.

Al despertar vio ante sí a Gaspar. Medio adormilado, quiso ponerse de pie, pero el escudero le hizo un gesto para que no se moviera.

— Diomedes, te debo una disculpa.

—No os entiendo, señor.

—Aquella tarde, cuando me vi en el fresco... —y le contó la impresión que le produjo verse allí retratado. Y lo mucho que le había gustado, y lo necio que había sido marchándose sin decirle nada, y no volviendo más a la sala.

El esclavo acabó por levantarse y, acercándose a Gaspar, le puso una mano en el hombro. Ambos se sonrieron.

Tras irse el escudero, lo primero que hizo, después de vestirse, fue ir a inspeccionar el muro donde pintaría las parras y las uvas que la condesa viuda le había pedido en su carta. La última vez que estuvo en aquel patio las enredaderas se lo comían. Y ahí seguían, pero secas. Y ahora que lo veía, la pared quedaba tan expuesta a la intemperie que lo que pintase allí sufriría los ataques del tiempo. No, él no pintaría en un lugar donde sus creaciones acabarían deterioradas.

Con las manos vendadas para dar más lástima a su ama, esperó a que esta lo llamara ante su presencia.

Caterina se hallaba en la sala grande. Era la estancia más amplia del edificio principal, con dos ventanas que daban al sureste. Allí había un estrado cubierto con esteras donde ella y Matilde se sentaban sobre cojines. También había una mesa de pequeñas dimensiones de cañamazo, un cofre forrado por fuera con cuero y con terciopelo rojo por dentro, dos sillas altas, una mesa y un arca. Eran muebles simples, de madera tosca, que carecían de ornamentos, salvo el arca, que estaba pintada con bandas azules y amarillas. Cuando Diomedes entró, Caterina dejaba su bordado dentro del cofre que contenía todo lo necesario para realizar esa ocupación y hacía una seña a Juana para que le enseñara la última prenda que había confeccionado, una faldilla interior de lino.

El griego observó a Juana y a la Turca, que también se hallaba presente. A la primera la miró con pena. Eran niñas destinadas a ser desgraciadas, sometidas al vaivén de los caprichos de hombres poderosos. La joven había dejado, allá en Vetonia, a un Jimeno que, melancólico, no dejaba de mirar entre suspiros el retrato de la doncella Elvira. La verdad es que las mujeres eran débiles de mente, pensó, salvo su ama, por supuesto. Caterina tendría que haber nacido hombre. En cuanto a la sastra, no sabía cómo calificarla. No habría dudado en señalarla como bruja y mandarla a la hoguera. Las miradas codiciosas que la Turca echaba sobre los tejidos que él había traído en los arcones lo ponían nervioso. Entre las telas estaba la que Caterina encargó al viejo moro, el maestro tejedor de Vetonia: un maravilloso brocado amarillo con hilos de seda negra y plata. Sí, él sería el primero en encender la pira bajo los pies de esa mujer de aspecto tan repugnante.

—¿Qué dices, Diomedes? —preguntó Caterina.

El griego se mostró sorprendido, no se había dado cuenta de que acababa de soltar un «sí» en voz alta.

—Nada, nada, mi ama, estaba pensando en los colores que usaré para la vid y ya lo tengo decidido.

—¿Qué te ha pasado en las manos? —preguntó entonces Caterina.

Diomedes puso cara compungida y le explicó cómo de terrible había sido el viaje y lo mucho que había sufrido cabalgando sobre una mula terca y estúpida.

—Pero ¿podrás pintar? —preguntó Caterina, alarmada ante la posibilidad de que sus paredes quedaran desnudas.

—Sí, sí, por supuesto, mi ama. Para mañana mis manos estarán como nuevas... o eso espero. Mi ama, yo venía a deciros que...

—Espera, Diomedes, no te vayas. Juana, ya te puedes ir, y piensa ahora en algo más complicado. Quizá sea el momento de que te atrevas con un pellote. Busca en el arca un paño ligero.

La muchacha asintió, con los ojos brillantes. Cada prenda que hacía, sin tener a su abuelo resoplando en su cogote, era para ella un reto, y se daba cuenta de que por ahora nada se le resistía. Que sus manos estaban hechas para confeccionar y coser vestidos, y no solo para bordar.

Cuando la alfayata se marchó, Caterina le pidió a Diomedes que se acercara hasta ella.

—¿Y bien? —preguntó la dama con recelo. De algún modo sabía que el griego se quejaría de que nada estaba a su gusto, siempre ponía pegas cuando comenzaba alguna obra.

—Mi ama, la pared que habéis elegido ¡está al aire libre! Todo lo que pinte ahí se acabará estropeando.

—Ya pensé en ello, Diomedes. He mandado que venga un alarife. La pared que elijas se cubrirá con un tejadillo.

—Ah. Bien. Eso me alivia, mi ama.

Contento, fue a frotarse las manos, pero las vendas le recordaron las dolorosas ampollas. Se inclinó y salió de la sala dispuesto a empezar a hacer bocetos. Al final el viaje no iba a ser infructuoso.

De camino a su aposento para darse otro baño de sal y vinagre en el trasero, oyó a Matilde que apremiaba a Juana a seguir con sus tareas. Se asomó por los barrotes de la galería. La muchacha tenía a su hijo en brazos. La criatura, para tener mes y medio, mostraba una robustez desmesurada. En ese momento pasó también Caterina, que se detuvo y se llevó las manos a los riñones, arqueando hacia atrás la espalda. Se acordó de la carta de Inés. Se la daría cuando hubiese aliviado sus dolores.

Los tres días siguientes, mientras llegaba el alarife, se discutió en qué pared del patio se iba a pintar y cuál sería el motivo. De lo que no había dudas es de que se pintaría una espléndida parra con sus racimos de uvas, pues era una exigencia de Caterina. Pero Diomedes quería representar a Dionisio, el dios griego del vino, lo que llevó fray Hernando de Simón a levantar la voz, bastante airado. Se imaginaba a un hombre desnudo, sensual y musculoso y con cara de sátiro. A Caterina le divirtió la idea. El dios de la fertilidad sería muy adecuado. Cuando las voces de Diomedes y el clérigo alcanzaron unos límites intolerables, se unió la de Caterina. Por supuesto, la voz de ella sobresalió por encima de las otras y sentenció que no se pintaría un dios griego, ni gordo, ni flaco, ni musculoso, se pintaría una ninfa portando una jarra de la que saldría un generoso chorro de vino tinto. Diomedes tuvo que aceptar, aunque se entristeció, ya que el alarife daba el perfil para el dios griego. El clérigo también aceptó, pero a regañadientes, aunque exigió que la ninfa llevara una túnica opaca.

El alarife, que esperaba entre paciente y asombrado, se subió las mangas y se sujetó el pico de la falda de la ropa en el cinturón para empezar a picar la pared, de ese modo no le estorbaría. Diomedes salió corriendo en busca de papel y carboncillo. Al regresar, se sentó en uno de los poyetes de piedra, puso una pierna encima de la otra y colocó la tablilla con el papel sobre la pierna cruzada. Suspiró viendo trabajar al alarife, ¡qué pena que no hubiera cuajado su idea de pintar al dios griego! Con trazos simples perfiló con el carboncillo los músculos de los brazos y las piernas del improvisado modelo. Sonrió pensando que a la ninfa la pondría de espaldas y sin túnica. Se dijo que pocos culos vería en aquel lugar que le pudieran servir de referencia para la pintura: las sarracenas no eran dadas a meterse en el río completamente desnudas y no poseían culos de ninfa. Tal vez el de Juana le sirviera. Tendría que esperar el momento en que ella y su madre fueran a refrescarse, algo que hacían antes de caer la tarde. Se acordó de que una vez vio el trasero de Inés. Fue una visión fugaz en la que un remolino de viento le levantó la camisa. Ella había enrojecido abochornada, pero los espectadores no habían podido evitar reírse. Y ahora que pensaba en Inés... todavía no le había dado su carta a Caterina.

Fue a su alcoba, tomó la misiva y buscó a la condesa viuda.

XXIX

Jimeno se probaba el nuevo jubón que le habían confeccionado en la sastrería del abuelo de Juana. Le quedaba impecable, bien ajustado a los brazos y a la espalda. El viejo, pese a estar casi ciego, había hecho un buen trabajo o, más bien, sus oficiales, pero eso le era indiferente. Esperaba que la nieta del sastre alcanzase la misma maestría y pudiera llegar a superarlo. Juana, su amada Juana, ¡si lo viera ahora mismo! ¡Lástima que estuviera a tantas leguas de Vetonia! Aquel oblato, escapado de un monasterio que ella había conocido hacía casi un año cubierto con un hábito de vulgar estameña, ahora vestía con lujo extraordinario. La delantera del jubón de seda iba bien abombada gracias a los tres lienzos de cañamazo rellenos de algodón y angeo. El tafetán no hacía ni una leve arruga. Era de un color azul brillante, al igual que la jaqueta. Enrico y un criado lo vestían ante el viejo sastre, que tenía que acercarse a un palmo de él para poder comprobar que cada prenda le iba como un guante. Jimeno se contempló en el espejo que el sirviente había colgado en la pared hacía unos pocos días. Al principio le dio reparo comprarse uno, la vanidad era pecado, pero al final, ante la insistencia de la condesa viuda, se decantó por uno con marco de plata dorada. Desde entonces, cual Narciso, se había olvidado de cuál era la pena de infierno para los vanidosos. Y ahora, mientras daba la espalda al espejo y giraba la cabeza para vérsela, se preguntó cómo había podido vivir sin uno. Gracias a él podía cerciorarse cada mañana de que no tenía algún grano en la cara, sobre todo en la nariz.

Cerrado casi el jubón, estiró el cuello y levantó la barbilla para que Enrico le abrochara el último botón, aunque el rígido collar que le envolvía la nuca apenas le dejó estirarlo un poco. Trató de que la nuez no se moviera demasiado hasta que quedó abrochado de arriba abajo. Después le pusieron la jaqueta, con más dificultad que el jubón. El viejo se acercó de nuevo y recolocó los hombros, la boca de las mangas y los bordes de los delanteros. Luego Enrico se dedicó con paciencia a abrochar los innumerables y pequeñísimos botones de hilo.

Jimeno volvió a contemplarse en el espejo tras pedirle al sirviente que lo descolgara y se alejara para poder verse de cuerpo entero. Las calzas y los zapatos rojos contrastaban con el azul. Intentó sentirse a disgusto. ¡Vestirse así, de aquel modo, con tanto lujo era, sin lugar a dudas, indecente! Pero... qué le iba a hacer, había sido invitado a comer en casa de la doncella Elvira y no tenía más remedio que dar buena impresión. Por su futura prometida era capaz de cualquier sacrificio. Hacía poco había podido rozar sus manos nacaradas y contemplado el inicio de unos senos que presagiaban que serían más blancos que las manos. Habían incluso hablado sobre diversos temas inanes y no se había aburrido. ¿Sería esto también signo de amor? Un amor distinto al que profesaba a Juana.

Se retocó el cabello antes de que el criado le pusiera el bonete. Luego le tendió dos collares, uno de cuentas de vidrio rojo y otro de plata, pero, instintivamente, los rechazó. Eso sí que era un exceso. ¡Ay, si le viera su padre! Estaría orgulloso de él. Jimeno, aceptando el consejo del vizconde, le había escrito una carta corta y directa sobre la doncella. De su afecto sincero por ella. Una semana después recibió la respuesta de su progenitor. Por su parte no había ningún inconveniente a su elección y añadía que había mandado una misiva a la familia de la doncella para pedirla en matrimonio. Aquello lo acongojó un poco, no supo el porqué, pues no dudaba de su amor por la joven, pero le pareció que su futuro se precipitaba cuesta abajo de forma vertiginosa. Hacía menos de un año que había huido del monasterio y no dudaba de que al año siguiente ya estaría desposado y a las puertas de celebrar la velación.

Quizá por eso había tenido la necesidad imperiosa de abandonar Vetonia, de poner distancia durante unos meses, pero volver a huir le pareció absurdo y una temeridad. De manera inconsciente se tocó el costado, ahí donde su hermano lo había golpeado con la vara, hacía casi un año, en aquella posada de Valencia. Y, además, ¿adónde iría? La vida en palacio era todo comodidad y ausencia de preocupaciones.

Fue hasta el patio donde le esperaba el caballo que iba a montar y el perro faldero de Caterina. Ovillo movió la cola e hizo algo insólito, no fue a mordisquear sus zapatos ni le ensordeció los oídos con sus estridentes ladridos. Y él hizo también algo insólito, se agachó y palmoteó la cabeza del animalillo.

Luego observó el cielo con nubes transparentes y con una luna menguante doblegada por el sol. El calor no lo sofocaría ni le haría sudar y manchar la camisa. Se olió. El perfume del pomar que llevaba cogido con una cadenita de plata por dentro de la jaqueta era agradable y discreto. Respiró hondo, complacido. Y palmeó con regocijo las ancas del caballo que le habían preparado. Era un animal de los de verdad, de cruz alta y musculosa, no como el que había estado montando hasta ayer mismo, para jinetes inexpertos, viejo y tan manso que apenas hacía falta usar las riendas. Cada tarde, desde hacía un mes, iba con un caballerizo al campo para ser instruido en el gobierno de tan nobles bestias. Y nadie podía negar que había sido un alumno aventajado. Mucho más que en el manejo de la espada. Saldría por la puerta principal, como si fuera un caballero. A fin de cuentas vestía como uno de ellos, solo le faltaba la espada y las espuelas de plata. El palafrenero sujetó al equino hasta que montó en él. Cuando el criado soltó el freno a Jimeno le dio vértigo, pero se tranquilizó al comprobar que no le había hecho ningún extraño. Chasqueó un par de veces la lengua al tiempo que golpeaba con los talones los flancos del caballo. Este obedeció a la primera. ¡Bien! El animal se comportaba de maravilla. Estiró el cuerpo, bien orgulloso de la imagen que daría ante los ciudadanos con los que se fuera a cruzar. Enrico fue tras él.

Al salir de palacio, el jinete pasó al lado de Blanca e Inés, momento en el que las dos mujeres tuvieron que pegarse a la pared. El animal, sin avisar, había comenzado a tomar sus propias decisiones y el muchacho no conseguía que fuera por el centro de la calle. Para mayor angustia, también había tomado la decisión de trotar. Enrico tuvo que aligerar el paso para alcanzarlos.

Blanca e Inés vieron alejarse a Jimeno y no pudieron evitar reírse de él por lo bajo. El joven se balanceaba de un lado a otro a causa de las sacudidas que le propinaba su montura y peligraba la posición del bonete, que se le desplazó hacia delante. Las dos mujeres siguieron su camino hacia la plaza de los Caños. Las acompañaba un esclavo.

Ese día de cada mes llegaban a la ciudad comerciantes extranjeros, algunos de ellos con mercancías exóticas. Gentes de Vetonia y de los alrededores acudían bien temprano para hacer sus compras, pero a aquella hora muchos de los productos ya se habían agotado. Inés esperaba que no se hubiera marchado un vendedor que traía artículos que provenían de la India para hacer ungüentos. Era tan caro que permanecía en su puesto ambulante hasta bien entrada la tarde.

Las dos mujeres se cogían de la mano cuando entraban en las calles más concurridas, lo que a veces resultaba incómodo si tenían que esquivar, por ejemplo, a un anciano de paso renqueante o a una mujer cargada con bultos. Si algún obstáculo las obligaba a separarse no tardaban en volver a agarrarse como si les fuera la vida en ello. El esclavo, andando siempre detrás, no las perdía de vista, y no dudaba en empujar o hacer aspavientos a mendigos o chiquillos molestos para que se apartaran. Cuando pasaban por delante de una iglesia o de un convento daban una moneda, guardada en un pañuelo dentro de una manga, al mendigo que estuviera en la puerta, como acto de caridad y la esperanza de pasar menos tiempo en el purgatorio. La mayoría de esos mendigos eran viejos conocidos, pero cuando veían a uno nuevo recelaban, pues habían oído que no era raro que gente menesterosa se pusiera harapos, se ensuciara manos y cara e, incluso, fingiera con maquillaje heridas, tumores y quistes.

Pasaron, casi sin mirar para no caer en la tentación, por los puestos de madera metidos en estrechos nichos con los mostradores y poyos repletos de bagatelas o género de mayor calidad. Al final, Blanca se detuvo en uno donde se compró unos zarcillos. Inés sabía para quién se los iba a poner.

Desde lejos se escuchaba el barullo que provenía de la plaza. Y entrando en ella lo primero que vieron fue a los volatineros y malabaristas rodeados de chiquillería y no pocos adultos que los miraban con la boca abierta.

Inés tiró de Blanca para ir a buscar al vendedor de productos de la India, pero Blanca quería acercarse a la especiería situada en la otra esquina de la plaza, al comienzo de una de las callejuelas que llevaba hacía el alcázar. Decidieron separarse, para desesperación del esclavo, y quedar donde un saltimbanqui apoyado en una pértiga se colocaba cabeza abajo y flexionaba y estiraba las piernas.

Inés, después de que Diomedes la sorprendiera en los aposentos privados de la dama, se había propuesto recopilar recetas destinadas a embellecer el cuerpo. Buscaba la sabiduría de las ancianas, sonsacaba sus secretos y preguntaba a Jimeno sobre sus saberes monásticos. Cada receta memorizada la escribía en unos cuadernillos que ella misma había cosido con hilos de seda. Un regalo para la condesa viuda, con la esperanza de conseguir su benevolencia.

La primera en llegar al punto de reunión fue Inés. El esclavo miraba a un malabarista tirar al aire tres pelotas haciéndolas pasar de una mano a otra a una velocidad increíble. Como el resto de los espectadores, estaba con la boca abierta.

Al cabo de un rato, aburrida de esperar, se dirigió hacia la especiería. Pero a los pocos pasos de llegar, vio a Blanca en un puesto donde una mujer entrada en años mostraba sus productos olorosos dentro de pequeños cestos puestos en desorden directamente sobre el suelo. Era tal el olor, entre agrio y picante, que casi tuvo que taparse la nariz. Blanca pagaba a la mujer un artículo que le había envuelto en un lienzo. Inés sabía que aquella mujer, además de vender especias, flores y hierbas, también vendía plantas de uso poco aconsejable. Y nadie dudaba de que era alcahueta y tan embaucadora como los charlatanes y sacamuelas que estaban de paso. Hacía tiempo que ella misma le había comprado, apurada por las prisas y al tenerla de paso, alcachofera de gato con la que hacía un unto para quitar pecas y granos, dejando la piel más suave que otros ungüentos.

Cuando Blanca vio que se acercaba Inés, se sobresaltó, sobreponiéndose al instante. Metió el paquetito dentro de la faldriquera. Una vez a su lado le preguntó si había hecho su compra.

Inés le dijo que sí, intentando disimular con una sonrisa despreocupada el abatimiento que la embargaba. Acababa de desprenderse de su anillo de oro adornado con una amatista, herencia de su madre, para poder pagar la algalia del gato de la India y el almizcle, sustancias con las que quería hacer un perfume con ámbar. Un regalo que ofrecería a la condesa viuda. Para que Blanca no notara su tristeza la regañó con un tono de voz maternal por tratar con aquella mujer con fama de hechicera. Se sabía que rehacía virgos. Blanca se echó a reír, solo le había comprado artemisa porque notaba un poco de pesadez en el estómago.

Antes de salir de la plaza fueron a buscar al esclavo. El hombre observaba embobado las contorsiones, al ritmo de una cítara, de una mujer joven que lucía unas prendas muy ceñidas al cuerpo, con un cinturón tan largo que llegaba hasta el suelo y con mangas amplias y ligeras que al moverlas parecían las alas de una mariposa. Inés le tocó un hombro para avisarlo de que ya habían terminado. Era llamativo que al esclavo le siguiese cautivando la misma función todos los meses. Llevaban años sin que los titiriteros introdujeran novedades.

XXX

Conrada permanecía recostada entre almohadones. Desde que nacieron los niños no se levantaba de la cama hasta la hora de comer. A los pies del lecho, sentadas sobre unos cojines, dos amas de cría daban de mamar a los gemelos. El más escuchimizado tomaba la leche de la nodriza sin distraerse, mientras su hermano no dejaba de jugar con el pezón de la suya y gorjeaba cuando la mujer lo regañaba.

La vizcondesa hacía un listado de todo lo que quería llevarse a la almunia. Le había llegado la noticia de un brote de fiebres catarrales y se sentía en la obligación de acudir junto a Caterina para cerciorarse de que se encontraba fuera de peligro. Unas criadas obedecían metiendo o sacando de un arcón de viaje lo que su señora mandaba.

Guillén irrumpió en la alcoba hecho una furia. Acaba de enterarse de los planes de su mujer y le gritó que ella no iría a ninguna parte, al tiempo que arrancaba las prendas de las manos de las criadas. Tras su vuelta de Valdeblasco había llenado el tiempo acudiendo a sus propiedades y permaneció más días de los necesarios para interesarse por los rendimientos agrícolas, escuchar las quejas de los vecinos y solazarse en las fiestas de estío. Pronto sería la Asunción de María y se correrían toros.

La vizcondesa hizo un puchero: no podía dejar a su suerte a Caterina. ¿Qué tipo de amiga sería? Guillén le dijo que el marqués iba a acudir al lado de su sobrina como caballero, como hombre y como pariente.

Miró las prendas que tenía en las manos, extrañado. Se las devolvió a una criada, se acercó al lecho, se sentó en él y tomó la mano de su mujer. La acarició e incluso se la llevó a los labios. Con palabras dulces alabó que hubiera pensado en ir en ayuda de la condesa viuda, pero le prohibió que fuera, los gemelos la necesitaban, y si, como había dicho la comadrona, estaba otra vez embarazada, el viaje sería contraproducente. Guillén apretó aún más la mano de su esposa contra sus labios. Aun así, Conrada no cedió. Siguió insistiendo en que debía acudir.

—Tardaríamos días y, para cuando llegásemos, Caterina ya estará restablecida. Si necesita ayuda inmediata es necesario un buen caballo y no hacer paradas y, aun así, se tardaría en llegar unas tres jornadas. Escríbele, querida esposa, una carta para darle ánimos. Mandaré a dos de mis hombres en nuestro nombre. Eso confortará a Caterina. Estoy seguro.

La vizcondesa acabó entrando en razón. Guillén dio un par de palmaditas a la mano, la dejó donde la había cogido y fue en busca del escritorio portátil. Una vez sellada la carta, el vizconde quedó un rato pensativo.

—Amada esposa, he resuelto que iré yo mismo. Mi caballo es el más veloz y aún soy un excelente jinete. Si saliera ahora mismo, seguro que llego en dos días.

A Conrada se le llenaron los ojos de lágrimas. Guillén sintió una punzada de remordimiento, pero se le pasó cuando dejó la estancia.

Después de dar las órdenes pertinentes para que ensillaran los caballos y llenaran de comida las talegas y las cebaderas, y después de cambiarse el sayo por ropas de cabalgar, Guillén partió con cuatro escuderos hacia la almunia. Apenas se detuvieron, salvo para comer y pasar las noches en alguna posada. Los caballos llegaron exhaustos. El vizconde también, con dolores por todo el cuerpo. Las piernas le flaquearon al bajar de su montura, pero sacó fuerzas para subir corriendo las escaleras que conducían a la planta superior. No encontró a nadie que lo retuviera. Abrió la puerta sin llamar. Se quedó parado entre las jambas.

Caterina giró la cabeza hacia el origen del ruido. Al descubrir quién entraba abrió tanto la boca como los ojos con estupor. No había escuchado la llegada de los caballos y nadie le había anunciado la llegada de Guillén. Tenía los brazos levantados en posición de cruz mientras Juana le tomaba medidas con un cordel con numerosos nudos. La camisa que llevaba puesta se le ajustaba al cuerpo, moldeando los contornos del vientre. Guillén conocía muy bien las curvas de su amada y dos meses antes aquella curva en concreto no era tan abultada.

—¿Caterina…?

Juana dejó lo que estaba haciendo y dio dos pasos hacia atrás.

—Sigue, no te pares —la reprendió la dama con voz helada.

La muchacha obedeció, aunque sus manos empezaron a temblar. Nunca le había gustado el vizconde. Lo detestaba desde aquel día que la sacó casi a la fuerza de la casa de su protectora, convencida de que acabaría por violentarla.

—Y, señor vizconde, le agradecería que saliera de mi alcoba —le dijo Caterina.

Guillén no se movió. No apartaba la vista del vientre, sorprendido y avergonzado. Pero desde lo más hondo de su pecho le subió hasta el rostro tal indignación que sintió la necesidad de gritar, pidiéndole una explicación.

—Obedeced, vizconde, por favor —suplicó la dama.

¡Era tan raro que ella le rogara!

El hombre giró sobre sus talones, salió y cerró la puerta tras de sí. Se apoyó en ella para calmar el furor. ¿Por qué no le había dicho nada? ¿Por qué? Dio un golpe contra la pared con el puño y se alejó. A medio tramo de la escalera se encontró con Matilde, que subía. Se detuvo, pero ella siguió ascendiendo. Pasó por su lado sin decirle nada.

En el patio se dejó caer en una silla. La fuente estaba quieta y por el empedrado correteó una lagartija, que alcanzó la pared del fondo. Trepó y a medio camino se metió en una grieta.

Una mujer entrada en carnes, envuelta en su almalafa, se acercó con una jarra de agua y un vaso. Guillén apretó los dientes y para descargar su rabia propinó un manotazo al vaso, que salió despedido. El ruido que produjo al golpear el suelo fue largo y sonoro al deslizarse sobre las piedras. El agua derramada quedó aprisionada entre las juntas de las piedras. El hombre, que había seguido el rodar del vaso, al levantar los ojos vio a Julla, que delante de él mantenía la cabeza agachada y las manos cruzadas sobre la falda. Esperaba a que le diera permiso para hablar. Mientras, la mujer de la almalafa había recogido el vaso y había ido a por otro.

El vizconde preguntó a Julla qué es lo que quería, sin que en su voz se notara la preocupación que sentía. Esta le dijo que la condesa viuda lo esperaba en su alcoba.

Guillén se levantó con dificultad al tiempo que un fuerte escalofrío le sacudió el cuerpo. Notó que tenía la camisa pegada a la piel y la boca espesa. Mandó a la morisca de la almalafa que le diera agua. La mujer llenó el vaso y se lo tendió. Él bebió muy despacio, intentando analizar qué le pasaba; nunca había estado enfermo. Al terminar, se encaminó hacia los aposentos de Caterina.

Los rayos del sol se filtraban por una celosía y en un pebetero se consumía lavanda. El aire de la alcoba era ligero y fresco. Su amante estaba recostada en la cama, rodeada de cojines. Guillén tuvo que parpadear varias veces seguidas. Estaba hermosa, pero lo impresionó la extrema palidez de su rostro. La dueña de la condesa viuda pasó a su lado al salir por la puerta sin rozarlo ni mirarlo.

—Da gracias a Dios, o al santo que prefieras, de que no hay nadie aquí que nos pueda comprometer. —Las palabras de Caterina sonaron tranquilas, aunque con cierta sorna.

El vizconde no contestó. Llegó hasta la cama y separó algunos cojines que custodiaban el vientre de su amante. Lo tocó con la punta de los dedos.

—Nacerá en octubre —dijo Caterina.

Guillén acabó por sentarse en el lecho, dándole la espalda. Cerró los ojos y respiró como si le faltara aire.

La dama se incorporó para colocarse detrás de él, apoyando la barbilla en uno de sus hombros. Él notó en su espalda los hinchados pechos femeninos, y el vientre, sobre todo el vientre. Las manos de su amante empezaron a desabrocharle el sayo.

—Estás completamente empapado y hueles a caballo. Tendrías que haberte cambiado de ropa, y lavado.

Caterina bajó de la cama y terminó de desnudar al hombre. Este, como si fuera un niño, se dejó hacer. Caterina se quitó su camisa y se la fue pasando despacio por aquel cuerpo extenuado. Se fijó en el vello blanco, hasta el bigote y la barba caneaban. El vizconde trató de abrazarla. La dama lo rechazó pretextando un dolor de cabeza.

Todavía echado sobre la cama, Guillén escuchaba la respiración pausada de su amante y tenía la mirada fija en el techo. Había aceptado a regañadientes que lo hubiera rechazado, y al final ambos se habían adormecido. O, al menos, él había tratado de dormir durante el tiempo en el que los rayos del sol fueron barriendo el muro de enfrente hasta posarse a los pies del lecho. Desde el pebetero todavía se extendía el olor dulce del estoraque.

No hablaron del futuro, no lo habían hecho nunca. ¿Para qué? Estaba seguro de que Caterina nunca lo pondría entre la espada y la pared. Cierto era que la llegada de un hijo ilegítimo provocaría algunos cambios, dudas, sinsabores. Un fruto del pecado ante los ojos de los hombres y de Dios. ¡Qué raro que ahora pensara en Él! ¡Qué pensara en ese pecado! Giró la cabeza hacia su amante. Esta estaba de lado, dándole la espalda, sus hombros blancos asomando por debajo de la sábana. Los cabellos rubios alborotados sobre la almohada. Se preguntó si tendría los ojos abiertos o cerrados. Tendió la mano para tocarla, aunque la retiró al momento. Necesitaba saber qué planes tenía ella, cómo iba a resolver la situación. Estaban a leguas de Vetonia, pero en la almunia había ojos que podían hablar, como los de la dueña, la confidente de la que no había nada que temer. Y ojos peligrosos como los del escudero, los de la bordadora y su madre, o los del mismo clérigo. No, no le preguntaría nada. Ella tendría que ser la primera en plantear qué hacer, cómo solucionar aquel pecado. Tenía que ser ella quien le tranquilizara a él. Se sintió viejo, muy viejo. Más que nunca.

Al fin dejó el lecho. El sol, tamizado en cuadrículas, se había desplazado hasta el suelo. Se asomó a la ventana y curioseó a través de uno de los agujeros. Fuera se veía, muy a lo lejos, donde el valle se ensanchaba, la ladera opuesta a la vaguada, el encinar y una de las revueltas de un arroyo. Debajo de una higuera estaba Francisca. Jugaba con unos cacharritos de barro cocido, elaborando alimentos con agua y tierra. También vio a Diomedes. El griego, sentado en cuclillas, charlaba con dos sarracenos y saboreaba con lentitud agua de cebada en unos pequeños cuencos de madera. Uno de los sarracenos espantaba las moscas con el movimiento pausado de unas crines de mulo que iban sujetas al extremo de un palo. Otro rellenaba con *hashísh* la cazoleta de una pipa.

A escasa distancia distinguió la silueta de fray Hernando de Simón con un sombrero de paja, un libro de cinto sujeto al cinturón y un paternóster balanceándose entre los dedos de su mano derecha. Andaba sin prisas. Guillén pensó en cómo la vida continuaba plácidamente, indiferente al problema que se le había venido encima, cuando tendría que ser todo un caos, tal como lo que estaba sintiendo en ese momento. Por unos instantes se enfureció contra Caterina. Hacerle el amor sabiendo que no se quedaría preñada había sido garantía de tranquilidad. Amarla sin consecuencias. Pero no podía negar que en más de una ocasión había deseado hacerle un hijo. El hijo que sellaría la posesión de cuerpo y alma de él sobre ella. Caterina era una mujer independiente, libre para tomar decisiones. Libre para abandonarlo. En dos ocasiones lo había amenazado con dejarlo, sin ninguna razón aparente, por puro capricho.

Dejó la ventana y se acercó a la cama. Caterina se había puesto boca arriba y tenía los ojos abiertos. Se los cubría con un brazo.

—¿Qué harás? —quiso saber Guillén mientras empezaba a vestirse.

—¿Cómo? —preguntó la dama después de un largo silencio.

Caterina bajó el brazo y, apoyándose en el codo, se incorporó un poco, lo suficiente para contemplar los esfuerzos de su amante para unir las calzas a la camisa. El cabello le caía revuelto sobre los hombros.

—No podrás quedarte aquí hasta que des a luz. La gente hará preguntas. —Le dijo el vizconde.

—Volveré antes de que vengan los fríos. Por eso no te preocupes. Por ahora tengo la excusa de Diomedes.

Ante la extrañeza de Guillén, Caterina le comentó que quería que el eunuco pintara la capilla, aunque todavía no tenía claro qué motivo. Estaba cansada de crucifixiones, vírgenes y santos.

—¿Qué otra cosa le puede ir a un oratorio? ¿El nacimiento de un niño? —preguntó Guillén, burlón.

Los labios de Caterina formaron una mueca de hartazgo. Bajó del lecho y se acercó al arcón donde guardaba la ropa. Levantó la tapa y buscó una camisa. Guillén no dejaba de mirarla. Su trasero, los pechos casi tocando el vientre abultado, mientras inclinada, buscaba la prenda. Estuvo a punto de quitarse él la suya e ir a por ella, pero de nuevo notó que lo invadía un fuerte cansancio. Siguió vistiéndose.

Guillén cerró la puerta y se dirigió hacia las escaleras. Encontró sentada a una adolescente sarracena en el primer escalón. Le dijo que llamara a la dueña de la condesa viuda. La muchacha salió disparada, elevando la falda y mostrando los muslos delgados y morenos.

El vizconde bajó con la sensación de que nada iba a ser lo mismo entre su amante y él. También le pareció que su cuerpo le decía que algo no marchaba bien. No se le pasaba ese malestar que lo inquietaba desde su llegada. Se dirigió al patio de la alberca. Antes vio pasar al eunuco, que parecía venir del gallinero. Llevaba huevos y varios artilugios de los que usaba para pintar. Guillén nunca había hablado con él, ni siquiera para preguntarle sobre su trabajo. Esas cosas no le interesaban. Ambos se saludaron. Más bien lo saludó Diomedes con una ligera inclinación de cabeza. Guillén se mostró circunspecto mientras levantaba una ceja. Lo siguió con la mirada. El griego iba hacia la capilla.

Guillén, sin detenerse, siguió su camino hacia el patio principal. Con alivio, comprobó que no había nadie. El olor dulzón de la higuera que adornaba el zaguán era tan intenso que se expandía a todo alrededor. Los higos maduraban y varias perlas límpidas y pegajosas, como gotas de miel, colgaban de algunos de ellos. Respiró hondo un par de veces. Se llevó la mano a la altura del riñón izquierdo. Un dolor sordo empezó a fustigarle en esa zona. Tomó un poco de agua y se la echó por la nuca. No sintió alivio. Se sentó en el borde de la fuente y se inclinó hacia delante, los codos sobre los muslos, la cabeza entre las manos. Se apretó las sienes.

—Señor vizconde, ¿os ocurre algo?

La voz del clérigo lo obligó a incorporarse. El dolor a la altura del riñón se acentuó.

—No, fray Hernando, ¿qué le hace pensar que me ocurre algo?

El clérigo se acercó al vizconde sin dejar de observarle con interés. Chasqueó la lengua y jugueteó con el paternóster que colgaba de su muñeca.

—Su postura abatida... Su extremada palidez —dijo el clérigo.

Guillén se incorporó, echó pecho y medio sonrió. Luego se pasó un dedo por el bigote, temiendo que lo tuviera despeinado.

—El viaje. No soy un hombre joven —suavizó la voz, como para quitarle importancia.

El clérigo asintió, aceptando que la vejez bien podía provocar aquella palidez cadavérica.

—Por cierto, señor vizconde, me gustaría hablar con vos... en privado.

Extendió el brazo con la palma de la mano abierta para indicarle el camino de su aposento. A Guillén le extrañó aquella petición, sabía que el clérigo era conocedor de que él era un hombre poco dado a acudir a la iglesia. Ambos se respetaban, pero no se tenían mucha simpatía. Se levantó haciendo un esfuerzo para que su cara no mostrara que el dolor en la parte baja de la espalda se intensificaba. Le hizo una señal a fray Hernando de Simón para que fuera delante.

La capilla quedaba a la izquierda según se entraba al zaguán. Se accedía a ella por una puerta baja y estrecha. Era de pequeñas dimensiones y las paredes y el mismo altar eran de piedra. Un enorme cristo agonizante de nogal colgaba del muro delantero. En el lado opuesto al altar, detrás de un cancel de madera, se accedía al aposento del clérigo. Por el suelo había varias esteras de cañizo.

Cuando entraron en la capilla, Diomedes terminaba de aplicar a un trozo de pared, que había sido picado el día anterior, la cal fresca.

El habitáculo donde dormía el sacerdote era pequeño, con un estrecho tragaluz por el que apenas se colaba el sol, con tres muebles y al que no le faltaba una jarrita y su vaso. El aire olía a vino. Fray Hernando de Simón le ofreció la única silla que había. Guillén se sentó, su oponente se mantuvo de pie, mientras que los escasos rayos del sol le iluminaban el perfil. Al vizconde no le habría extrañado nada que el hombre hubiese alzado los brazos hacia el techo y hubiese anunciado que acabaría en el infierno por sus muchos pecados. Pero el clérigo chascó la lengua y se sentó en el borde del duro camastro que usaba como lecho. Tras sentarse se recolocó la sotana, tamborileó los dedos sobre sus rodillas y abrió la boca. Luego la cerró, se levantó, fue a la mesita, tomó la jarra y, al darse cuenta de que debía ofrecer vino a su invitado y no tenía otro vaso, dejó la jarrita y volvió a sentarse en el camastro y a recolocarse la sotana.

—¿Y bien, fray Hernando? —Guillén, impaciente e irritado, se había levantado con brusquedad. La silla se desplazó unas pulgadas, produciendo un ruido seco. El clérigo también se puso de pie, asustado ante aquella conducta inesperada. Pero pasado el desconcierto, retomó la situación.

—Sé que Caterina espera un hijo de vos —lo dijo así, sin más.

—¿Cómo dice? —Guillén, sorprendido, se dejó caer en la silla. Los ojos se le achicaron al hacer la pregunta, y juntó las manos como si fuera a rezar.

—Sé que son amantes desde hace mucho y... No, no me miréis así, ni os mostréis tan ofendido. He visto con estos ojos... pero bueno, eso no viene al caso... o sí viene, pero lo importante es que en las circunstancias en las que se encuentra Caterina me he sentido en la obligación de decíroslo.

Guillén dirigió la mirada hacia el techo, ese techo que justo era el suelo de la alcoba de Caterina. Resignado, bajó la cabeza y ocultó el rostro entre sus manos.

—¿Quiere la confesión de mi pecado?

—No estaría de más, el infierno no es un lugar agradable, pero por ahora me conformaré con saber qué vais a hacer.

Guillén no lo sabía. Movió la cabeza, pesaroso.

—¿Y bien? —El clérigo no lo iba a soltar.

—De nacer, no podré reconocer a la criatura.

—¡Claro que no! Me refiero a cómo vais a ayudar a la condesa viuda. Un mes más y será notorio. —Movió las manos desde debajo del pecho hasta las ingles, como si tuviera una barriga enorme—. Y tiene que volver a la ciudad. Si se queda aquí dará de qué hablar.

—Déjeme que hable con ella. No haré nada sin su consentimiento.

Fue en ese momento cuando a Guillén le sobrevino un dolor indescriptible, la cara se le desencajó, se dobló sobre sí mismo y soltó un gemido largo y desgarrador.

Diomedes oyó un bramido. Detuvo el pincel a media pulgada de la pared. Le pareció haber oído un sonido extraño, como el rugido que haría un ser mitológico que estuviera encerrado más allá de las profundidades de la bodega. El sonido no se repitió. Dudó si salir al patio a ver qué pasaba. Si dejaba de pintar tendría que volver a picar el yeso y, por tanto, tendría que volver a empezar todo el proceso, así que, con un leve encogimiento de hombros, siguió con su trabajo. Pero la voz del clérigo, que había abierto la puerta de su aposento, pidiendo ayuda a gritos, le hizo dejar el pincel.

Al ver al vizconde medio incorporado, echado el torso hacia adelante y con una mano agarrándose el riñón izquierdo, no tuvo dudas de que estaba sufriendo el llamado mal de piedra.

Guillén, con paso lento y temeroso de que lo viera alguien en aquella situación tan poco digna, custodiado por los dos únicos testigos de su desgracia, llegó hasta la alcoba que se le asignaba cada vez que iba a la almunia. Antes de derrumbarse sobre la cama, mandó a Diomedes que llamara a su escudero, luego se encogió, intentando encontrar algo de alivio, pero al instante se tuvo que levantar. Empezó a recorrer en círculo el cuarto, parándose entre jadeo y jadeo.

Diomedes se asomó por la barandilla de la galería, Julla atravesaba el patio en dirección a la cocina. Le dio la orden, apremiándola. La sarracena, que le temía, echó casi a correr.

Cuando el griego regresó al aposento del enfermo, el clérigo le ordenó que sacara el bacín de debajo de la cama. Luego, con toda delicadeza, le pidió al vizconde que orinara en él, al tiempo que levantaba la tapa del recipiente. Guillén resopló, se irguió todo lo que el dolor le dejaba y dio permiso al esclavo para que le levantara el borde de la falda y le bajara las calzas y las bragas. El vizconde apenas pudo orinar unas pocas gotas y blasfemó por cada gota que salía de su cuerpo, ante la mirada impasible del clérigo, quien pidió al Señor que lo perdonara porque no sabía lo que decía.

El griego pasó el bacín a fray Hernando de Simón. Había sangre. Se mordió el labio inferior, al tiempo que torcía la boca, antes de dar la mala noticia:

—El señor vizconde tiene la enfermedad de la piedra —dijo el clérigo, sin ocultar la gravedad de la situación—. No entiendo mucho de cómo se ha de curar, pero leí en mis tiempos de estudio en el monasterio que se aconseja saltar escalones irregulares o montar en una mula coja.

En eso entró el escudero del vizconde. Le pareció estar viendo a una parturienta en las horas antes del alumbramiento. Guillén, tras varios jadeos y un sollozo, vomitó en el bacín, que todavía mantenía en alto Diomedes.

El escudero ayudó a su señor a desnudarse. El clérigo salió entonces, en dirección a la planta baja. Pero antes Guillén le pidió que dijera a Caterina que no acudiera a su lado, se lo prohibía terminantemente, y ordenó que echase el cerrojo. La conocía demasiado bien. Le era insoportable que ella pudiera verlo así, en aquel estado. Retorciéndose como un gusano. Él mismo se avergonzaba de sus propios aullidos. Ni con heridas abiertas y sangrantes había gritado como lo hacía en aquellos momentos.

Una vez abajo, fray Hernando de Simón mandó a Julla en busca de la sanadora y, junto con Diomedes y algunas sarracenas, salió a recoger malvas, ortigas, mentas y tréboles para elaborar los pertinentes remedios con los que deshacer la piedra de los riñones.

XXXI

El sol llevaba varias horas castigando al animal y al jinete que se acercaban a Valdeblasco. El hombre se deslizó de la montura hasta el suelo y se sacudió el polvo antes de entrar en la vivienda. El caballo, al verse libre, no esperó a que lo condujeran hasta el abrevadero. Sabedor de dónde podía encontrar agua, él mismo fue rápido a saciarse.

Aunque el hombre también tenía sed, prefirió cumplir antes con su cometido. Acabó de sacudirse el polvo, se estiró los borceguíes y extrajo de sus ropajes la misiva.

Caterina, avisada por el sarraceno que guardaba la entrada fortificada de la almunia, lo esperaba sentada en una silla, en la umbría del patio. Oyó el ruido de las espuelas al acercarse. Nada más entrar, el hombre le tendió la misiva. Fue Gaspar quien tomó el papel y se lo aproximó a Caterina. Esta rompió el lacre y lo desplegó. Al terminar su lectura preguntó a cuántas leguas estaban. El mensajero contestó que a siete jornadas. El viaje estaba siendo lento, la vizcondesa y el marqués se fatigaban cuando el sol apretaba y los descansos se prolongaban hasta que el calor era llevadero.

Siete días, pensó Caterina. Al menos habían tenido la deferencia de avisar con antelación de su llegada.

—Volved y decid que estará todo dispuesto. Y decid a la señora vizcondesa que el señor vizconde ya ha pasado lo peor de su enfermedad. Que ahora descansa y que, a no mucho tardar, recuperará las fuerzas. Pasad por la cocina para que os den de beber y comer.

El hombre agradeció la atención y se despidió.

Cuando dejó de escuchar el ruido de las espuelas, Caterina apretó los dientes y estrujó la misiva entre sus dedos. Así sentada, con almohadones a su alrededor, podía disimular el embarazo, pero de pie, la saya no lo ocultaba.

Matilde se dispuso a ahuecar alguno de los almohadones, por hacer algo. Ella sí que necesitaba templar sus nervios.

—¿Qué vamos a hacer? —preguntó por fin, intentando no mostrar el nerviosismo que la invadía.

—¿Cómo que qué vamos a hacer? —gruñó Caterina.

Se removió en la silla, tiró un almohadón y se levantó. Ya era mala suerte que vinieran las dos personas que menos quería ver. Se acarició el vientre redondo y tirante. En el último mes había aumentado, como si la criatura que albergaba dentro quisiera recuperar el tiempo perdido, y sus pechos también habían aumentado, las aureolas se habían oscurecido y los pezones, agrandado. Los notaba tan sensibles que utilizaba una camisa de seda y sobre ella una saya de lino. Podía tomarla con su dueña, así se desfogaría, o podía ir adonde estaba su amante convaleciente y culparle de todo. De haberla seducido. De haberla llevado al pecado. De...

Tuvo la necesidad imperiosa de dar un largo paseo. Llegaría hasta arriba del valle.

Primero fue a su alcoba para que Julla le cambiara la saya y le colocara una toca y un sombrero de paja. Guardó la misiva dentro de un cofrecillo, pero antes tomó la carta de Inés. La volvió a releer dispuesta a cambiar la decisión que había tomado. Seguía muy enojada con la confesión de la criada. Le había parecido una actitud infantil, absurda. Robar por celos, porque solo era eso, celos. «¡Qué tontas somos las mujeres!», pensó. Habían compartido confidencias y, sin embargo, ella nunca le manifestó su deseo de casarse. Desde que leyó la carta había pensado en contestarle por escrito su decisión. Sin embargo, sería arruinar el placer de ver la cara que pondría cuando se lo dijera. Y también la de Blanca. Dejó caer la carta en el cofrecillo y lo cerró con una sonrisa en los labios.

Cuando Caterina salió se negó a que la acompañara Matilde, que seguía preocupada. No quería escuchar sus reproches, le bastaba con los suyos propios. Gaspar, al ver hacia dónde se dirigía, fue a toda prisa a por el quitasol y se lo pasó a un sarraceno. Este se puso detrás de la dama y le resguardó la cabeza con el artilugio.

La condesa viuda caminó despacio en dirección al río, en busca del frescor que proporcionaban los álamos. La hierba en aquella zona estaba amarilla, abrasada por el sol. Semillas de alfalfa se le fueron enganchando a los alcorques y las calzas. Una multitud de insectos saltaban a cada paso que daba mientras el sonido rítmico de su canto llenaba la tierra.

Pasó al lado de unos lentiscos y con el cuchillo que llevaba metido en una funda colgada de la cintura cortó una rama, le quitó las hojas y empezó a mordisquearla. Al tiempo que caminaba, iba pensando en cómo comunicar su embarazo. Al principio sería un escándalo y estaría en boca de todo el mundo, pero posiblemente su desliz se olvidaría y los suyos acabarían por perdonarla.

¡Perdonarla! Le entraron ganas de reír. No era la primera vez que una viuda, o una soltera, caía en la tentación de la carne y quedaba preñada. Trató de acordarse del nombre de algunas mujeres de la nobleza que durante meses fueron el foco de las murmuraciones en toda Castilla y que, a pesar de ello, seguían siendo respetadas. Solo le vino aquella de Burgos que más tarde se casó bien con el hombre con el que había holgado, y aquella de Sevilla, que se negó a casarse y, una vez parido, se metió en un convento. Sacudió varias veces la cabeza de derecha a izquierda ante la idea de acabar en un cenobio.

Pensó a continuación en los posibles padres a los que adjudicar su futuro hijo. En el primero que pensó fue en el extranjero de piel blanca y pecosa; el que conoció en el banquete de carnaval. La fiesta se prolongó durante toda la noche para celebrar que Conrada había tenido dos varones y que los tres estaban sanos. Se sacó más vino, y el extranjero y ella bebieron demasiado. Al final acabaron en el jardín, donde él le tomó la mano y, tras besársela, le pidió que se casara con él. Ella no había aceptado, pero le permitió que la besara en los labios. Para lo cual, él tuvo que inclinarse y ella ponerse de puntillas. Estaba furiosa con Guillén por no abandonar a su mujer, porque esta le daba hijos, porque había envejecido... Mordió con rabia la rama. De lo que no se acordaba era de si le había gustado el beso del pelirrojo, pero sí de que el hombre estaba lo bastante bebido como para separarse de ella, pedirle disculpas por tal atrevida acción y vomitar en el suelo, apoyándose con las manos contra una pared.

Ya cerca del río, Caterina pensó en otro posible candidato, pero al no encontrarlo se dijo que tendría que inventarse uno. Y lo más importante, buscar el día y el momento en el que yació con él.

Se echó el sombrero hacia adelante para resguardarse de las moscas que, incansables, revoloteaban alrededor suyo.

Al llegar a la zona de los álamos mandó al sarraceno que no la siguiera, no necesitaba de sus servicios. Era muy posible que se encontrase con Diomedes, que por las tardes iba a bañarse a una de las pozas que quedaba en lo alto del valle.

Caterina empezó a caminar río arriba, acompañada por el rumor del agua y el susurro plateado de los fresnos. En invierno tenía que dar grandes saltos o buscar otros accesos para cruzar de una vereda a otra, pero ahora podía pasar con una simple zancada o desnudar los pies y pisar el fondo arenoso entre hierbas maceradas.

En algunos tramos apartaba con las manos las ramas, en otros se detuvo para observar el vuelo zigzagueante de las libélulas, de cómo algunas, al posarse, descansaban colocando las alas en horizontal y otras las colocaban en vertical. Recordó aquellas que Blasco atrapaba y colocaba en su manto como si fuera un broche, a la altura del pecho, hasta que se secaban y se deshacían. El color rojo, verde o azul de sus cuerpos y las irisaciones de sus alas resaltaban sobre tejidos claros. También lo hacía con las mariposas.

En algunas partes del lecho la arena era finísima. Arena que utilizaban las mujeres para lavar cacharros. En otros tramos, por culpa de las zarzas y las rocas que obstruían el paso, Caterina debía separarse de la orilla para poder seguir avanzando. Otras veces su falda se enganchaba en las ramas espinosas y se detenía para soltarla con sumo cuidado y no correr el riego de que la tela se rasgara.

Entró donde el valle comenzaba a estrecharse y crecían los robles. Donde los frutos rojos de los rosales silvestres llenaban el paisaje. El calor se suavizó, era como si las hojas de los árboles refrescasen el aire que pasaba a través de ellas, y se proyectaban sobre el suelo las sombras verde azuladas del ramaje. Tuvo que alejarse del río y tomar un sendero para poder seguir ascendiendo. En algunos puntos del trayecto alcanzaba a ver Valdeblasco al fondo, sobre un altozano. Entonces se detenía para mirar y escuchar.

Al rato oyó un chapoteo. Conocedora de cada tramo del río, sabía que quedaban pocos pasos para llegar a una de las pozas. Era la más profunda, rodeada de grandes rocas de granito. Pensó que algún animal se estaría refrescando. Por el ruido bien podía ser un gamo, un jabalí… o un lobo. Incluso pensó en un oso, algo insólito en aquel paraje. Caminó despacio y sin miedo hacía allí. No era la primera vez que veía cómo animales peligrosos se bañaban. Blasco la había llevado en más de una ocasión a lo más alto del valle, durante los deshielos, para admirar a los osos y luego demostrar ante un público expectante lo gran cazador que era. Aunque también podía ser el griego.

Llegó hasta una de las paredes que hacía de muro y antes de asomarse comprobó en qué dirección soplaba el aire. Era importante para que no recelasen los animales. Se quitó el sombrero y se tumbó sobre la roca lisa, caliente por el sol. Gateó con cautela hasta asomarse al río.

Como era de esperar, no era un animal salvaje. El griego nadaba en un agua verdosa con reflejos azules del cielo. Caterina sabía de su habilidad, pero nunca le había visto hacerlo. Practicaba ese deporte incluso en el río de Vetonia, en la estación de invierno. Su difunto marido le contaba cómo se retaban a ver quién de los dos soportaba más tiempo estar dentro, hasta llegar a castañetearles los dientes y perder el aliento.

Estuvo observándolo hasta que detuvo las brazadas. Se sumergió dentro y cuando sacó la cabeza regresó al margen más accesible de la poza para entrar o salir. Entonces, Caterina, antes de que él abandonara el agua, se giró, quedando boca arriba. El sol le cegó los ojos. Se los cubrió con el antebrazo. La tentación de no darle la espalda fue muy fuerte. Jamás lo había visto desnudo, no por pudor, sino porque, como Blasco le había dicho, ni a él le había dejado ver sus partes pudendas, o lo que quedaban de ellas. Entonces, para evitar que la curiosidad acabara por vencerla, se incorporó, dándole la espalda; y lo llamó. Luego cogió el sombrero y se alejó del lugar, río abajo.

Diomedes tardó bastante en alcanzarla. Cuando estuvo junto a ella, los robles habían perdido su espesura y el aire, de pronto, se había detenido. El griego iba descalzo y con las bragas puestas; el calzado y el resto de la ropa los llevaba en la mano.

—Mi ama, os aconsejo que os bañéis —dijo el griego—, os veo sudorosa y supongo que no será bueno para la criatura.

Caterina se detuvo y se descubrió el cabello. Con la toca se secó el sudor que le corría por la cara y el cuello.

—¿Cuándo supiste que estaba embarazada? —le preguntó con dulzura.

—Hace bien poco. Estúpido de mí, me negaba a creer que...

—¿Me desprecias?

—No, mi ama, por supuesto que no. Pero ¿quién soy yo para despreciaros? Hasta vuestro esposo, de estar vivo, se hubiese alegrado. Él deseaba lo mejor para vos. Deseaba que el señor viz...

—¡Cállate!

Diomedes, dócilmente, bajó los ojos, se sentó en la hierba verde pero seca y estiró las piernas. Luego se echó hacia atrás, se apoyó en los codos y se abandonó a los rayos del sol que se filtraban por las ramas.

Caterina lo observó. No le extrañaba que Blasco hubiese admirado aquel cuerpo, que lo hubiese amado. Luego observó el río; en ese tramo el agua discurría con sosiego. Vio un par de libélulas, que se habían posado en los delgados tallos que brotaban en los márgenes de la corriente.

—¿Recuerdas, Diomedes, cómo cazaba Blasco aquellos insectos? —señaló las libélulas—. Yo le pedía que no lo hiciera, que no las matara, pero cierto es que cuando se las prendía en el manto, a modo de broche, quedaba hermoso. Un día prendió una en mi toca de mujer casada... No protesté. Todos dijeron lo hermosa que estaba...

Bajo un cielo lejano y traslúcido el agua mostraba un azul intenso. La luz del sol hacía destellar la superficie ahí donde las ramas de los robles no la entorpecían. Caterina se despojó del sombrero y lo dejó caer en el suelo. Luego hizo lo mismo con la toca.

—Tienes razón, Diomedes. Me vendrá bien un baño.

El griego, boca abajo, se entretenía arrancando briznas de hierba, mordisqueando alguna de ellas para después escupirla.

La condesa viuda se despojó de los alcorques y las calzas y, una vez que se hubo desatado los cordones de la saya, se la sacó por la cabeza con bastante torpeza. Jamás se había quitado una prenda ella sola y se negaba a pedirle ayuda a Diomedes. La dejó sobre el sombrero. Dudó si quitarse la camisa de seda. Si la mojaba se tornaría tan transparente que no ocultaría ni tan siquiera la blancura de su cuerpo. Se la quitó.

Cuando Diomedes escuchó cómo Caterina entraba en el agua, miró hacia los robles que la protegían. Alcanzó a ver su trasero en la umbría, antes de volver la cabeza. Supo, por fin, qué escena pintaría en la pared que faltaba en la sala de banquetes del palacio de Vetonia.

Anduvieron corriente abajo hasta llegar a la parte del río donde las sarracenas llevaban la ropa para lavar. La poca profundidad y la abundancia de piedras grandes y lisas la hacía idónea para golpear y restregarla con palas de madera. A esa hora no había nadie lavando, ese trabajo se hacía al alba. Tan solo se encontraron con unas niñas que recogían la ropa blanca expuesta al sol sobre unos secadores. Los artilugios hechos de mimbre trenzado tenían formas semiesféricas, que también se usaban para transportar, sobre la espalda, las prendas. Pero otros eran más elaborados, tejidos con gruesas varetas. Eran conos truncados casi tan altos como una persona y en ellos había camisas y zaragüelles. En uno de aquellos secadores se había metido, o lo habían metido, un niño de unos tres años. Se agarraba a las varas y lloraba desconsolado. Era lastimoso verlo dentro, desnudo y mojado. Seguramente se había metido en el río en un despiste de las niñas, y estas habían acabado por encerrarlo para que no incordiara.

Caterina se detuvo ante uno de los secadores. Una camisa de lino con hermosos bordados de hilos rojos lo vestía. Parecía una mujer gruesa a la que le faltaba la cabeza y los brazos. Uno de esos gigantes que bailaba y perseguía a la gente en las fiestas del Corpus Christi.

Caterina tomó una decisión. Irrumpió en la alcoba de Guillén justo cuando salía un sirviente llevando un lío de paños sucios. El vizconde yacía en el lecho medio inconsciente gracias al sedante y al cansancio de las largas horas de padecimientos. Aunque las sábanas estaban limpias —cada poco se cambiaban—, el olor a sudor y vómitos flotaba en la estancia. Tenía que haber sentido lástima de él, pero, para su sorpresa, lo que sentía era furia. Y lo que era peor, seguía asustada.

Caminó despacio hasta la cama para conseguir serenarse. El vizconde tenía el rostro desencajado, la piel verdosa, los labios cuarteados y el cabello pegado al cráneo a causa del sudor. No estaba hermoso. Tenía ante sí a un hombre envejecido y tan débil que sintió cierto rechazo. Aunque quiso acariciarle la frente y consolarlo como si fuera un niño, se contuvo. Debía mostrarse dura. Aproximó su boca a la oreja de Guillén y le susurró con voz melindrosa:

—Tu mujer está en camino y en menos de una semana estará aquí. Y te prometo, querido vizconde, que, si no expulsas las piedras antes de que llegue, le contaré que somos amantes y desde cuándo lo somos.

El vizconde, con los ojos vidriosos y la boca reseca, consiguió balbucear algo que Caterina no entendió. La dama se incorporó y se mordió los labios para conservar la calma. Las sienes le palpitaban con indescriptible fuerza. Aquello no podía estar pasándole a ella. Se tocó el vientre, que crecía igual que sus pechos. Y su rostro… desde hacía días lo notaba tan hinchado que creía que la piel se le iba a rasgar en los pómulos y los labios.

Se giró hacia su escudero, que permanecía de pie detrás de ella. Un hombre tan fiel a su señor que no dudaría en hacer cualquier cosa por él, por muy peligrosos que fueran los obstáculos. Como Gaspar con ella, de quien jamás había tenido dudas de su fidelidad desde que había entrado a su servicio como paje, justo después de sus esponsales. Gaspar era hijo de una prima lejana, tenía casi su misma edad, y habían crecido juntos, cada uno en el puesto que le correspondía, y con el tiempo él había conseguido anticiparse a sus deseos. Le pareció extraño que pensara en su escudero, jamás había tenido la necesidad de preguntarse qué inquietudes tenía, sobre todo de cara al futuro y, lo más importante, como conocedor de sus faltas qué opinaba.

—Haced lo que dijo fray Hernando. Buscad una mula que ande mal, subidlo a ella y ponedla a trotar —ordenó Caterina al escudero.

El hombre esperó, taciturno, al consentimiento del vizconde. Su señor había cerrado los ojos y apretaba con fuerza la sábana con los dedos, como si quisiera desgarrar la tela. Cuando su señor le dio el permiso, fue en busca de un animal cojo.

Caterina no quiso presenciar los nuevos dolores que sacudirían el castigado cuerpo de su amante, aunque se estremeció cuando dejó la alcoba.

La dama mandó llamar a Julla y le pidió que fuera a la aldea y consiguiera el mayor número de secadores de ropa. Los necesitaba con urgencia, en concreto los más grandes que hubiera. Si la sarracena se extrañó por tal petición, no lo demostró.

Los sirvientes fueron dejando los secadores uno al lado del otro. También pidió que cuando los trajeran, acudiera la Turca. Cuando llegó la madre de Juana la encontró mirándolos como si fuera la primera vez que viera esos artilugios.

—Señora condesa, ¿me habéis llamado? —preguntó la Turca.

—Acércate. Quiero que me hagas un vestido utilizando este armazón.

—Señora condesa, no os entiendo —dijo el esqueleto viviente, abriendo mucho los ojos.

Caterina la miró con impaciencia, como si la mujer fuera estúpida.

El cuerpo delgado de la Turca se dobló hacia delante, como la rama seca de un árbol al romperse por culpa del viento, para mirar con más detenimiento uno de los mimbres. Hasta ese momento Caterina no le había prestado demasiada atención. Su aspecto producía bastante inquietud entre criados y sirvientes, y sabía que algunos trataban de no cruzarse con ella, pero para la dama solo era una mujer vulgar y huraña que la miraba con condescendencia, y ella se lo permitía porque admiraba sus manos de sastra. Con un ademán impaciente le exigió que la siguiera hasta la capilla. Allí encontraron a Diomedes, que pintaba en compañía del joven alarife.

—Necesito papel y carboncillo —le dijo Caterina después de mirar el fresco apenas empezado; un Cristo solitario sobre el que el eunuco terminaba de dar color a los pies.

La faz del Cristo crucificado era sosegada y los labios parecían sonreír, como si el sufrimiento al que le estaban sometiendo le fuera indiferente. El cuerpo estaba limpio de todas las marcas y la sangre de la Pasión. Ese Cristo contrastaba con aquel otro tallado en madera, que ahora permanecía apoyado en un rincón con una expresión dolorosa, el cuerpo retorcido, las heridas de los clavos y la lanza, chorreando sangre desde la cabeza hasta los pies.

El griego dejó de remover la pasta de color que estaba preparando y, con cierta desgana, las condujo al patio de las vides.

Caterina abocetó con el carboncillo una figura.

—¿Qué es? —preguntó Diomedes.

La condesa viuda dirigió al griego un ademán poco amistoso.

—Es la mujer que estaba tallada en el camafeo de ágata que me regaló Blasco y que perdí. Llevaba un vestido acampanado, desde las caderas hasta los pies, y con varios volantes en la falda.

Diomedes asintió, recordando el brazalete de argollas de oro.

—Quiero que confecciones esto —dijo la condesa viuda a la sastra, soltando el carboncillo y frotando los dedos para quitarse el hollín que había quedado adherido a ellos—. Pero la forma redondeada, justo la que parte desde las caderas, debe partir desde el pecho.

La Turca permaneció en silencio. Miraba el dibujo como quien mira una miniatura de un beato del Apocalipsis.

—Lo intentaré, señora condesa —gruñó la mujer.

—No. No lo intentarás. Lo harás. Dime qué necesitas y te lo proporcionaré. Ah, y la prenda tiene que estar terminada para dentro de siete días.

—Señora, pedís un imposible...

—¿Pido un imposible? ¡Y te haces llamar sastra!

—No puedo hacer milagros. Nunca he...

Caterina le pasó el papel y se marchó, dejándola con la palabra en la boca.

Camino del patio vio llegar al escudero del vizconde y a Gaspar, que transportaban, sosteniéndolo por las axilas, a un Guillén descompuesto que trataba de caminar. Iba cubierto con una camisa y chorreaba sudor por cada poro de su piel. Detrás iba fray Hernando de Simón, abanicándose y bebiendo vino.

—Buenas noticias, señora condesa, parece que esta vez lo ha conseguido. Montarle en la mula ha sido mano de santo —dijo el clérigo—. He mandado que le preparen un baño caliente, le vendrá bien. En nada repondrá fuerzas y podrá volver a Vetonia. Su marcha tiene que ser inminente, sin demora.

La condesa viuda suspiró aliviada y asintió. Sí, extrañamente necesitaba que el vizconde se alejara de ella. Era como si ya no precisara de su devoción, como si le molestara el amor que él sentía por ella. En aquel momento su única preocupación era la criatura que estaba por venir. Deseó beber para brindar por la noticia gozosa de la recuperación de su amante o para olvidar los turbulentos pensamientos que le pasaban por la cabeza. Se giró con brusquedad para no ver el cuerpo derrotado de Guillén e hizo un gesto significativo a Julla, siempre cerca de ella, silenciosa y atenta a sus necesidades.

Con un vaso de vino en la mano paseó por la casa. Algunos de sus rincones le recordaban a Blasco: su risa, su socarronería hacia quienes le reprochaban su forma de comportarse, de vestir y enjoyarse en los torneos que celebraba allí. De cómo la mimaba y la acariciaba.

Regresó a la capilla. Diomedes no había avanzado nada. Con la espalda apoyada en la pared se abrazaba a las piernas dobladas contra su pecho sin dejar de mirar el fresco con el entrecejo fruncido. Era la postura que adoptaba cuando algo de lo que hacía no le convencía.

—Mañana temprano regresarás a Vetonia. Quiero que el fresco del salón esté terminado para las fiestas de San Miguel. Y ahora vete.

Diomedes estiró las piernas, relajó el rostro y se fue.

Julla le había pasado a la condesa viuda el cojín que llevaba bajo el brazo antes de que esta entrara en la capilla, quedándose fuera, a la espera. Fray Hernando de Simón rezaba de rodillas con los ojos cerrados, acariciando las bolas de coral del paternóster. Se acercó hasta él, puso el cojín a su lado y se sentó. El clérigo detuvo sus oraciones y acomodó su trasero sobre sus talones. Abrió el libro de cinto, buscó una página y esperó sin abrir los labios a que la condesa viuda empezara su confesión.

XXXII

A Jimeno le habría gustado viajar solo, incluso aunque hubiera tenido que hacerlo a pie. En soledad, habría recorrido las veinte leguas en algo menos de cinco días. En cambio, al paso del marqués y de la vizcondesa, llevaban recorridas ocho interminables jornadas y, para colmo, una de las seis mulas que transportaba las andas de Conrada había caído fulminada por agotamiento, o por el calor, y a punto había estado de dar con sus huesos en el suelo, quedando en una postura poco digna entre gritos de pánico. Para mayor desgracia, la mula de repuesto decidió que ella no llevaba tanto peso. Así que tuvieron que esperar a la llegada de otros animales, que resultaron ser bastante tercos. Durante la última legua tuvieron que arrearlos para que espabilaran. Y, como no hay dos sin tres, cayeron varias tormentas.

La primera obligó a la comitiva a retroceder hasta la última aldea por la que acababan de pasar en cuanto vieron los nubarrones que venían tronando, y la segunda los atrapó en pleno campo, una extensión de tierra despoblada y sin un miserable árbol donde poder cobijarse. Ese aguacero fue bíblico y tuvieron que aguantar truenos y rayos dentro de las tiendas de viaje. La lluvia duró varias horas, y el marqués y la vizcondesa pasaron el rato jugando al ajedrez bajo el ensordecedor ruido del agua sobre la tienda. Mientras, Jimeno los miraba, entre bostezo y bostezo, o pensando unas veces en la doncella Elvira, su futuro más sólido y real, y otras en Juana, con la desazón que le provocaba lo carnal. Fuera, los escuderos y los escoltas contratados se mantenían en cuclillas cubriéndose con mantos de fieltro. Todos estos inconvenientes supusieron dos días de retraso.

Y luego estaban las moscas que, según por donde pasaran, se multiplicaban por mil. En las zonas boscosas tenían que embozarse hasta la nariz con las tocas puestas a modo de turbante. Lo que le resultaba inconcebible es que Dios hubiera creado unos insectos tan insoportables a los que les gustaba posarse en las heces de cualquier animal, así como en los alimentos que tenían que llevarse a la boca.

Cuando el marqués le dijo que marchaba a la almunia para acompañar a la vizcondesa, y le exigió que formara parte de la comitiva, se había sentido muy desgraciado, pues eso le obligó a rechazar una invitación a la casa de la doncella Elvira, invitación que había logrado gracias a sus propios méritos —aunque quizá su padre hubiera tenido algo que ver al mandar una carta a la tía de la doncella—. El muchacho había puesto muchas esperanzas en aquel encuentro, sobre todo desde que en la última visita de la joven al palacio de la condesa viuda los sentasen juntos y, aunque la doncella no había abierto la boca —la verdad es que nunca hablaba—, se habían echado miradas voluptuosas. Y ella había soltado risitas nerviosas que a Jimeno le parecieron música celestial. Después de aquello, apenas había podido contener su impaciencia por un nuevo encuentro, pero el viaje a la almunia lo echó a perder. No obstante, una vez que se hizo a la idea de lo inevitable, la tristeza pasó a ser gozo al pensar que vería a su hijo, y también a Juana; echaba de menos el calor de su cuerpo, de su boca.

A falta de una jornada de viaje, llegó el escudero de Guillén para comunicar que su señor había superado el cólico y que estaba recuperándose a ojos vista. Jimeno lo había reconocido desde lejos, y acobardado, mantuvo la cabeza agachada y la toca subida casi hasta los ojos. Conrada ordenó que todos rezaran en agradecimiento a tan buena noticia. El escudero, antes de regresar a la almunia, guiñó un ojo a Jimeno.

A la puerta de los muros esperaban el escudero del vizconde y Gaspar. La gravedad de sus caras no presagiaba nada bueno, lo que desanimó a Conrada. Cuando estuvieron a su altura, los escuderos obligaron a sus caballos a girar y retroceder unas cuantas trancadas. Era mejor que no se acercaran a ellos y no fueran a la vivienda, la niña Francisca estaba enferma. Había comenzado con unas fiebres aquella misma mañana y unas pequeñas úlceras le habían aparecido en la piel. Según fray Hernando de Simón podían ser viruelas. Estaban a la espera de ver cómo se desarrollaban dichas fiebres con el transcurrir del día. Antes de que Conrada entrara en pánico, le dijo que el vizconde estaba aislado desde que le dio el mal de piedra en la casa situada al oeste, junto con su escudero. Así que no debían de temer nada si al final fuese aquella temible enfermedad, que arreciaba por tierras cristianas.

El marqués, que en ningún momento se había mostrado alarmado, preguntó qué era lo que había dispuesto Caterina para él.

—Señor marqués, la señora condesa ha preparado una estancia en la casa donde está alojado el señor vizconde. Vuestra sobrina espera que la encontréis cómoda y al gusto de vuestras exigencias. Se ha desvivido durante estos días para que no os falte de nada.

—Perfecto, perfecto. Decid a mi sobrina que permaneceré en la almunia hasta que el peligro haya pasado. —Y echó la cortinilla de las andas.

Cerca de la casa donde se alojarían salió a recibirlos el propio vizconde. Conrada, que para desentumecer las piernas había preferido recorrer la distancia que quedaba a pie, corrió hacia él y se echó en sus brazos. Más bien, se arrojó sobre él. Luego le acarició el rostro, feliz por ver que no quedaban marcas de sufrimiento en él.

Jimeno fue detrás del marqués. La noticia de la enfermedad de la niña lo había alarmado. Pensó en su hijo, tan indefenso, y después en Juana. Consiguió no darle demasiada importancia, pero en cuanto el anciano quedó instalado, echó a correr hacia la vivienda, sin siquiera lavarse y rasurarse los pelillos de la barba.

Lo detuvieron dos guardianes moros, grandes como las puertas de un castillo, armados con espadas de hoja recta colgando de una pretina puesta al hombro. Les dijo que quería ver a la condesa viuda. Los dos hombretones no despegaron los labios y no se movieron ni un milímetro de donde estaban. El joven dio media vuelta, pero, tras dar un paso, se giró con brusquedad sobre sus talones y echó a correr para pasar por entre los dos gigantes. Chocó con el más espabilado, que dio una zancada lateral, rebotó contra su pecho macizo y cayó, dolorosamente, de culo.

Cuando se levantaba dispuesto a montar un escándalo, oyó a Juana. La buscó con la mirada. La vio asomada desde una ventana de la segunda planta. La bordadora mostró una mezcla de alegría y de infinita tristeza. Jimeno se puso debajo y alzó la vista. Se contuvo las ganas de decirle lo mucho que la echaba de menos, e hizo el gesto de acunar a un niño. La muchacha desapareció en el interior y al rato volvió a asomarse con la criatura en los brazos. Lo llevaba inmovilizado con las fajas que le harían crecer sano y fuerte y se lo mostró para que pudiera ver su cara. En un mes y medio había crecido y engordado una barbaridad. Con los ojos bien abiertos, parecía interesarse en el paisaje que tenía delante. Unas pompas de baba se formaron en la comisura de los labios. Jimeno hinchó el pecho, orgullosísimo, pero al instante se acordó de la enfermedad de Francisca. Lo angustiaba que su hijo enfermara y que muriera.

—Di a la señora condesa que quizá pueda determinar el mal que aqueja a la pequeña Francisca. Habría entrado, pero dos energúmenos me lo han impedido.

La bordadora volvió a desaparecer en el interior de la vivienda.

A Jimeno el tiempo se le hizo eterno. Estar a pleno sol no era nada agradable. Se rascó la barba y se limpió el sudor y la comisura de los labios resecos con el extremo suelto de la toca.

Quien salió fue Gaspar. Dijo algo a los guardianes e hizo una seña al muchacho para que entrara. Este agradeció el frescor del zaguán y siguió al escudero hasta el patio con la fuente. Se fue desenrollando la toca, dejando que la tela cayera sobre los hombros.

Se sorprendió de lo que allí vio, tanto que se olvidó de hacer la correspondiente reverencia a la condesa viuda.

Caterina, tumbada sobre un lecho cubierto con una tela de lino, se abanicaba con parsimonia. El hijo de Juana, desnudo, dormía sobre un almohadón a los pies de la dama. El clérigo, sentado en una silla, leía. La alfayata, con la boca llena de alfileres, estaba de rodillas sobre una estera. La Turca, de pie, sostenía unos paños. Una escena que bien serviría para una noche navideña. Lo único que desentonaba era Francisca. La niña caminaba de un lado a otro con un vestido extrañísimo. Una Francisca, por cierto, que no parecía estar nada enferma. Irradiaba salud, con la cara sonrosada y fresca.

Desde una grillera de barro colgada de la glicinia empezó a cantar su inquilino.

—Me alegra veros, Jimeno. De verdad os lo digo, me place que estéis aquí. Echo de menos nuestras charlas. Supongo que habréis dejado a Ovillo triste por vuestra partida.

—Señora condesa... —el joven no dejaba de mirar a la niña.

—Claro, os estaréis haciendo miles de preguntas.

—Pues, señora condesa... al menos me hago una.

—Buscad un asiento, porque os voy a contar una historia y es posible que os deje más desconcertado de lo que estáis.

No supo qué lo escandalizó más, si saber que Caterina estaba embarazada de un caballero que, para mayor desgracia, había muerto en una batalla en tierras borgoñonas, que esta le amenazara a él con separarle de su hijo si se iba de la lengua o que el clérigo siguiera leyendo como si nada oyera. Solo cuando juró lealtad absoluta y mantener silencio, la condesa viuda le dijo que sería armado escudero después de Adviento, le regalaría un buen caballo y las armas y le permitiría elegir a qué señor servir.

—Pensad una enfermedad, o inventadla, para que mi tío y la vizcondesa permanezcan lejos de la casa —ordenó la condesa viuda una vez que hubo acabado la historia.

Jimeno pensó en la sarna, pero la descartó enseguida por considerarla asquerosa. De forma inconsciente empezó a rascarse las manos. Quizá una terciana. No. Mejor una erisipela. Esa enfermedad le permitiría acudir cada día para preparar emplastos de aceite de almendras o de olivo, y a falta de esos elementos siempre podría recoger una planta inocua y extraer la cantidad de jugo suficiente como para mantener la comedia durante el tiempo que estimara la condesa viuda. Si había que montar una farsa había que hacerla bien. Le agradó la idea de dedicarse a la búsqueda de plantas, como hizo en el monasterio acompañando al viejo boticario. Le sobrevino un ataque de nostalgia. Con el fraile había aprendido a distinguir cuáles eran las venenosas y cuáles las beneficiosas, y en qué proporciones exactas había que usarlas. Tal vez por esas tierras hubiera mandrágora. Una raíz que nunca había visto pero de la que conocía sus efectos curativos... o como filtro de amor. Esa misma tarde se pondría manos a la obra, y miró con deseo a Juana.

Guillén quiso marcharse al día siguiente de la llegada de la comitiva. Pasado el terrible suplicio del mal de piedra, ahora se le añadían la inquietud y la angustia de que su mujer descubriera el embarazo de su amante. Aunque todavía permanecía un dolor sordo en su zona inguinal, prefería cabalgar y alejarse cuanto antes de la almunia. Pero Conrada, mucho más tranquila al verlo sano y salvo, se negó alegando que tenía que reposar; ella no se movería de allí. Y le anunció entre arrumacos que era posible que estuviera otra vez embarazada y que tanto viaje de aquí para allá podía ser peligroso. Guillén se dejó caer sobre el lecho y deseó no haber superado la enfermedad.

Fueron cuatro días en los que Conrada se acercaba a la vivienda al caer la tarde. La condesa viuda la esperaba sentada en el balcón. Charlaban de nimiedades durante un tiempo que a Caterina le parecía interminable. Hablaban sobre el tiempo, que allí era más agradable que en Vetonia, que ya se notaba cómo los días se acortaban, lo que hacía que el calor fuera más benigno. Conrada contaba por enésima vez cómo era parir gemelos, lo mal que lo había pasado, que había pensado que no sobreviviría, pero ahí estaba, esperando otra criatura, o dos, y se echaba a reír. Caterina la oía, aunque no la escuchaba. Sus pensamientos estaban en la saya de lino teñida de amarillo que la Turca hacía y deshacía. En los aros de mimbre forrados con tela de seda que Juana cosía y descosía en la falda porque habían quedado torcidos. La muchacha trabajaba incluso por las noches, a la luz de las velas. El cansancio se le iba notando en las manos, que se movían despacio, y en la cara, que iba perdiendo color.

Quedaba poco para que el traje estuviera terminado y entonces regresaría, a mediados de septiembre, a Vetonia. Pero no iría a palacio, pediría ser acogida por la beata Marta en su comunidad. Ella se compadecería más que nadie de su pecado. Era amiga y mujer. Y a nadie le extrañaría esa necesidad de enclaustrarse. ¿No llevaba tres años pidiéndole que ingresara en la beatería? Aunque bien podría esperar hasta noviembre, aunque su tardanza en volver llevara a los ciudadanos de Vetonia a hacerse preguntas y levantara recelos. Nunca había alargado su ausencia más allá de san Mateo y no tenía ninguna duda de que la gente se preguntaría qué era lo que la estaba demorando.

Caterina no pudo dilatar más la enfermedad de Francisca. Realmente no quiso. Le fastidiaba ver, cuando se asomaba por alguna de las ventanas, a Guillén y a Conrada pasear por sus propiedades. Además, la pequeña se había escapado en dos ocasiones para ir a jugar con las niñas de los sarracenos. El riesgo de que la descubrieran, y la vieran sana, era más alto cada hora que pasaba.

Quedaba un día para san Ramón Nonato y aún no se había decidido cuándo regresar a Vetonia. Por las noches le costaba dormir y su dueña no dejaba de mostrar su preocupación por ella, por la criatura y por las consecuencias terribles que tendría si Conrada descubría toda la verdad.

Fue Matilde quien tomó la decisión final, en la misma mañana en que la Turca y su hija daban la última puntada a la saya. Mandó a Jimeno que anunciara el restablecimiento completo de Francisca y ella esperó el momento oportuno para acercarse al vizconde y rogarle que regresara con su mujer y el marqués a Vetonia al día siguiente. De vuelta a la alcoba de Caterina, la dama se estaba probando el vestido. Movió la cabeza para mostrar su disgusto, aunque había conseguido su objetivo, disimular la redondez del vientre. Algo de colorete en las mejillas y en los labios y mejoraría la palidez acentuada durante los últimos días.

—Esta noche voy a agasajarlos con una cena, como despedida. Pondré a prueba el traje —dijo la condesa viuda.

No parecía nerviosa en lo más mínimo, todo lo contrario. La voz era fuerte y segura. Para Matilde, las siguientes horas iban a ser de auténtica pesadilla.

—Cocinará la madre de la alfayata —siguió diciendo la dama—. He oído que no se le da nada mal mezclar especias.

La sastra sonrió con cierta satisfacción.

—No sé si será buena idea —rezongó Matilde. Aquella mujer, que en su juventud había sido meretriz, no le inspiraba ninguna confianza, pese a que jamás había hecho o dicho nada respecto al embarazo de la dama. Ni siquiera una mirada de menosprecio. Tal vez había descubierto que las debilidades de la carne afectaban a cualquier mujer, fuera esta noble o villana, y eso la congratulaba porque la igualaba moralmente a ella.

—Te preocupas demasiado, mi querida dueña. Todo saldrá bien. Pide a Julla que me traiga un vaso de vino blanco.

Matilde se santiguó y se asomó por la puerta para llamar a la sarracena.

La tarde transcurrió tranquila. Caterina estuvo jugando a los bolos con Francisca. Le pareció que la niña había crecido durante la estancia en la almunia. Sus cabellos se habían aclarado y la piel oscurecido a causa del sol. Luego la llevó a acostar mucho antes de que vinieran los invitados. Esperó hasta que se quedó dormida. En ese momento, decidió mandarla de vuelta a Vetonia. Si la pequeña continuaba a su lado podría acabar haciéndole preguntas engorrosas. Al salir le dijo a Julla que preparara el arca de viaje de la niña.

Caía el sol cuando los invitados fueron a la casa. A lo lejos se escuchaba el croar de algunas ranas y mucho más cerca se escuchaba el canto modulado de los grillos. Caterina había dispuesto que se pusieran un número mínimo de antorchas y candeleros; la media luz sería una buena aliada para cuando se presentara con el traje. La cena se serviría en el patio trasero, en donde, además de la mesa principal, había una mesa auxiliar donde se colocarían las viandas. Gaspar, Jimeno y el escudero del vizconde serían los encargados de servir.

Caterina los recibió en el patio principal, de pie, acompañada por el murmullo del agua saltando desde el surtidor y cayendo en cascada sobre el mármol. Hubo unos instantes de silencio en los que cada invitado reaccionó de modo distinto al ver el vestido que lucía. Conrada abrió los ojos hasta casi saltársele de sus órbitas y torció el gesto con signo de desaprobación. Guillén admiró, como siempre, las ocurrencias de su amante. El marqués tan solo sonrió, no pudo distinguir qué llevaba puesto su sobrina, por la noche y con tan poca luz sus ojos perdían la facultad de ver con nitidez los objetos que lo rodeaban.

El tafetán amarillo de la saya estaba algo arrugado, pues no había dado tiempo a plancharlo. A él iban cosidos varios aros de mimbre forrados cada uno con seda negra. El primer aro quedaba a la altura de los pechos y el último formaba el ruedo de la falda, que dejaba visibles las suelas de los chapines. El traje, armado de aquella forma tan extraña, mantenía el tejido ahuecado, bien despegado del cuerpo, al modo de una gran campana de iglesia. Encima llevaba un manto de raso de tres paños.

Apoyándose en Matilde, caminó con pequeños pasos hasta el patio posterior. Los demás la siguieron. Un poco antes de llegar, alcanzaron a oler las especias que emanaban de las viandas puestas sobre fuentes de barro. Un olor fuerte y picante. Un par de sarracenas movían abanicos de plumas de pavo para que las últimas moscas del día no se posaran sobre ellas.

Jimeno recibió de Gaspar la toalla que debía colocarse alrededor del cuello; él se ocuparía de las necesidades del marqués y del clérigo.

Caterina fue la primera en sentarse a la mesa. Lo hizo con cierta dificultad en una silla sin respaldo ni brazos, y con la ayuda de su dueña. Una vez que todos estuvieron acomodados, la condesa viuda preguntó a Conrada, con aire inocente, qué le había parecido la saya.

—Me vas a perdonar, Caterina, pero, como amiga, no puedo mentirte. Es la cosa más horrorosa que he visto en toda mi vida. No te favorece nada. Pareces que estás metida dentro de una... en una campana. Te aconsejo que no te presentes en Vetonia con... con esa... cosa. Te digo que no habrá mujer que no te critique.

La condesa viuda fingió que se ofendía y su amiga, frente a ella, le dio unas palmaditas en la mano para apaciguarla, acto que la irritó sobremanera. No soportaba que se tomara siempre esas confianzas.

—Querida Conrada, el traje es para un momo. Voy a ofrecer un banquete por san Miguel en Vetonia. Ese día quiero inaugurar los frescos que, como sabes, está pintando mi esclavo Diomedes.

—Oh, en ese caso es muy... original... sí, muy original. ¿Y para qué personaje lo tienes destinado?

Caterina buscó los ojos de Guillén, esperando una ayuda, que metiera mano en la conversación y la dirigiera hacia cualquier otro asunto. Pero su amante jugaba con uno de sus anillos haciéndolo girar en el dedo. Fue Matilde quien habló.

—Para un hada. Se lo propuse yo. Hay un poeta que ha escrito un momo donde aparecen hermosas hadas pero entradas en carnes. Al vestido le faltan unas alas de dragón.

—Ah, una Morgana. ¿Y no sería más práctico que lo interpretara una mujer gorda?

—Esposa mía, parece como si no conocieras a Caterina. Como si desconocieras sus caprichos, sus extravagancias, sus ansias de protagonismo... las muchas cosas que no nos cuenta...

La condesa viuda, Matilde, fray Hernando y el mismo Jimeno se sobresaltaron. El hijodalgo a punto estuvo de derramar lo que llevaba en un cuenco.

—... para poder sorprendernos gratamente. —La voz desfallecida y algo irritada del marqués, interrumpiendo al vizconde, dirigió todos los ojos hacia su persona—. La vida al lado de ella no es nada aburrida. —Se volvió hacia Caterina—. De niña erais revoltosa, ni los golpes que os propinaba vuestra querida madre os frenaba. Una vez huisteis en busca de vuestro padre. Os encontraron a muchas leguas de la casa, sucia y hambrienta, pero contenta. Y lo intentasteis otra segunda vez, aunque en esta ocasión quien os zurró, hasta dejaros el trasero rojo, fue vuestro padre, más por amor que por enojo. Veía mucho de él en vos. Y es cierto que os parecéis mucho a mi estimado hermano. Tenéis los mismos ojos, la misma boca, las mismas expresiones. Soy viejo y estoy preparado para presentarme ante el tribunal de Dios, y sin embargo me va a doler dejaros cuando Él me llame a su lado.

Calló y con un gesto impaciente de la mano impidió que ninguno de los presentes protestara. Aunque estaba deseoso de seguir contando más cosas del pasado, no se sintió con ánimos. Se había fatigado al hablar.

—Solo deseo, querida sobrina, que volváis a casaros. Todavía sois joven y el palacio de Vetonia es demasiado grande para dos personas. Os ruego que busquéis marido y lo llenéis de niños. —Se volvió hacia el clérigo—. Estaréis conmigo, fray Hernando, en que las mujeres necesitan la protección y el sostén de un varón.

La conversación tomó entonces otro derrotero. El clérigo había cogido el guante lanzado por el marqués y habló sobre las ventajas del matrimonio, sobre sus virtudes, para una mujer joven y viuda, pero, y eso le placía más, también podía encontrar seguridad y paz en un cenobio. Caterina estuvo de acuerdo, llevaba tiempo cavilando en esa última opción, pero de tener que enclaustrarse le atraía más la beatería. Fray Hernando mostró su disgusto, veía en ese tipo de instituciones signos de herejía, e hizo una crítica larga y feroz contra la beata Marta y sus acólitas. La condesa viuda las defendió, y cuando parecía que la discusión iba a terminar por congestionar la cara del clérigo, les distrajo una tortuga caminando por el mantel. Francisca, de puntillas en el extremo de la mesa y desnuda, la seguía con los ojillos bien abiertos después de haberla dejado sobre ella.

Cuando los invitados salían de la vivienda hacia la casa, Conrada se acercó a Caterina. Hizo unos breves comentarios sobre los cambios que había visto dentro de la casa principal de la almunia, alabando su buen gusto y, antes de separarse, volvió a mirar la saya como si la viera por primera vez.

—Sabes, Caterina, pienso que este traje podría servir para mujeres que quisieran ocultar un embarazo. ¿No te parece?

La condesa viuda notó que palidecía de forma violenta. Agradeció que en ese instante Conrada hubiera desviado los ojos hacia su marido, y que solo la iluminara la poca luz de la antorcha de la entrada con casi toda la brea consumida. Cuando los vio alejarse, se preguntó alarmada si Conrada sabría algo. Hasta dudó si, como siempre había pensado, era en verdad una mujer tan estúpida. ¿Por qué había hecho aquel comentario tan peculiar para después dirigir los ojos hacia Guillén?

La comitiva se puso en marcha al despuntar el día. Fray Hernando de Simón se unió a ella. No podía dejar por más tiempo a sus feligreses sin sus sermones y consuelo espiritual. Se despidió de Caterina la noche anterior con una nada disimulada compasión y le prodigó un par de consejos para no volver a caer en el pecado de la carne, pero sin hacer mención a Guillén, a la criatura que esperaba y, por supuesto, a la propia carne. Caterina lo escuchó sin despegar los labios. No lo echaría de menos salvo a la hora de catar y describir los matices y sabores de los diferentes vinos. Beberlos a solas le provocaba más remordimientos que echarse en los brazos de su amante.

Jimeno habría preferido quedarse. Apenas había conseguido acercarse como a él le hubiese gustado a Juana. La Turca estuvo ojo avizor para que los dos no se encontraran nunca a solas. Aunque una mañana tuvieron la oportunidad de romper la estrecha vigilancia cuando Caterina mandó llamar a su alcoba a la sastra. La condesa viuda no había sido ajena a las miradas de deseo de su querido exoblato. Durante aquellos largos meses en el palacio de Vetonia había desarrollado un cuerpo más vigoroso y flexible, vestía con gran elegancia, pero mantenía la candidez juvenil de los primeros días de su llegada, con su hábito y sus sandalias. Había que ponerle las oportunidades en bandeja, y si Jimeno y la muchacha no aprovechaban esa pequeña libertad que generosamente les otorgaba, es que eran poco espabilados.

Y sí, la aprovecharon, pero solo habían podido intercambiarse arrumacos, como si fueran principiantes. En la mañana de la partida, Juana se le acercó con su hijo en brazos. El joven lo tomó y volvió a maravillarse por el gran parecido que tenía con él. Acarició sus mejillas y le apretó los mofletes varias veces para hacerlo reír. Luego, como gesto de despedida acarició con los dedos las mejillas de su amante. Algo en su interior le decía que esa sería la última vez que tendría la oportunidad de tocarla.

La condesa viuda se acercó a Francisca, instalada delante de un escolta de Guillén; lloriqueaba. Caterina le quitó los mocos con el puño de su camisa y le prometió que estaría pronto con ella y le regalaría una muñeca. Le hizo la señal de la cruz y le metió en la boca una bolita de resina perfumada.

El marqués, desde dentro de las andas, llamó a su sobrina para que se acercara. Le pidió que tendiera la mano. Puso algo en su palma y le cerró los dedos. Envolvió con su mano el puño de ella.

El contacto de aquella mano con la suya fue para Caterina doloroso, como el aguijón de una abeja, agudo y penetrante. Se dio cuenta de lo viejas que estaban las manos de su tío. Unas manos secas y nudosas. Y se dio cuenta de cómo le temblaban. El anciano había desmejorado desde carnestolendas y ella no le había dado ninguna importancia. Más pronto que tarde, se quedaría sola.

—Te ruego que no lo vuelvas a perder. Es la joya que encontré en las cuevas de San Ginés —le oyó decir—. Olvidé que la había metido en una arquilla de mis aposentos privados.

Caterina abrió los dedos dejando al descubierto un pedazo de gamuza. Al desenvolverlo descubrió el pequeño camafeo griego. Antes de que el marqués mandara que echaran las cortinas, la dama musitó un gracias. Notó que se le aguaban los ojos.

Por san Gregorio Magno solían llegar nubes cargadas de lluvia sobre las tierras de Valdeblasco, y los chubascos duraban horas. Y lo hacía con tanta fuerza que los habitantes se refugiaban en sus casas y esperaban, temerosos, a que la naturaleza calmara su furia. El temor aumentaba cuando los rayos rasgaban la penumbra de los atardeceres y los truenos ahogaban cualquier otro ruido. La mañana después de san Gregorio Magno, cayó tanta agua que se desbordaron los arroyuelos, se inundaron los campos y los patios de la almunia se anegaron. Cuando salió el sol, haciendo brillar los charcos y las gotas de agua, y elevó el aroma fresco de tierra mojada, Caterina fue a ver los desperfectos, pasando antes por las pinturas de Diomedes.

El tejadillo del patio no había aguantado y el agua había escurrido por la pared. Dionisio, con el rostro del capellán, había quedado desfigurado y ahora parecía un sátiro ebrio, y la ninfa, con su túnica transparente, bailaba y tocaba los címbalos entre salpicaduras de lodo. Solo quedaban algunas hojas de vides intactas. Curiosamente, el resultado, a pesar de los destrozos, seguía siendo bello y Caterina pensó en cómo la naturaleza había completado con su furia la obra del griego.

XXXIII

Otoño de 1476

El mayordomo leyó la misiva que el marqués de Narros le había pasado. Por fin recibían la esperada noticia: hacía apenas dos días que la condesa viuda se había puesto en marcha desde Valdeblasco. Y, asimismo, su mujer Matilde, la bordadora y la madre de esta estaban a escasas leguas de Vetonia, junto con los barriles de vino nuevo. En la carta se indicaba que se tenía que habilitar una estancia en una de las viviendas adosadas a palacio para aquella mujer de dudosa reputación y su hija. La Turca estaría bajo la custodia del marqués hasta la celebración del banquete, día en el que se mostrarían los frescos pintados por Diomedes.

Recolocándose la falda del sayo, se dispuso a recorrer todas las dependencias de palacio. Aunque había tiempo de sobra para aderezar adecuadamente todas las estancias antes de san Martín, sola una de ellas le provocaba desazón: la sala de banquetes, a la que él todavía no había podido entrar tras el regreso del esclavo. Hacía dos semanas que Diomedes permanecía encerrado en su interior, durmiendo y comiendo dentro. Incluso había prescindido de su ayudante.

El convite que siempre se ofrecía por san Miguel, aquel año sería en noviembre, con tiempo frío. Eso significaba que había que poner braseros, tarimas, alfombras, terciopelos, pieles y tapices. Mandó a los criados que sin demora pusieran en movimiento a mozos y sirvientes. Todavía no sabía el número de invitados que acudirían, pero nada podía quedar al azar. Algunos solían pernoctar en palacio, como era el caso del condestable de Castilla, que nunca fallaba.

Dejó la inspección de la sala de banquetes para lo último. Antes fue hasta la alcoba de Diomedes y abrió sin llamar. El griego levantó la cabeza del escritorio, un mueble en el que podía escribir y guardar libros y papeles. Aplicaba color a una letra capitular de una vitela. Había retomado el arte de iluminar manuscritos.

—La condesa viuda está de regreso. Dame la llave de la sala de banquetes —le dijo el mayordomo con un sutil gruñido.

—Perdonad, señor, pero cuando di por acabado mi trabajo, devolví la llave al señor marqués.

El hombre trató de no mostrarse sorprendido. Que el marqués no le hubiese dicho nada menoscababa su autoridad. Se dio media vuelta, recolocándose otra vez la falda, y se dirigió a los aposentos del anciano. De allí salió sin la llave. El anciano ordenaba que la sala fuera adecentada por el mismo Diomedes.

Enojado, llegó hasta la estancia donde unos sirvientes limpiaban y reconstruían los trozos desgarrados de un tapiz. Les metió prisa para que acabaran ese mismo día, aun sabiendo que sería imposible. Siguió con el recorrido. Entró en la lobera. Jimeno, sentando frente a la mesa, anotaba en unos cuadernillos los objetos acumulados por el marqués. El joven seguía mostrando interés por todas aquellas antigüedades, mientras que el anciano había renunciado a recorrer los túneles que, sorprendentemente, ahora decía notar fríos y húmedos. Oyó, entonces, voces que parecían estar hablando de la condesa viuda. La ausencia de la dama a esas alturas de otoño dio lugar a ciertos rumores, como que había sufrido una terrible enfermedad que le había desfigurado el rostro, que había huido con un infanzón al norte, hacia tierras más frías, pero el más creíble era que había marchado en peregrinación a Santiago de Compostela. Reprendió a las murmuradoras y continuó inspeccionado estancias.

A dos días de la llegada de la condesa viuda, las temperaturas diurnas subieron, templando la ciudad de Vetonia. El frío que traía la noche era desplazado por el sol del mediodía que lucía en un cielo blanquecino y despejado. Los perros se tumbaban en los lugares más caldeados y dormitaban hasta que algún niño les arrojaba una piedra o se montaban sobre ellos para cabalgarlos. Mujeres comadreaban e hilaban a las puertas o transportaban sobre la cabeza o en los brazos cestas y cántaros. Hombres tiraban o empujaban carretillas o mulas. Alguno resoplaba y, enojado, golpeaba con una vara el lomo del animal. De una casa salía un gato y alborotaba a las gallinas que se habían escapado de un corral cercano. Los porqueros afilaban los cuchillos; la matanza de los cerdos coincidiría con la luna llena, presagio de buena suerte. Los ritos paganos se mezclarían con las invocaciones a san Martín.

Para disgusto del mayordomo, el viaje de la condesa viuda estaba siendo demasiado rápido, y todavía quedaban estancias por acondicionar. Cada mañana se recibía en palacio una misiva por medio de una paloma mensajera que informaba de dónde se hallaba la dama. Por eso sabía que, en vez de siete días, la condesa viuda estaría en Vetonia en cuatro. Caterina había decido hacer el trayecto a caballo, sobre animales de buen galope, demostrando, allí por donde pasaba, sus grandes dotes como amazona. La última misiva que se había recibido anunciaba que llegaría antes de que cayera la tarde, y la dama exigía que el banquete se realizara dos días después de su llegada. También los invitados que dormirían en palacio estaban de camino: el condestable, su mujer y el padre de Francisca. Angustiado, el mayordomo volvió a reunir a todos los criados, incluida Matilde, y los azuzó para que en un solo día todo el palacio y las viviendas adyacentes quedaran impolutos.

La dueña de Caterina, en compañía de Inés, anduvo con paso sosegado hasta la alcoba de Juana y la Turca. La última vez que había visto el brial que se pondría la condesa viuda el día del banquete estaba casi terminado.

Frente a la puerta, Inés tragó saliva. Le daba aprensión entrar y encontrarse con algo que la pudiera turbar. A Juana no la había visto desde que se marchó con Caterina a la almunia y tampoco había visto a la Turca, de la que había oído cosas nada gratificantes. Las dos mujeres entraron por la puerta de atrás de una de las viviendas, junto con dos criaturas y grandes arcones de viaje y, desde entonces, no se las había vuelto a ver. Todo aquel secretismo provocaba que las murmuraciones se disparasen, llegando a sus oídos que la Turca, además de prostituta, era bruja, y que la criatura desconocida que habían traído era un capricho de la condesa viuda, una niña de un mes abandonada en un cenobio. Nada más ver a la sastra, a Inés se le encogió el estómago. Aquella mujer daba miedo. Pero sus ojos se abrieron de par en par ante el brial que colgaba de una percha. Era extraño y al mismo tiempo atrayente. Luego clavó los ojos en la cuna, donde el hijo de Juana y la recién nacida dormían.

XXXIV

La tarde todavía era luminosa cuando Caterina, montada a caballo, atravesó la muralla de la ciudad. Detrás iba Matilde, Gaspar y el resto de escuderos y mozos que habían acudido a recibirla a la puerta del puente viejo. Luego subió las calles a rostro descubierto, bien erguida en la silla de su jaca favorita ricamente enjaezada con una tela de seda con cascabeles que tintineaban al ritmo del animal. La llevaba por las riendas con firmeza, sin necesidad de palafrenero que la guiara. Unas leguas antes de llegar a la ciudad se había quitado el tabardo, el sombrero y la toca y se había vestido con una saya ceñida al cuerpo y cubierto el cabello con un velo transparente. A su paso, los curiosos se asomaban a puertas y ventanas para verla con sus propios ojos. Nada indicaba que hubiera estado a las puertas de la muerte, como decían los rumores.

El mayordomo se recolocó la falda del sayo nada más ver a la condesa viuda subiendo la cuesta. Estaba orgulloso de sí mismo y de la servidumbre a sus órdenes. El palacio estaba impecable. La sala de banquetes, perfecta. Había entrado esa misma mañana para comprobar que las alfombras colocadas sobre el suelo y el tapiz sobre el estrado de la mesa principal olían a limpio. Que el suelo y los braseros de plata relucían. Que los hierros de los hachones parecían recién forjados. Que la vajilla de oro y plata brillaba colocada en el parador de factura flamenca, junto con los joyeles y los aguamaniles. Que en las lámparas del techo no faltara ninguna vela. Y que las mesas, sillas y bancos tuvieran puestos los manteles, telas y cojines. Por mandato de la condesa viuda, las puertas se habían sacado de sus quicios y colgado en sustitución unas sargas de seda bordadas con motivos arabescos regalo del condestable de Castilla. Los frescos permanecían ocultos por unas cortinas colgadas de unas barras.

En las cocinas, la esclava rusa Adosinda bostezaba mientras no perdía de vista el caldero y se frotaba los ojos. Llevaba horas sin dormir. Se sentía con pocas fuerzas para llevar los cubos de agua caliente hasta las estancias de la condesa viuda. Cuando el agua empezó a bullir, cogió con un trapo el asa del caldero y trató de quitarlo del llar donde estaba colgado. De no ser por Enrico, habría derramado el contenido y se habría escaldado las piernas. Su bienhechor vertió el líquido en el cubo. Luego le colocó sobre un hombro el delgado yugo de madera que se utilizaba para acarrear bultos o, en este caso, los dos cubos que iban sujetos a cada extremo. La esclava respiró hondo y se puso en marcha hacia el piso de la dama. Llegó hasta la puerta que daba a las estancias privadas y tocó con sus nudillos desollados. Inés le abrió y la hizo pasar. Llevó su carga hasta el lavamanos y, con un cazo, fue echando el agua en la jarra. En eso entraron Juana y la Turca llevando entre ambas un fardo enorme envuelto en una tela. Adosinda evitó mirar a la sastra, temerosa de que sus ojos se cruzaran con los suyos y acabara sufriendo mal de ojo. Al salir casi echó a correr.

Sonaron las campanas de las iglesias junto con las de la catedral. En toda Vetonia se detuvo la actividad para rezar el ángelus. Quedaba una hora para el banquete. Los músicos fueron conducidos del zaguán a sus puestos y los criados que servirían las mesas, seguidos de sus mozos, fueron a lavarse y vestirse. Los más jóvenes, una vez engalanados, bajaron a las cocinas. Ellos se encargarían de llevar las bandejas con los alimentos, protegidos con cuberteras o con paños. Una vez allí, otros criados se encargarían de acercarlas hasta el aparador donde el mayordomo cortaría y pondría las porciones humeantes en los platos.

Jimeno, que había estado ensayando un par de canciones nuevas con la cítola, trotó, como un potrillo feliz, hasta su alcoba. Por primera vez acudiría como comensal a un banquete y, para mayor placer, tendría como acompañante a la doncella Elvira. En su aposento lo esperaba Enrico. Lo ayudó a enfundarse unas calzas de seda azul, con relleno en las pantorrillas para que las piernas parecieran musculosas. Le calzó unos zapatos forrados de terciopelo con puntas largas. Luego se preparó para lo más difícil, colocarse el jubón y la jaqueta. Había elegido un jubón armado para que le abombara el pecho. El día antes se había depilado las axilas, los pocos pelos de las piernas y recortado las cejas y el cabello. Echó los brazos hacía atrás para que Enrico se los introdujeran en las mangas. Se las fue subiendo con pequeños y firmes tirones hasta que toda la prenda quedó bien ajustada, tanto en los hombros como en la espalda. Luego se lo abrochó con cordeles de seda. El mismo ritual realizó con la jaqueta, que se cerraba con diminutos botones hechos de hilo. Sobre la cabeza le pusieron el bonete. Se observó en el espejo. Satisfecho con lo que vio, se dirigió a la sala de banquetes.

Descubrió que Juana lo observaba, radiante, al amparo de un pilar. Se estiró, echando los hombros hacia atrás, lo que hizo que la jaqueta se elevara y la parte superior de las calzas quedara visible. La bordadora le sonrió. Su belleza volvió a conmoverlo. Desde que ella había vuelto no habían tenido oportunidad de poder estar juntos. La Turca apenas la dejaba salir del aposento donde ambas estaban encerradas.

El marqués apareció todo de brocado negro, con sayo largo hasta los pies, ropón forrado en martas y bonete y pantuflos de terciopelo. Caminaba apoyado en su hombre de cámara, arrastrando los pies con temblorosa cautela, como si temiera caerse. Un mozo acercó una silla para transportarlo entre dos, pero el marqués la rechazó. A medio camino se les unió el condestable y su mujer, vestidos con ropón de carmesí de velludo morado forrado en martas cibelinas, él sobre jubón y tocado con un capirote de rollo con joyel y ella sobre brial de fino brocado y tocada con una cofia de orejas bajo un rollo envuelto con muselina. El matrimonio adaptó su paso a los del marqués. Al poco fueron alcanzados por Jimeno y el padre de Francisca, que lucía un jubón de rico brocado azul haciendo conjunto con el ropón y se tocaba la cabeza con un bonete pasado de moda.

Al llegar a la sala de banquetes ya estaba esperando el resto de los convidados, entre ellos el obispo de la diócesis. Uno a uno, se fueron aproximando al marqués para saludarlo. Los hubo que lo felicitaron por verlo tan bien conservado. El anciano, que necesitaba la ayuda de su camarero para mantenerse de pie, aguantó las ganas de mandarlos a tomar vientos y, si hubiera podido, de una patada. La mujer del vizconde le tomó la mano, y mientras se la palmeaba, le dijo lo saludable que lo veía y la fortuna que había tenido su sobrina de que el día fuera magnífico.

Jimeno solo tuvo ojos para la doncella Elvira, con su cabello rubio sujeto con una guirnalda y un ropón de brocado pardo abierto por los lados sobre un brial de damasco rojo. La saludó con exagerada galantería, intentando no sonrojarse, y saludó a la tía de la joven con la misma cortesía. Esta lo contempló, sin ningún disimulo, con ojos afilados. Era de todos sabido que aquel fatuo tenía una manceba, y temía, por tanto, por la honra de su sobrina. Desde que había entrado en su casa no la perdía de vista, siendo su sombra de día y de noche. Para Jimeno, el celo de la tía hacía que fuera más apetecible la doncella.

Y llegó el momento en que unos criados descorrieron las sargas que ocultaban la sala, una a cada lado, y las mantuvieron en alto hasta que pasaron todos los comensales. Nadie se asombró de que Caterina todavía no hubiera aparecido. Ella era la última en llegar si es que tenía nuevo traje que lucir.

En tanto esperaban la llegada de la anfitriona, charlaban entre ellos de pie. El marqués se había acomodado en su silla y aguardaba con los ojos cerrados y los dedos de las manos entrelazados sobre la mesa, mientras escuchaba al obispo, que también se había sentado a su lado y le hablaba de su próximo viaje Roma y si estaba interesado en alguna de esas antigüedades que al marqués tanto le gustaban.

Sonó la chirimía.

Los comensales que daban la espalda a la entrada se giraron hacia ella. Se abrieron de nuevo las sargas y se recogieron con caireles en clavos de oro.

Por fin hizo su entrada Caterina, envuelta en olor al perfume hecho con algalia, ámbar y almizcle, en compañía de Blanca. La condesa viuda se cubría con un ropón de damasco negro que no disimulaba los volúmenes del traje que llevaba debajo. Sobre la cabeza lucía una cofia de tranzado que casi llegaba hasta el suelo, sujeta con un rollo bordado y llevaba las manos ensortijadas.

En cuanto estuvo en el centro de la sala, Blanca le quitó el ropón, lo dobló sobre un brazo y salió de la estancia.

Hubo entonces gestos de asombro, de desconcierto, de desagrado, de admiración.

El brial era fastuoso, de fino brocado amarillo bordado con hilos de plata y seda negra y cubierto con diminutas perlas. El escote en pico llegaba hasta la cintura, dejando a la vista el bordado ajedrezado con hilo negro de la camisa de seda y unos finísimos cordones de hilos de plata y seda amarilla mantenían los bordes del brial en su sitio. De las mangas, que iban cosidas en los hombros con cintas de seda, asomaban las de la camisa, tan anchas en su boca que caían libremente mostrando también el bordado ajedrezado. Pero lo más sorprendente era la falda armada con aros de mimbre forrados de tafetán negro, lo que le daba rigidez a la tela y una forma acampanada. Las llamas de las velas de las lámparas del techo hacían brillar los hilos de plata, las perlas y las argenterías de la cofia.

El primero en aplaudir fue el condestable. El resto de los convidados lo hicieron por inercia, todavía asombrados con la nueva extravagancia de la condesa viuda.

Caterina, con gravedad, se dirigió hacia su asiento. Blanca la esperaba detrás de la silla y la ayudó a acomodarse. Quedaron, entonces, visibles los chapines de piel dorada y el oropel que cubría las suelas de cuatro dedos de alto, y se vieron las virillas de oro que unían las láminas de corcho y las lengüetas del empeine que quedaban cerradas con unas cintas de tafetán amarillo.

El resto de los invitados también tomaron asiento.

Entonces el mayordomo, sobreponiéndose, hizo la señal convenida de antemano hacia los mozos y estos empezaron a subirse a los escabeles y a desenganchar las cortinas.

La primera en retirarse fue la de la pared donde estaba pintada la escena de la caza. Provocó murmullos de aprobación. Algunos reconocieron al conde de Monteverde y se maravillaron por su gran parecido. Cuando quedó a la vista la escena del banquete, Conrada aplaudió al verse allí retratada, así como a su marido. A Guillén se le ensombrecieron los ojos. No le complació verse allí. El griego lo había retratado con mirada abatida y muy envejecido. Era él porque llevaba en los hombros la cadena con pequeños eslabones de oro y la batiente con las letras de su vizcondado.

Con la escena de las bordadoras el murmullo fue en aumento y se repitieron las mismas palabras de admiración. Caterina reconoció los rasgos de la alfayata que, sentada en un escabel y vestida con la saya que le había dejado Blanca, sujetaba un dechado.

Fue al retirar la última cortina cuando el silencio invadió la sala de un modo sobrecogedor. En aquella pared, una mujer desnuda mojaba sus pies en las aguas de un estanque, con una fuente dorada y pavos reales alrededor. El rostro de la mujer era el de Caterina.

La condesa viuda, en un primer momento, a punto estuvo de soltar una exclamación de enojo, pero finalmente perfiló en sus labios una enigmática sonrisa. Su esclavo sabía cómo sorprenderla, algo que le encantaba, y hasta lo felicitaría por el momento tan divertido que le estaba proporcionando, viendo la tensión e incomodidad de los invitados.

XXXV

Galaciana, la cocinera, se secaba las manos en la parte más limpia del delantal de vuelta de las letrinas. La luna creciente iluminaba tenue el patio, aunque había nubes que la ocultaban de tanto en tanto. Luego estiró el cuerpo, elevó los brazos por encima de su cabeza y acabó por rascarse el trasero. Estaba feliz, pues todo había salido perfecto y, como otras veces, el condestable había acudido a felicitarla y tentarla para que entrara a su servicio. Pero ella había vuelto a negarse. Amaba Vetonia, había nacido allí y allí moriría.

Fue a la cocina donde estaba la gran chimenea. No quedaba nadie, salvo Maestre Cocinero, que dormitaba sobre el banco más próximo a las brasas, con las piernas dobladas y abiertas. Apoyaba la espalda contra la pared. Se había quitado las calzas y los zapatos y tenía levantadas la falda del sayo y la camisa hasta la cintura. No llevaba bragas, a él siempre le sobraban. Con mirada crítica contempló los genitales. Luego se quitó el delantal y lo echó en el cesto de la ropa. Al alba, la esclava rusa Adosinda, junto con otra compañera, llevaría la ropa más sucia al río para lavarla, mientras que las más delicadas se limpiarían en grandes calderos y pilas de piedra, donde las enjabonarían con agua de lejía para después golpearlas y frotarlas. Se quitó la saya y la toca, que también echó en el cesto, y se quedó en camisa. Agitó el hombro de su marido, quien despertó sobresaltado. Miró a su alrededor con cara de pocos amigos y, al levantarse, se despojó del sayo, hizo una bola con él y se lo arrojó a su mujer con malos modos. Salió al patio para orinar.

Adosinda casi chocó con él. Lo esquivó, no supo cómo, y se dio un golpe en el hombro contra una pared. No notó el dolor, se sentía tan cansada que si hubiera podido se habría dejado caer al suelo, se habría hecho un ovillo y habría intentado quedarse dormida. Por la puerta del otro extremo de la cocina entró Enrico. Silbaba y al llegar al lado de la esclava le dio un empujón con el trasero. La chiquilla trastabilló y de no ser porque el muchacho la cogió del brazo para que no se cayera, habría hecho realidad lo de hacerse un ovillo en el suelo. La cocinera los regañó. No eran horas de juegos. Luego le dio un manotazo a Enrico en la nuca cuando este fue a coger un confite granujado de piñones. Como siempre, los platos más elaborados que sobraban se reservaban para el desayuno de la servidumbre, momento en el que chismorreaban sobre todo lo acontecido en la jornada anterior. Apremió a los dos sirvientes para que se fueran a dormir. Adosinda sacó fuerzas de no supo dónde y obedeció a toda prisa. Enrico consiguió atrapar un confite y siguió a la chiquilla, pero antes de salir al patio la cocinera lo llamó. Había visto una rata salir de la bodega y a primera hora de la mañana debía estar frente a la candela para poner veneno. Enrico palideció, pues detestaba esos animales. Se llevó a la boca el confite con tanto entusiasmo que se mordió la lengua y le empezó a sangrar. Salió a escape hacia el corral para poder gritar con ganas.

La cocinera meneó la cabeza esforzándose por no echarse a reír. Se rascó con gusto el trasero. Se disponía, ya sí, a acostarse cuando oyó la voz de Inés, que le pedía que preparase una bebida tranquilizante; una bien fuerte. Era para Blanca.

La cocinera habría querido negarse, su cuerpo pedía a gritos descansar, pero protestar no habría servido de nada. Avivó un poco las brasas de la chimenea y en una trébede puso un cazo con agua. Luego fue a buscar lúpulo.

Inés llevó el jarro con la bebida hasta su alcoba. Dentro, Matilde trataba de consolar a Blanca, quien no dejaba de sollozar y repetir una y otra vez qué mal había hecho a la condesa viuda. La noticia les había cogido a todas por sorpresa, pero era a Blanca, evidentemente, a quien más le había afectado.

A Inés le daba pena la angustia que asolaba a Blanca desde que la dama les pidió que al acabar sus quehaceres se presentaran ante ella porque tenía algo muy importante que comunicarles. Caterina, recostada sobre el lecho, había agradecido el recetario de afeites con que la había obsequiado Inés. Alabó su buena caligrafía y la cuidada encuadernación. Y mientras se lo decía, pasaba las hojas una a una, sin prisas, e incluso leyó en voz alta la receta de cómo reafirmar los pechos después de acabar la lactancia. Habló de los momentos compartidos, de su buen hacer, de su fidelidad. Y de que, a esas alturas, no podía prescindir de ella. Tras cerrar el tratado y colocarlo sobre su regazo, dejó descansar sus manos sobre él, dirigió una mirada afectuosa a Blanca y con tono afable le anunció que había concertado su casamiento con el criado de un señor principal de Galicia. Por lo tanto, y sin demora, tenía que ponerse en marcha al día siguiente; Mondoñedo quedaba a tantas jornadas que estaría feo que llegara tarde a sus propios esponsales.

Inés pensó, al ver la extremada palidez en el rostro de Blanca y las primeras lágrimas, que, en vez de disgustarse, debía dar las gracias a la condesa viuda porque el novio adjudicado tenía suficiente caudal para ponerle casa propia, y no era un hombre demasiado viejo, no tenía la cara llena de verrugas y conservaba casi todos los dientes.

Cuando llevó la bebida de lúpulo, Blanca seguía echada sobre el lecho a medio desvestir. Los sollozos eran quedos, amortiguados por la almohada a la que se había agarrado, la cara hundida en ella.

Matilde seguía a su lado, de pie, pero se había dado por vencida. Las dos mujeres se miraron y, extrañamente, no pudieron evitar intercambiarse unas sonrisas. La dueña de Caterina tomó el vaso y tocó el hombro de Blanca.

—Te aconsejo que bebas esto. Debes descansar, mañana tienes por delante un largo viaje.

Jimeno sopló la vela y se tumbó en la cama con una sonrisa de satisfacción en los labios. Se sentía alegre por los aplausos que le habían prodigado los invitados cuando acabó de cantar con el nuevo rabel. Aquel era un capricho que había anhelado al poco de llegar a palacio. La tapa armónica era de madera en la parte superior, con pequeñas incrustaciones de marfil, y la inferior, de piel. Su viejo instrumento, que se había resquebrajado el día que llegó a palacio al caer sobre él, lo había mandado hacer astillas para que sirviera de combustible. Luego dirigió sus pensamientos a las buenas noticias recibidas.

Al finalizar el banquete, Caterina había anunciado sus esponsales con la doncella Elvira, que se celebrarían pasada la Pascua. La joven se había sonrojado y había bajado los ojos pudorosa. Mientras él, aunque era conocedor de la noticia, se había removido en su asiento y llevado un dedo al collar del jubón al notar que, de pronto, le estaba muy apretado. Que la condesa viuda hubiera anunciado con tanta solemnidad, y entre desconocidos, su futuro matrimonio le produjo una angustiosa sensación de vértigo que no desapareció hasta que la pierna de la doncella rozó la suya al amparo de la mesa.

Pero lo mejor había sido cuando el condestable le había ofrecido pasar los próximos meses bajo sus órdenes para que terminara su formación como escudero. Si le servía bien, le pagaría lo suficiente como para que pudiera comprarse una vivienda o construírsela en donde quisiera para formar su propia familia con la afortunada Elvira. Eso le abría un futuro bastante esperanzador. Tal vez, incluso, podría retrasar la boda un año, o dos..., o quizá tres. Lo mejor sería casarse con la doncella cuando fuera armado caballero. ¿Por qué no? ¡Todavía no había vivido lo suficiente para disfrutar de la vida! Pero se había dado cuenta de que se le presentaba un grave problema: para ser caballero tenía que realizar un acto épico a favor del rey, y derramar sangre, algo que le revolvía el estómago. Empuñar una espada todavía le producía sarpullidos. Llevarla en el talabarte quedaba muy elegante, pero utilizarla para matar...

Echando la vista atrás, la fortuna le había sonreído. Incluso había tenido un hijo sano, gordo y hermoso. Su padre estaría orgulloso de él. Mañana le escribiría una carta para pedirle dinero, y otra al marqués solicitando un aumento de salario, pues los paños para los vestidos costaban una fortuna.

Bostezó con satisfacción, se santiguó y extendió la mano hacia la cabeza peluda de Ovillo. El animal había descubierto que su alcoba era un lugar fantástico para dormir. Pero antes de caer en los brazos de Morfeo volvió a preguntarse qué haría con Juana. La amaba y, aun así, no tenía más remedio que renunciar a ella. Él tenía que seguir su camino. Quería ser caballero y alcanzar la fama. Además, la dejaba en buenas manos. Caterina se había encariñado de la muchacha, tanto que la tenía como nodriza y, a no más tardar, les pondría a ella y a su madre un taller. No tendría que preocuparse ni por su sustento ni por el de su hijo, al que mandaría a casa de su padre cuando tuviera la edad para entrar como sirviente.

Guillén permanecía sentado frente a la chimenea. Más bien se encontraba medio recostado, con el codo derecho apoyado en el brazo del asiento, la mejilla en los nudillos, las piernas estiradas y los pies sobre un cojín. Mantenía los ojos cerrados. Le había pedido a Conrada que lo dejaran solo. Su mujer le había besado en la frente y, sin hacerle preguntas ni ningún tipo de comentario sobre lo acontecido horas antes, se había marchado. Eso no era habitual en ella. Después de cada fiesta, Conrada no dejaba de parlotear sobre los acontecimientos más sonoros que se habían dado, sobre cualquier nimiedad, como los trajes, peinados y joyas que se habían lucido, la vajilla que se había puesto o los alimentos que se habían servido.

De nuevo se notaba fatigado. Había sufrido al ver a Caterina brillar con aquel brial tan estrafalario, como si fuera la primera vez que viera a una mujer hermosa. A pesar de estar acostumbrado a sus extravagancias, su retrato en la pared, en todo su esplendor, lo había dejado perplejo y alterado. El esclavo había pintado incluso el lunar que tenía en el cuello. Ese que siempre besaba cuando ella lo dejaba al descubierto. Por primera vez sintió celos. Celos de un eunuco. Celos de todos los presentes, que no apartaron la mirada del fresco.

Abrió los ojos, se echó hacia delante y encogió las piernas. Apoyó los codos en las rodillas y descansó la barbilla sobre los nudillos. Tomó la decisión que llevaba tiempo meditando: marcharía con las huestes del rey de Aragón. Desde la vuelta de la almunia, Conrada le decía que lo veía desganado. Estaba seguro de que por respeto no pronunciaba la palabra «viejo»; en las fiestas de los Santos Inocentes cumpliría cincuenta años. Su mujer temía ahora tanto por su salud que ya no le exigía que durmieran juntos. El embarazo había sido una falsa alarma y ella se daba por satisfecha con los hijos que le había dado. Quizá era el momento de probarse a sí mismo si había envejecido o era una mala racha pasajera. Y qué mejor forma de confirmarlo que acudiendo a un campo de batalla.

En cuanto a Caterina..., estaba dolido. Sus ojos se habían cruzado y leyó en ellos la clara indiferencia de quien ha dejado de amar. Había acudido a palacio nada más saber de su llegada, pero se le impidió la entrada con el pretexto de que la dama estaba descansando y había ordenado que nadie la molestara. Entonces había tratado de entrar por el patio del corral; sin embargo el adolescente al que sobornaba no apareció. No hubo ninguna nota. Nada. Desconocía qué había pasado con la criatura que llevaba en su vientre, si se había malogrado o, de haber nacido, si vivía o no. No, no se dejaría arrastrar por el desconcierto. Como hombre de honor, y viejo, no la iba a desamparar, pero le permitiría libertad.

Diomedes había obedecido las órdenes de su ama de permanecer en su alcoba durante toda la tarde. Ya creía que no acudiría. Escuchó cómo las campanas de la catedral sonaban doce veces. Se levantó del escritorio donde perfilaba con tinta azul una letra capitular y abrió la ventana para admirar la noche. Un frío helador se coló en la estancia y la vela que ardía sobre el escritorio tembló. Observó que unas nubes grandes y espesas cubrían las estrellas a gran velocidad. La luna creciente no tardaría en ser engullida. Volvió a cerrar la ventana. Se desvistió y, en camisa, fue a soplar la vela cuando oyó que abrían la puerta.

La condesa viuda se asomó. Solo podía ser ella, claro. La dama se cubría con un manto largo y pesado y llevaba el cabello suelto. Inés se lo había peinado después de quitarle la cofia y el postizo de pelo trenzado que quedaba bien cubierto por la tela del tocado. Diomedes vio que detrás de ella estaba Gaspar con un candelero para iluminar los pasos de la dama. Caterina ordenó a su escudero que se quedara fuera.

El griego descolgó el manto que pendía de un clavo y se cubrió con él. Ofreció a la dama la única silla que había en la alcoba y colocó bajo sus pies el único cojín que poseía. Sopló sobre las brasas para avivar el fuego al mismo tiempo que echaba cisco. Luego se sentó en el suelo, a los pies de ella, sobre una almohada para que no se le enfriara el trasero. Caterina se envolvió en el manto y mantuvo un silencio tan largo que el esclavo llegó a impacientarse. Sus ojos no dejaron de interrogarla y descubrió que su ama no había bebido alcohol durante el banquete ni se había excedido. No tenía ese brillo en los ojos, ni las mejillas coloradas, como cuando se pasaba con el vino.

—Mi ama, os lo suplico, no me hagáis sufrir de este modo —dijo Diomedes levantando los ojos hacia ella.

—Pensaba por dónde empezar. ¡Han pasado tantas cosas! —Los labios de Caterina formaron una mueca de salvaje alegría.

Y así empezó por relatarle lo acaecido en la sala de banquetes. De cómo afloró el asombro en cada una de las caras cuando le despojaron del manto. De cómo el condestable empezó a aplaudir y de cómo su esposa le confesó que el brial la había maravillado, que quería saber quién había sido el sastre.

—Os digo, mi ama, que no habrá dama en Vetonia que no mande a su sastre a que le confeccione un traje igual. Y también os digo, mi ama, que llegará hasta la corte, donde la misma reina mandará que le sea elaborado uno.

Los ojos de Caterina brillaron y dieron vida a su exangüe rostro. Sonrió para sí. Diomedes no solía errar en sus predicciones.

—¿Y los frescos? —preguntó entonces el griego. No aguantaba tanta incertidumbre.

La dama se echó hacia delante, sacó un brazo de debajo del manto y tomó la badila para remover con suavidad el fuego que se iba apagando. Le sonrió con cierta tristeza, algo que alteró a Diomedes. Caterina le describió las distintas reacciones de los comensales a medida que los criados iban quitando las cortinas. Con malicia, relató el momento en que fue descubierto el último fresco. Diomedes, que se había relajado según su ama hablaba, soltó una larga carcajada cuando le describió las miradas incómodas de las mujeres y del obispo. El cuerpo desnudo de Caterina, como Venus, de pie entre las aguas azules y tranquilas de un río, había abierto de par en par ojos y torcido bocas. Conrada había desviado la mirada y centrado toda su atención en el punzón de plata puesto junto al plato, como si fuera la primera vez que veía uno.

—Pero los caballeros —Caterina hizo un mohín malicioso—, o bien mantuvieron un reverencial silencio o —rio por lo bajo— prorrumpieron en aplausos. Sobre todo el padre de Francisca.

El griego chascó la lengua.

Caterina se inclinó otra vez sobre las brasas y apretó los labios. Un dolor sordo se le había incrustado en el corazón cuando Guillén vio la pintura del último fresco. Tan solo esperaba olvidar cómo la había mirado. Y ahora sentía rabia, desamor y mucha amargura. Temiendo que su fiel esclavo notara su estado de ánimo, abandonó la alcoba. Se encaminó hacia el edificio más alejado de palacio, iluminada por Gaspar. Los guardianes la observaban con curiosidad, extrañados por que no estuviera recogida en sus aposentos privados. Un gato blanco, silencioso, pasó pegado a la pared, pendiente de los movimientos de la dama y su acompañante. Pero Caterina no veía nada, de manera sorprendente pensaba en el padre de Francisca. De haber aceptado su propuesta de matrimonio, su vida, durante aquellos últimos meses, ¿habría sido mejor? Sin lugar a dudas, distinta. Y ¿habría acabado por amarlo? Era un hombre de buena presencia, apenas dos o tres años mayor que ella, pero las veces que había coincidido con él le había parecido altanero y arisco. Sus elucubraciones le hicieron gracia. Ahora tenía una preocupación mayor: la criatura que había parido en octubre, en la almunia.

Al llegar a la estancia donde dormían Juana y su madre, Gaspar le abrió la puerta. Caterina tomó la candela y le dijo que esperara fuera.

Había un brasero grande de cobre instalado en el centro de la estancia. El fuego que producía el cisco templaba el aire sin apenas producir humo. Una alfombra recién comprada cubría el suelo de terracota. Al pisarla, sus pies se hundieron en las fibras de lana de la mejor calidad. En las paredes, un par de tapices. En un rincón del fondo, sobre un arca, se consumía una vela puesta en un candelero que iluminaba parte de la cabecera del lecho que compartían Juana y su madre. La llama proyectaba una luz viva y blanca sobre el rostro de la muchacha. Caterina había mandado que solo usaran velas, en vez de sebo o aceite. Sobre la cama, al amparo de la penumbra y bajo unas mantas, dormía profundamente la Turca. Emitía unos ronquidos disonantes a intervalos irregulares. Pegada al lecho, la cuna donde dormía el pequeño Juan, el hijo de la bordadora. Caterina se acercó y extendió el brazo para que la luz del candil iluminara el rincón donde estaba recostada Juana. Agarrada al pecho desnudo de la joven trataba de mamar una criatura diminuta, arrugada, sin apenas vida, con una higa de coral colgada del cuello.

Eulalia, su hija. Si sobrevivía, ayudaría a su tío a buscar los huesos de la santa.

Glosario

Alcorques: calzado con suela de corcho, sin puntera ni talón.

Aljuba: prenda morisca. Era holgada, rica, vistosa y con mangas amplias.

Almaizar: toca morisca. Era una banda de tela decorada con cintas y cordoncillos.

Borceguíes: calzado de cuero fino y flexible que cubría pies y piernas hasta las rodillas.

Bragas: prenda interior masculina.

Brial: prenda femenina similar a la saya, de corte talar, ajustada al pecho y a la cintura. Se confeccionaba con telas ricas.

Cairel: guarnición morisca hecha con hilos de seda o de seda y oro trenzados.

Calzas: prenda similar a los leotardos cuya parte delantera quedaba cubierta por una tela triangular llamada bragueta.

Capirote de rollo: capuchón formado por tres partes: el rollo, que era una rosca de tela que se encajaba en la cabeza y se rellenaba con lana o con juncos. La beca: pieza tubular estrecha y larga que colgaba o se cruzaba sobre el pecho. Y la cresta: parte del tocado que cubría la garganta y los hombros.

Capuz: manto cerrado con capuchón.

Chapines: calzado compuesto por unas suelas gruesas de corcho que se sujetaba al empeine mediante dos lengüetas de tela o de cuero atadas con cordones o cintas.

Cofia: tocado de tela o de red.

Emperador: juego de mesa. Se usaba un tablero dividido en cuadrantes, tres dados, quince fichas blancas y quince rojas. El juego consistía en mover las fichas blancas hacia el cuadrante de las rojas y viceversa.

Jaqueta: prenda masculina de acuerpo con o sin mangas. Llegaba hasta las caderas, amoldándose al torso, e iba entallada en la cintura.

Jubón: prenda masculina semiinterior con mangas. Cubría el torso, siendo algo más corto que la jaqueta. Llevaba una pieza de tela rígida que rodeaba el cuello llamada collar.

Pantuflos: calzado sin talón, con suela de corcho.

Pellote: traje de encima sin mangas y con grandes escotaduras a los laterales.

Rollo: tocado formado por una rosca de tela que se rellenaba de juncos, paja, borra o lana.

Ropa de estado: sobretodo rozagante, holgado, talar, con mangas muy amplias.

Saya: traje de acuerpo femenino que llegaba hasta los pies. En general se llevaba ceñido.

Sayo: traje de acuerpo masculino con costura en la cintura, que podía ser corto hasta las rodillas o largo hasta los pies.

Servillas: calzado hecho con pieles muy finas y flexibles.

Tabardo: sobretodo holgado, largo, cerrado y con mangas que colgaban sin cubrir los brazos. Podía llevar un capuchón independiente.

Tablados: juego de caballería. Los caballeros arrojaban sus lanzas desde sus caballos a la carrera contra un castillete de madera hasta derribarlo.

Tranzado: cofia femenina unida a una funda de tela que envolvía el pelo recogido en una trenza.

Verdugo: aro de material flexible forrado de tela que se cosía a la falda del brial.

Amable lector, si ha llegado hasta aquí y quiere saber más sobre indumentaria histórica, puede consultar mi blog https://opusincertumhispanicus.blogspot.com/.

«Para viajar lejos no hay mejor nave que un libro».

EMILY DICKINSON

Gracias por tu lectura de este libro.

En **penguinlibros.club** encontrarás las mejores recomendaciones de lectura.

Únete a nuestra comunidad y viaja con nosotros.